KB263962

어디에도 없는, 그러나 누구나 꿈꾸는 나라

유토피아

유토피아
어디에도 없는, 그러나 누구나 꿈꾸는 나라

초판 1쇄 발행 2005년 6월 7일
초판 11쇄 발행 2020년 10월 1일

지은이　토머스 모어
옮긴이　나종일
펴낸이　이영선

편집　김선정 김문정 김종훈 이민재 김영아 김연수 이현정 차소영
디자인　김회량 이보아
독자본부　김일신 김진규 정혜영 박정래 손미경 김동욱

펴낸곳 서해문집 | 출판등록 1989년 3월 16일(제406-2005-000047호)
주소 경기도 파주시 광인사길 217(파주출판도시)
전화 (031)955-7470 | 팩스 (031)955-7469
홈페이지 www.booksea.co.kr | 이메일 shmj21@hanmail.net

ⓒ서해문집, 2005
ISBN 978-89-7483-253-7　03840

어디에도 없는, 그러나 누구나 꿈꾸는 나라

유토피아

토머스 모어 지음 | 나종일 옮김

서해문집

•• 토머스 모어의 생애 ••

"진실하고 충직한 신하는 이 세상 무엇보다도 자신의 영혼과 양심을 존중해야 할 의무가 있다."

죽음의 위협 앞에서도 자신의 신앙과 신념을 굳건히 지켰던 토머스 모어는 최후진술에서 이렇게 말했다. 그는 1478년 2월 법률가인 존 모어 경의 장자로 태어났는데, 12세 때 캔터베리 대주교이자 상서경인 존 모턴 경의 시동侍童이 되었다. 모턴 경은 일찍이 그의 특별함을 알아보고 "이 총명한 아이는 언젠가 위대한 인물로서 그 진가를 발휘하게 될 것"이라고 입버릇처럼 말했다고 한다. 14세 때 모턴 경의 추천으로 옥스퍼드 대학교에 입학한 모어는 라틴어와 그리스어를 배우며 당시 유럽사회에 일고 있던 르네상스의 기운을 접했다.

이후 모어는 아버지의 뜻에 따라 옥스퍼드를 중퇴하고 법률 공부를 시작했다. 이 시기에 모어는 그의 평생친구가 되는 에라스무스Erasmus

를 만났는데, 그 밖에도 여러 명의 학자들을 만나 교분을 나누면서 인문학 전 분야에 걸쳐 지식을 확장시켰다.

한편 모어는 법률가로서 대성하기를 바랐던 아버지의 결정을 존중했지만 사제직에 대한 자신의 소명을 시험해보기 위해 약 4년 동안 링컨 법학원 부설 카르투지오 수도회의 차터하우스에 기숙하면서 수도사들의 생활을 체험했다. 그러나 결혼생활에 대한 미련을 버리지 못하고 불충분한 사제가 되기보다는 충실한 남편이 되기로 결심했다.

법학원 졸업 후 변호사가 된 모어는 27세 때 하원의원에 당선되는데, 헨리 7세의 세금정책에 반기를 들어 결국 의원직을 잃게 되었다. 공직에서 물러난 그는 법학, 고전문학, 철학, 역사 등의 학문 연구와 함께 저술에 몰두했는데, 과학 및 문학사상 분야에서 모어가 남긴 업적들은 대부분 공직에 취임하기 전에 이루어졌다. 아우구스티누스의《신국론De civitate Dei》에 대한 강의록은 철학적·역사적 방법으로 교부학patrology의 유토피아 국가론을 해석한 것이며, 1510년에는 이탈리아의 인문주의자 피코 델라 미란돌라Pico della Mirandola의 전기를 영역했는데 그

젊은 시절의 모어

차터하우스
모어가 성직자의 삶을 체험하기 위해 머물렀던 곳이다.

는 여러 면에서 모어의 삶에 본보기가 되었던 인물로 추측된다. 1513~ 18년에 토머스 모어는 《리처드 3세사 *History of King Richard Ⅲ*》를 집필했는데, 이 책은 끝내 미완성으로 남았지만 후대 역사가들에게 많은 영향을 끼쳤으며, 윌리엄 셰익스피어는 모어의 해석을 바탕으로 〈리처드 3세〉를 극화하기도 했다.

한편 이 무렵 모어는 에식스 출신 지주의 딸인 제인 콜트Jane Colt와 결혼했는데, 그는 가정생활에도 무척 충실했다. 모어는 정규교육을 거의 받지 못한 어린 아내에게 라틴어와 음악을 가르쳐주는 든든한 가장이었으며, 딸들에게는 고전적 그리스도교적 수양을 쌓도록 이끌어주는 자상한 아버지였다. 또한 언제나 신앙인으로서 자신을 곧추세우며 철저히 절제된 생활을 하였다. 집 안에 기도실을 두고 기도시간을 엄격히 지켰으며, 세속적인 안락함에 빠질 것을 우려하여 항상 거친 모직 셔츠를 입었다. 에라스무스에 따르면 모어는 식생활과 의생활에 있어 간소함이 몸에 배어 있었으며, 모어의 가정에는 따사로움과 겸손이 머물러 있었다고 한다.

1509년 헨리 8세 즉위 후, 모어는 런던의 사정장관보under-sheriff 직에 오르게 되었는데 공평무사한 판관이자 빈민의 보호자로서 런던 시민들의 사랑을 받았다.

1514년 에스파냐의 카를로스 1세와 헨리 8세의 누이 메리의 약혼이 깨지자 화가 난 헨리 8세는 네덜란드에 대한 양모 수출을 금지시켰다. 그러나 이것은 영국 왕실에 재정적 손실을 가져왔으며, 이에 헨리 8세는 친선관계를 회복하기 위해 플랑드르에 사절을 파견했다. 이때 특명 사절은 커스버트 턴스톨이었는데, 런던 상인들이 자신들의 이익을 대변해줄 사람으로 모어를 추천함으로써 그도 합류하게 되었다. 약 7개월 동안 플랑드르에 머무르면서 그들은 통상조약을 성공적으로 체결하였는데, 바로 이때 모어는 유토피아 제2권을 썼으며, 그 뒤 귀국해 제1권을 써 완성하였다.

헨리 8세의 신임을 얻은 모어는 1520~21년 칼레와 브뤼게에서 독일황제 카를 5세(에스파냐의 카를로스 1세) 및 한자동맹과의 협상에 참여한 뒤 재무차관으로 승진했고 기사작위를 수여받았다. 그는 헨리의 충실한 궁정신하로서 여러 가지 중요 업무를 수행하였다.

캐서린

한편 요절한 형 아서의 아내였던 캐서린과 결혼한 헨리 8세는, 그녀가 6명의 아이를 낳았으나 메리 공주만 살아남고 출산연령까지 넘기게 되자, "제 형제의 아내를 데리고 사는 것은 추한 짓이다. 그것은 제 형제의 부끄러운 곳을 벗긴 것이므로 그는 후손을 보지 못하리라."(레위기 20장 21절)는 성경말씀을 근거로 내세우며 이혼을 주장했다. 그는 궁녀 앤 볼린Anne Boleyn과 결혼하기 위해 상서경Lord Chancellor이던 울지Wolsey를 내세워 교황으로부터 이혼 승낙을 받아내려고 했으나 실패하고 말았다.

앤 볼린

1529년 헨리 8세는 울지를 해임하고 모어를 상서경에 임명했다. 권력의 허무함을 알고 있던 모어는 취임을 축하하는 사람들에게 "현명하고 명예로운 고위 성직자였던 전임자가 실각하는 것을 보고 상서경이 된 것을 기뻐할 이유가 없다. 나는 그저 국왕을 위해 공평하고 의롭게 법을 집행할 뿐이다."라고 대답하였다고 한다.

1530년 귀족과 성직자들이 바티칸에 이혼청구서를 제출하려 했을 때 모어는 서명을 거부했다. 그리고 1531년 헨리 8세가 "그리스도의 계율이 허락하는 한……"이라는 단서를 붙여 교회의 수장으로 인정되고, 영국 교회가 '국교회'라는 명칭으로 로마 가톨릭교회와 결별을 선언하자 공직에서 물러날 것을 결심했다. 마침내 모어는 1532년 5월 16일 국사의 짐을 덜게 해달라고 헨리에게 간청했는데, 이날은 바로 캔터베리 대주교구의 성직자회의가 '국왕의 인가 없이는 교회법규를 제정하거나 회의를 소집하지 않겠다는, 이른바 성직자의 굴복Submission of Clergy 문서를 수락한' 날, 즉 헨리 8세를 영국 교회의 영적 지도자로 맞아들이게 된 날이었다.

이듬해 6월 초 모어는 앤 왕비의 대관식에 참석하지 않았으며, 1534년 의회에서 통과된 왕위계승법에도 동의하지 않았다. 이 법은 헨리 8세와 앤 왕후의 소생에게 왕위계승권을 인정하고 메리 공주는 서출로 인정하여 왕위계승을 금지한다는 것이었는데, 이는 캐서린 왕비와의 결혼이 불법이었음을 인정하는 것이고 교황의 권위를 부정하는 것이었다.

1534년 5월 마침내 모어는 반역죄로 체포되어 런던탑에 감금되었다. 그는 15개월 동안이나 갇혀 있었는데 그곳에서도 자신을 꿋꿋하게 지키며 저술활동을 계속했다. 1535년 7월 1일에 재판에 회부된 모어는 "내 자신의 양심에 충실하기 위해……"라는 말로 시작한 최후진술에서 자신이 감수하는 수난의 첫

반역죄로 체포되는 모어
감금되기 전 첫째딸 마거리트와 작별인사를 나누는 모습이다.

째 목표는 교회의 분열을 막아보려는 것이라고 말했다. 또한 "속세의 인간이 영적인 세계의 우두머리가 되는 것을 용납해서는 안 된다."고 했다.

그로부터 닷새 후 모어는 단두대에 오르게 되었다. 그는 마지막 순간까지도 여유로움을 잃지 않았는데, 눈물을 흘리는 친구에게 "나를 위해 기도해주시오. 나도 당신을 위해 기도하겠소. 천국에서 다시 만나 유쾌하게 삽시다."라고 위로했다. 또한 망설이는 사형집행인에게 "기운을 내게. 자네의 직책을 과감히 수행해야 하네. 내 목은 짧으니 조심해서 자르게."라고 태연히 농담을 건네며 최후의 순간을 맞이했다고 한다.

로마 교황청은 죽음의 위협 앞에서도 자신의 신앙과 신념을 굳건히 지킨 모어에게 그가 사망한 지 400년이 되던 해인 1935년 성인의 칭호를 부여했다.

모어가 감금되었던 런던탑의 방과
심문문서 사본

차례

제 2 권

•• 일러두기

1. 이 번역에서 텍스트로 삼은 것은 Thomas More, *Utopia*(Latin Text and English Translation. Edited by George M. Logan, Robert M. Adams and Clarence H. Miller, Cambridge University Press, 1995.)이다. 다만 그 중 본문 1, 2권과 토머스 모어가 피터 힐러스에게 보내는 편지만을 옮기고, 그 밖에 원 편역자의 서문이나 해설, 그리고 여러 사람들 사이에 오고 간 편지들은 생략하였다.

2. 인명, 지명 등의 고유명사는 원칙적으로 당해 나라의 원어 발음에 따라 표기하되, 단 관용적으로 쓰이고 있는 것은 그 표기를 따랐다. 모어가 지어낸 유토피아 내의 여러 가공의 인물명이나 지명은 라틴어본의 표기에 따랐다.

3. 이 책의 본문 중 괄호 안에 있는 설명과 난외의 주는, 전에 옮긴이가 번역한 Ralph Robinson의 영역본(Everyman's Library. No. 461)과 그 밖의 국내외에서 출판된 여러 번역본의 주를 참고하여 옮긴이가 단 것이다.

4. 별면은 편집자가 작성한 것이다.

제1권

브리튼의 저명한 도시, 런던의 시민이자 사정장관보인 유명한 토머스 모어의 기록

카를로스 1세

카스티야 왕국을 포함한 에스파냐의 국왕. 카스티야의 왕 펠리페 1세와 에스파냐의 왕녀 후아나와의 사이에서 태어나 부친 쪽에서 네덜란드를, 외가에서 에스파냐·나폴리 및 신대륙의 에스파냐 식민지를 상속받았다. 1516년에 에스파냐의 왕이 되어 아메리카 식민지를 비롯한 에스파냐 전역을 통치하였으며, 1519년 신성로마제국의 황제, 카를 5세가 되었다.

어느 누구도 견줄 수 없는 빛나는 왕업王業을 이룬 군주이신 무적의 잉글랜드 왕 헨리 8세께서, 최근 카스티야Castilla 왕 카를로스Carlos 1세 폐하와 꽤 중대한 일†로 다툼이 있었다. 그 일을 의논하여 해결하기 위해 전하께서는 나를 플랑드르Flandre에 사절로 파견하셨다. 이때 나는 커스버트 턴스톨Cuthbert Tunstall의 동반자이자 동료로서 동행했는데, 이분은 아주 출중한 분이어서 최근에 전하께서 그를 기록담당관으로 임명하시자 모두들 아주 흡족하게 생각했다. 이분에 대한 칭찬은 전혀 하지 않겠다. 친구가 내리는 판단이란 별로 믿을 것이 못돼서가 아니라, 그의 인품과 학식은 감히 내가 언급할 수조차 없을 만큼 아주 뛰어나고, 또 그분은 내가 구태여 칭찬할 필요도 없을 만큼 누구에게나 잘 알려져 있기 때문이다. — 속담에 있는 말대로 '등불을 가지고 해를 비추려' 하는 것이 아니라면 말이다.

미리 약속한 대로, 우리는 그 일을 처리할 위원으로 카를로스 1세가 임명한 사람들과 브뤼게Brugge에서 만났다. 그들은 모두 훌륭한 사람들이었다. 그들의 장長은 브뤼게 시장이었으며 참으로 훌륭한 사람이었다. 하지만 그들 중에서도 특히 재치가 있고 언변이 좋은 사람은 캇셀Cassel의 성당 사제장인 조르주 드 템제크Georges de Themsecke였다. 그는 많은 수련을 쌓아서만이 아니라 타고난 천성이 뛰어난 웅변가였으며, 법률에도 조예가 깊었다. 특히 외교문제를 다루는 재주는 타고난 능력과 오랜 경험을 통해서 매우 뛰어났다. 우리는 몇 번 만나보았으나 합의에 이르지 못한 부분이 몇 가지 있었다. 그래서 그들은 우리와 헤어져 며칠 동안 브뤼셀Brussel(벨기에의 수도)에 가서 그들의 군주의 의향을 알아보기로 했다.

그동안 나는 다른 볼 일이 있어서 안트베르펜Antwerpen으로 갔다. 내가 거기 머물고 있는 동안 여러 사람이 나를 찾아왔는데, 누구보다도 피터 힐러스Pieter Gilles라는 사람이 가장 반가웠다. 그는 안트베르펜 출신으로 평판이 좋았으며 이미 높은 지위에 올라 있었는데, 최고의 지위를 차지할 만한 자격을 갖춘 사람이었다. 그 젊은이는 높은 학문과 훌륭한 성품을 두루 갖추고 있는데, 그 중 어느 편이 더 뛰어난가를 말하기가 어려울 정도이다. 그는 아주 높은 교양과 덕을 지니고 있으며 누구에게나 아주 친절한 데다, 특히 친구들에게는 참으로 친절하고, 인정 많고, 충실하고 신의가 있기 때문에, 우정이라는 점에서 그와 비교할 만한 사람을 찾기는 매우 어려울 것이다. 그보다 더 겸손하고 더 솔직한 사람은 없으며, 그처럼 순박함과 지혜로움을 겸비한 사람은 없다. 뿐만 아니라 그의 이야기는 참으로 즐겁고 순수하고 재미있기 때문에, 그와 자리를 같이하여 그의 재미있는 이야기를 듣고 있노라면, 모국과 집과 처자식들을 보고 싶은 간절한 마음이 많이 가셨다. (나는 그때 넉 달 넘게 그들과 떨어져 있었다.)

브뤼게의 여관
브뤼게는 벨기에 북서부 서플랑드르 주의 주도州都로, 13~15세기 영국 양모의 수입항으로서 남부유럽의 베네치아에 비길 만한 상업도시를 이루었다. 모어는 1515년 헨리 8세의 사절로서 플랑드르를 방문했는데, 사진은 모어가 브뤼게 체제 중에 머물렀던 여관이다.

✦ 1514년 카를로스 1세와 헨리 8세의 여동생 메리는 약혼한 사이였는데, 카를로스 1세가 프랑스와 결맹하는 것이 더 유익하다고 생각해 메리와의 약혼을 깨자 화가 난 헨리 8세는 에스파냐 령 네덜란드에 대한 양모 수출을 금지시켰다. 그러나 당시 영국의 주요 생산품은 양모였으며 모직물공업의 중심지는 플랑드르였기 때문에 영국의 재정적 손실이 발생하자, 헨리 8세는 친선관계의 회복을 위해 플랑드르에 사절을 파견했다.

피터 힐러스
에라스무스의 제자로 에라스무스의 소개로 모어를 만나 평생친구가 되었다. 에라스무스는 피터 힐러스의 결혼 축하시에서 그를 모든 고상한 문학에 대한 교양을 가진 사람이라고 칭찬했다.

현명한 사람
팔리누루스는 그리스 신화와 베르길리우스의 서사시 〈아이네이스Aeneis〉에 나오는 인물. 그는 뛰어난 키잡이였으나 현명한 사람은 아니었다. 본문은 라파엘 히슬로다에우스의 현명함을 넌지시 알려주려는 의도가 엿보인다. 위의 모자이크는 〈아이네이스〉의 인용문이 적힌 두루마리를 들고 있는 베르길리우스(가운데)를 나타낸 것이다.

어느 날 나는 안트베르펜에서 제일 아름답고 유명한 교회인 노트르담 성당에서 미사를 드린 뒤 숙소로 막 돌아가다가, 우연히 피터 힐러스가 어떤 낯선 사람과 이야기하고 있는 것을 보게 되었다. 그 사람은 꽤 나이 든 사람이었는데, 햇볕에 검게 탄 얼굴에는 수염이 길게 나 있었고 어깨에는 외투를 아무렇게나 걸치고 있었다. 나는 그의 용모나 차림새로 그를 선장이라고 생각했다. 그때 피터가 나를 보고 다가와서 인사했다. 내가 답례하려고 하자, 그는 나를 한쪽으로 끌고 가서는 조금 전에 함께 이야기하고 있던 사람을 가리키면서 말했다.

"저분 있지요? 저분을 모시고 당신께 막 가려던 참이었어요."

"당신이 소개하는 사람이라면 기꺼이 만나지요." 하고 나는 대답했다.

"그가 어떤 사람인지 아시게 되면, 내가 소개하는 사람이라서가 아니라 그분 자체의 매력에 끌려서 그를 반갑게 맞이하실 것입니다. 미지의 나라와 그 주민들에 대해서 이분처럼 이야기해줄 수 있는 사람은 오늘날 찾아볼 수 없으니 말입니다. 게다가, 난 당신이 이런 새로운 이야기를 늘 듣고 싶어 한다는 걸 알고 있거든요."

"그럼, 내 추측이 그리 어긋나지 않았군요." 하고 나는 말했다. "첫눈에 난 그분을 선장이라고 생각했으니까요."

"그건 아주 잘못 짚으셨는데요."라고 그는 대답했다. "그가 항해를 하긴 했지만, 그것은 팔리누루스Palinurus처럼 한 게 아니라, 율리시스처럼, 아니 차라리 플라톤처럼 했기 때문입니다. 이분 이름은 라파엘Raphael인데요. — 성은 히슬로다에우스Hythlodaeus[모어가 만들어낸 가공 인물. 그리스어 hythlos(재잘거림, 난센스)에서 나온 말]이고요. — 그런데 이분은 라틴어에도 아주 능통하지만 그리스어에 더 조예가 깊지요. 그는 철학에 더 관심이 많았기 때문에 라틴어보다 그리스어 공부에 더 힘을 들였습니다. 그는 세네카나 키케로의 작품 몇 개 말고는 라틴어로 쓴 것 중에서 철학에 관해서 중요한 것이 별로 남아 있지 않다는 것을 알고 있었지요. 그는 세계 여러 곳을 구경하고 싶다는 간절한 소망으로, 자기 집에서 (그는 포르투갈 사람이지요.) 물려받기로 되어 있는 유산을 형제들에게 나누어주고는 아메리고 베스푸치Amerigo Vespucci의 항해에 가담했습니다. 그는 오늘날 그 항해기록이 어디서나 많이 읽히고 있는 베스푸치의 네 번에 걸친 항해 가운데 나중 세 항해에 계속 참가했는데, 마지막 항해 때는 베스푸치와 함께 돌아오지를 않았습니다. 여러 번 간청도 하고 여러모로 수단을 부린 끝에, 마지막 항해가 끝난 뒤 그도 요새에 남을 스물네 명에 끼도록 아메리고에게서 허락을 받아냈지요. 이래서 그는 자기 소원대로 뒤에 남게 되었습니다. 이 사람은 자기 무덤보다 여행에 관심이 더 많았기 때문이지요. 그는 '무덤 없는 사람은 하늘이 덮어준다.' 혹은 '천당에 가는 길은 어디서 떠나도 같은 거리다.' 라는 말

아메리고 베스푸치
이탈리아의 상인이자 항해사. 신대륙 초기 탐험자이며 그의 이름에 따라 '아메리카'라는 이름이 붙여졌다. 모어의 시대에는 베스푸치의 항해기록들이 라틴어로 출간되어 널리 읽혔는데, 아마도 모어는 이러한 저작들에서 영향을 받아 바다 건너 새로운 세상을 상상할 수 있었을 것이다.

을 노상 입에 담곤 하지요. 하느님이 그에게 은총을 베푸시지 않았더라면, 이런 태도 때문에 그는 틀림없이 엄청난 대가를 치렀을 겁니다. 베스푸치가 떠난 뒤 그는 요새에 남은 다섯 명과 함께 여러 나라를 두루 돌아다녔지요. 마지막에 참 기적적인 행운을 얻어 타프로바네Taprobane(스리랑카의 옛 이름인 실론Ceylon의 그리스명)를 거쳐 캘리컷Calicut에 이르렀습니다. 그곳에서 마침 포르투갈 배를 만나 그걸 타고 천만다행으로 고국에 돌아왔습니다."

이렇게 피터가 이야기를 끝내자, 나는 그 사람의 이야기를 들을 수 있게 주선해준 데 대해 감사하다고 말했다. 피터는 그의 이야기가 나

를 즐겁게 해주리라 기대했던 것이다. 이래서 나는 라파엘 쪽으로 돌아섰다. 우리는 서로 인사를 나누었으며 처음 만나는 사람들끼리 으레 나누는 식의 인사말을 주고받았다. 그런 다음 함께 우리 집에 가서, 뜰 안 푸른 잔디로 뒤덮인 벤치에(이때의 벤치는 긴 나무 상자에 **흙**을 담고 그 위에 **잔디**를 입힌 것이었다) 앉아 함께 이야기를 나누었다.

그는, 베스푸치가 떠난 후 요새에 남은 그와 그의 친구들이 어떻게 그 나라 사람들과 만나고 정겨운 말솜씨로 차츰차츰 그들의 호감을 얻게 되었는가를 말해주었다. 오래지 않아 그들은 그 나라 사람들과 아무 문제없이 지냈을 뿐만 아니라 아주 친근하게 지내게 되었다. 또한 그 나라 군주는 (그 사람의 이름과 그 나라의 이름은 잊어버렸지만) 그들에게 호의를 베풀었다. 그는 이 군주가 얼마나 친절하게 그와 다섯 명의 친구들이 여행하는 데 필요한 보급품을 충분히 마련해주었을 뿐 아니라, 수로에는 뗏목, 육로에는 수레와 같은 여행수단까지 제공해주었는지 말해주었다. 게다가 그 군주는 아주 믿을 만한 안내자를 붙여주어 그들이 찾아가려는 다른 군주들에게 안내케 하고, 매우 유력한 추천장까지 써주었다. 여러 날에 걸친 여행 끝에, 그들은 여러 마을과 도시 그리고 인구가 아주 많고 꽤 잘 다스려지고 있는 나라들을 발견했다고 그는 말했다.

바로 적도선 아래에는 태양이 움직이는 궤도의 양쪽 멀리까지, 계속되는 열기로 바싹 말라 타버린 넓은 사막이 펼쳐 있다는 것이다. 이곳은 온 지역이 황량하고 쓸쓸하고, 으스스하고 미개하여, 사나운 짐승이나 뱀, 그리고 이들 짐승들 못지않게 사납고 위험해 보이는 사람들이 살고 있다. 그러나 그곳을 지나 조금 더 가면, 모든 것이 점차 조금씩 온화해진다. 햇빛이 덜 뜨겁고, 땅은 좀더 푸르고, 짐승들도 덜 사납다. 마침내 다시 사람들과, 도시와, 마을에 도달하게 되는데, 여기선 자기들끼리 또는 이웃 사람들과의 거래뿐만 아니라 멀리 다른 나라들과도 육로와 수로를 통해 교역하고 있다는 이야기다. 그 뒤 그들은 모든 방향으로 여러 나라를 찾아갈 수 있었다고 그는 말했다. 항해를 떠나는 배는 모두 그와 그의 친구들이 타는 걸 기꺼이 받아들였기 때문이다.

그들이 처음 지역에서 본 배는 밑이 납작하고, 돛은 꿰맨 파피루스 갈대나 버들가지로 만들어졌으며 어떤 부분은 가죽으로 되어 있었다. 그 후 더 멀리 나아가서는 뾰족한 용골과 삼배 돛을 가진 배를 보게 되었는데, 그것은 모든 점이 우리들의 배와 같은 것이었다. 뱃사람들은 바람과 바닷물을 다루는 솜씨가 서툴지 않았다. 하지만 그가 나침반의 사용법을 가르쳐주자 그들이 아주 고마워했다고 라파엘은 말했다. 그들은 그때까지 나침반에 대해서 전혀 모르고 있었다. 그렇기 때문에 그들은 이전에는 몹시 조심스럽게 배를 몰았으며 여름철에만 바다로 나갔다. 그러던 것이, 이제는 이 자석에 대한 신뢰가 매우 커져서 겨울도 전혀 두려워하지 않게 되었으며, 그 결과 더 안전해졌다기보다는 더 겁 없어졌다. 그들의 이런 무모함 때문에, 그들에게 매우 유익하리라고 기대된 이 기구가 큰 불행을 가져다주는 원인이 되지나 않을까 약간 걱정스럽다는 것이다.

라파엘이 여러 곳에서 본 것을 우리에게 말해준 대로 모두 되풀이하자면 이야기가 너무 길어질 것이며, 또 그것은 우리가 지금 바라는 목적에 아무 도움도 되지 않을 것이다. 그런 것들, 특히 알아 두어서 유익할 만한 것 — 무엇보다도 문명한 나라들에서 그가 본 현명하고 분별 있는 여러 시설이나 규정들에 관해서는, 아마 다른 기회에 더 많이 이야기하게 될 것이다. 이런 것에 관해서 우리는 여러 가지를 자세하게 캐물었고, 그 역시 이 점에 대해서는 기꺼이 이야기해주었다. 그렇지만 괴물들에 관해서는 아무것도 물어보지 않았다. 왜냐하면 그런 것은 전혀 새로운 것도, 진기한 것도 아니기 때문이다. 스킬라Scylla(그리스 신화에 나오

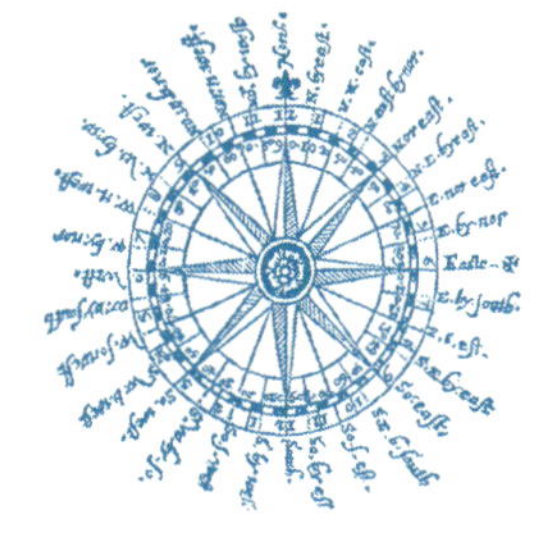

나침반

최초의 나침반은 기원전 200년 초, 천연자석 금속을 붙인 숟가락을 사용해 미래를 점치던 중국 점술가들의 도구에서 비롯되었다. 유럽의 르네상스는 동양에서 세 가지 기계발명품이 들어온 후 일어났는데, 첫째가 화약, 둘째가 인쇄술, 셋째가 나침반이다. 12세기 서유럽에 전해진 나침반은 항해술에 큰 변화를 가져다주었다. 위의 사진은 최초의 나침반을 복원한 것이며 아래 그림은 16세기 나침반의 모습이다.

는 머리가 6개 달린 괴물), 게걸스럽게 먹어치우는 켈라이노Celaeno(상체는 여자, 하체는 새와 같이 생긴 괴물), 식인귀 라에스트리고네스Laistrygones(오디세우스의 배를 파괴하여 뱃사람들을 잡아먹은 거인) 등, 이런 종류의 괴물들은 아무 데서나 만나 보게 되는 것들이기 때문이다. 그러나 훌륭하고 현명하게 길들여진 시민들을 찾아보기란 어디서나 여간 어려운 일이 아닐 것이다.

그는 이들 새로 발견된 나라들에서 볼 수 있는 여러 잘못된 관습에 대해서도 이야기했지만, 우리 도시들과 나라들, 종족들과 왕국들의 잘못을 고치기 위해 교훈으로 삼을 만한 다른 여러 관행들에 대해서도 이야기해주었다. 이것에 관해서는 이미 말한 바와 같이 다른 곳에서 다루겠다. 지금은 그가 이야기한 유토피아인들의 관행과 제도들에 관해서만 이야기할 생각이다. 하지만 그에 앞서 그때 우리들 사이에 오고 간 이야기를 먼저 전하겠는데, 그런 이야기 끝에 그가 그 나라에 대해서 말하게 된 것이다. 라파엘은 지구의 이쪽 반구半球와 그쪽 반구 양쪽에 있는 (실은 양쪽에 모두 많이 있는) 여러 잘못된 제도들에 대해서 아주 조심스럽게 언급했다. 또 우리들 사이나 그들 사이에 마련되어 있는 좀더 슬기로운 시설들에 대해서도 이야기했다. 그것도 잠깐 찾아가 보기만 한 곳인데도, 마치 그곳에서 한 평생을 지내기라도 한 것처럼 그 모든 곳의 관행과 제도들을 자세히 이야기했다.

피터가 놀랐다. "라파엘 님," 하고 그는 말했다. "나는 당신이 왜 어느 왕의 궁정에 들어가 봉사하지 않는지 도무지 이해할 수가 없습니다. 당신을 반겨 맞이하지 않을 군주는 한 사람도 없을 테니까요. 당신의 깊은 학식과 여러 나라와 국민들에 관한 해박한 지식은 군주를 기쁘게 해줄 것이며, 당신의 권고와 실례를 든 설명은 자문회의에도 크게 도움이 될 것입니다. 그러면 당신 자신의 처지도 더욱 유리해질 것이고, 또 당신 친척들이나 친구들에게도 큰 도움이 될 텐데요."

"친척들이나 친구들에 대해서는 별로 관심이 없습니다."라고 그는 대답했다. "왜냐하면, 나로서는 그들에게 이미 충분히 할 만큼 했다고 생각하고 있으니까요. 다른 사람들은 대부분 늙고 병들 때까지 내놓고 싶어 하지 않는 (그리고 더 이상 지니고 있을 수가 없게 되어서야 그것도 마지못해 내놓는) 재산을, 나는 아직 젊고 건강한 시절에 친척들과 친구들에게 나누어주었지요. 그들은 내가 준 것으로 만족할 일이지, 내가 그들을 위해 어느 왕의 노예가 되기를 요구하거나 기대할 수는 없을 겁니다."

"옳은 말씀입니다."라고 피터가 대답했다. "하지만 당신에게 왕의 노예가 되라는 뜻이 아닙니다. 다만 왕에게 봉사하라는 것뿐이지요."

"노예가 되라는 말과 봉사하라는 말은 별로 다를 게 없어요."라고 라파엘이 말했다. ✤

"맞습니다." 하고 피터는 말했다. "그렇지만 당신이 그걸 무어라고 부르건, 그게 당신 친구들이나 많은 일반민들에게 유익할 뿐만 아니라, 당신 자신도 더 행복해지는 지름길이 바로 이 길이라고 나는 생각하는데요."

"더 행복해진다고요!" 하고 라파엘이 말했다. "전혀 마음에 들지 않는 그런 생활방식으로 더 행복해질까요? 지금 나는 나 하고 싶은 대로 살고 있습니다. 그리고 궁정에서 아무리 근사한 지위에 있는 사람들도 이렇게 말할 수 있는 사람은 극히 드물 거라 생각하고 있지요. 사실 또 유력자들의 마음에 들려고 애쓰는 사람들도 많이 있기 때문에, 나 같은 사람 한두 명이 없다고 해서 큰 손해라고 생각할 필요는 없습니다."

그때 내가 말했다. "라파엘 님, 당신이 부富도 권력도 바라고 있지 않다는 걸 잘 알겠습니다. 또, 사실 난 당신과 같은 마음을 가진 사람을, 이 세상에서 가장 유력한 사람들 못지않게 존경하고 높이 평가하고 있지요. 하지만 당신의 지혜와 정력을 공공의 업무를 위해 사용하

유토피아 라틴어본

1516년 루뱅에서 출판된 《유토피아》 초판의 본문. 모어가 유토피아를 라틴어로 쓴 이유는 당시 유럽의 학자들이 라틴어를 공통으로 사용했기 때문으로 보인다. 사회개혁을 위해서는 지도자들이 먼저 현자가 되어야 한다고 생각한 모어는, 널리 그리스도교 세계의 지도자들에게 개혁을 호소하기 위해서 그들이 공통적으로 알고 있는 라틴어를 사용했을 것이다.

✤ 원문은 "차이는 음절 하나에 불과하지요The difference is only a matter of one syllable"로 되어 있다. 라틴어로 '왕의 노예가 되는 것이 아니라 봉사하는 것non ut servias regibus, sed ut inservias'에서 노예가 되는 것servias과 봉사하는 것inservias의 차이는 in이라는 한 음절의 차이가 있을 뿐이다.

겠다고 마음먹는다면, 설령 그 일을 별로 좋아하지 않더라도, 그것은 진실로 지혜를 사랑하는 당신의 고귀한 성품에 알맞은 가치 있는 일이 될 겁니다. 훌륭한 군주의 고문이 되어 그로 하여금 올바르고 어진 행동을 하도록 유도함으로써 (나는 당신이 틀림없이 그러리라고 믿는데요.) 당신은 그러한 일을 아주 훌륭하게 해내실 수 있을 겁니다. 왜냐하면 인민의 행복이나 불행은 마치 끊임없이 솟아나는 우물에서 물이 흘러나오듯이 군주에게서 흘러나오기 때문이지요. 당신은 학식이 매우 깊고 경험이 아주 풍부하니까, 설령 그 중 하나는 놔두고 다른 하나만으로도 이 세상 어느 왕에게나 훌륭한 고문이 될 겁니다.”

훌륭한 고문
강직한 성품의 토머스 모어는 당대의 뛰어난 지식인이자 인문주의자였다. 본문에서 모어는 현명한 군주에게 인민의 행복이 달려 있다며 라파엘에게 군주의 고문이 될 것을 권하는데, 이는 관직을 싫어했던 모어 자신이 왕의 고관직을 맡은 이유이기도 할 것이다.

“당신은 두 가지를 잘못 생각하고 있습니다, 모어 님.” 하고 그가 말했다. “첫째는 나에 대해서, 그리고 또 상황 자체에 대해서 말입니다. 나는 당신이 생각하는 것과 같은 능력이 없습니다. 그리고 설령 그런 능력을 충분히 가지고 있다 하더라도, 그것은 내 자신의 명상의 시간을 활동적인 일로 허비할 뿐이지, 나라에는 별 도움이 되지 않을 겁니다. 무엇보다도 군주들은 대개 평화를 유지하려는 훌륭한 방안보다는 전쟁 기술에 더 큰 관심을 가지고 있는데, 이런 것에 대해서 나는 아무 지식도 없고 흥미도 없습니다. 군주들은 대체로 이미 그들이 가지고 있는 왕국을 잘 다스리는 일보다는 수단방법을 가리지 않고 새로운 왕국을 획득하는 일에 더 골몰하고 있어요. 더욱이 왕의 고문이라는 사람들은 스스로 아주 현명하다고 생각하기 때문에 구태여 다른 사람의 권고를 받아들이거나 인정할 필요가 없지요. ― 적어도 그들은 자신들을 그렇게 생각하고 있습니다. 또 그들은 군주의 특별한 총애를 받는 높은 사람들의 말이라면 아무리 어리석은 것이라도 찬성하고 아부하지요. 그들은 이런 높은 사람들의 힘을 빌려 군주와 가까워지려고 하는 겁니다. 자신이 만들어낸 것을 제일 좋은 것이라고 생각하는 것은 인지상정입니다. 까마귀나 원숭이도 제 새끼를 사랑하지요.

그런데, 다른 사람이라면 누구나 시기하고 오직 자기 자신만을 제일이라고 생각하는 그런 사람들로 가득 찬 궁정 안에서, 누군가 한 사람이 다른 시대에 관해 전에 책에서 읽었거나 다른 곳에서 직접 눈으로 보아 알고 있는 어떤 일을 제안한다고 가정해봅시다. 그걸 듣는 사람들은 다른 사람들의 제안 속에서 흠잡을 만한 것을 찾아낼 수 없으면, 마치 그들의 지혜에 대한 모든 평가가 뒤집어질 위험이 있지 않을까, 그리고 그때부터는 자기들이 바보 취급을 당하지나 않을까 걱정스러운 듯이 행동하지요. 그들이 취한 그 밖의 다른 모든 행동이 실패하게 되면 그들은 이런 말로 피해 갑니다. '우리가 지금 취하고 있는 방식은 우리 조상들이 그만하면 좋은 것이라고 생각한 방식이었으며, 나는 그저 우리도 그들만큼만 현명했으면 하고 바랄 뿐이다.' 이 같은 이해하기 어려운 생각을 지닌 채, 마치 그 문제에 관해 결말을 지었다는 듯이 자기 자리에 앉습니다.

물론, 이런 행동으로 그들이 보여주려는 것은, 무슨 일에서건 누군가 그의 조상들보다 더 현명한 자가 있으면, 그건 아주 위험천만한 일이라는 것입니다. 사실, 우리는 조상들이 남겨준 아주 훌륭한 선례들을 소홀히 하고 있으면서도 아무렇지도 않게 생각하고 있어요. 하지만 혹 어떤 점에서 조상들의 생각이 좀더 타당했다고 생각되는 점이 있으면, 당장에 과거를 존중한다는 구실을 내걸고 필사적으로 거기에 매달립니다. 나는 이따위 거만하고, 고집 세고, 터무니없는 판단에 부딪친

헨리 8세

지성과 정력을 겸비한 군주로서 집권 초기 많은 국민들의 기대를 받았으나, 점점 사치스러운 생활과 영토 확장에 집중함으로써 국민들의 삶을 힘들게 했다.

울지

라파엘이 말하는 군주의 특별한 총애를 받는 높은 사람은 당시 헨리 8세의 총애를 등에 업고 추기경, 상서경까지 올라 막강한 권력을 행사하던 토머스 울지 Wolsey를 연상시킨다. 재물에 대한 욕심이 많고 세속적이던 그는 국민들의 신망을 얻지 못했다.

반란의 주모자

1497년 콘월에서 일어난 반란의 주모자 토머스 플래멍크Thomas Flamank와 마이클 조지프Michael Joseph의 동상. 이들은 스코틀랜드와의 전쟁경비를 충당하기 위한 헨리 7세의 세금 징수에 반대하여 반란을 일으켰으나, 블랙히스에서 패전하여 콘월 주민 2천여 명이 사망했다. 주모자들은 처형당해 런던 다리에 효수되었다.

✥ 흔히 '대법관'으로 번역하지만, 우리 나라의 대법관과 혼동되는 것을 피하기 위해 '상서경尙書卿'이라고 옮겼다. 원래 상서청법정Court of Chancery의 우두머리 인데 당시에는 사실상 왕의 재상이었다.

적이 여러 번 있는데 잉글랜드에서도 한 번 있었지요."

"뭐라고요!" 하고 나는 말했다. "당신은 우리 나라에 와보신 적이 있습니까?"

"예, 있지요."라고 그는 말했다. "수개월 동안 머물러 있었지요. 왜 그 서부 지방민들이 왕에 반대하여 일으킨 반란이 비참한 살육으로 진압당하고 난 후 얼마 지나지 않았을 때였어요. 거기 머문 동안에 나는 캔터베리의 대주교이자 추기경이며, 당시 잉글랜드의 상서경Lord Chancellor✥이시던 존 모턴John Morton(1420~1500, 모어는 청년 시절 그의 시동으로 있었다) 님께 많은 신세를 졌지요. 그분은 말입니다, 피터 님, (모어 님은 이미 다 아실 테니까) 그분의 권세 못지 않게 지혜와 덕으로도 크게 존경받는 분이었지요. 그분은 보통 키에, 나이 많은 분이었지만 몸은 꼿꼿이 가누고 계셨습니다. 그분의 얼굴을 보고 있노라면 두려운 마음이 아니라 존경의 마음이 우러났습니다. 말씀은 진지하고 장중했지만 힐책하는 데가 없었지요. 그분은 자기에게 소청訴請을 드리러 온 사람들에게 날카로운 말을 붙이곤 했는데, 악의가 있어서 그런 것이 아니라 그들의 기백과 침착성을 시험해보기 위해서였지요. 그분은 이러한 자질을 찾아내는 것을 좋아했는데, 그런 자질은 그분 자신이 지닌 자질이었으며, 뻔뻔스러운 지경에까지 이르지만 않으면 이런 자질을 지닌 사람이야말로 나랏일을 수행하기에 가장 알맞은 사람이라고 생각했습니다. 그분의 이야기는 세련되고 예리했으며, 법률 지식에 조예가 깊었고, 이해력은 비길 데가 없었으며, 놀라운 기억력을 가지고 있었습니다. 타고난 뛰어난 능력을 배움과 실천을 통해서 더욱 길러냈기 때문이지요. 내가 잉글랜드에 머물고 있었던 당시, 왕은 그분의 권고에 크게 의존했으며, 모든 나랏일이 그분에 의해 집행되는 것 같았습니다. 그분은 소년기를 넘자마자 바로 학교에서 궁정으로 들어와 많은 중요한 업무 속에 파묻혀 살았고, 또 끊임없이 변하는 운명의 소용돌이 속에서 이리 밀리고 저리 밀리면서 지내왔거든요. 그 때문에 그분은 큰 위험을 많이 겪으면서 실제적 지혜를 배웠는데, 이렇게 얻은 지혜는 쉽사리 잊혀지지 않는 법입니다.

어느 날인가 나는 그분과 저녁식사를 같이 한 적이 있는데, 그때 마침 귀국의 법률에 능통한 어떤 사람이 동석했습니다. 그 사람은, 어쩌다 그런 말을 하게 되었는지 모르지만, 당시 도둑들에 대해서 적용되고 있던 가혹한 처벌을 극구 칭찬하기 시작했어요. 그의 말에 의하면 도둑들은 대개 스무 명이 한 형틀에 매달려 한꺼번에 교수형을 당했다는 것입니다. 그러면서 그가 말하기를, 교수형을 면한 자의 수가 극히 적은데도 어째서 그렇게 많은 도둑들이 사방에서 쏟아져 나오는지 아주 이상하다는 것이었어요. 나는 추기경 님 앞인데도 감히 입을 열고 말했지요.

'조금도 이상한 게 없습니다. 도둑에 대한 이런 처벌 방법은 공정한 처벌의 한계를 벗어난 것이며, 또 나라에도 아무 도움이 되지 않습니다. 형벌 자체가 지나치게 가혹한데, 그러면서도 범죄를 억제할 힘이 없습니다. 단순한 절도 행위는 사형을 받을 만큼 큰 범죄는 아니지요. 게다가 도둑질밖에는 살아갈 방도가 없는 사람들에게는 아무리 무서운 형벌을 가해도 그 짓을 멈추게 할 수 없습니다. 이 문제에 관해서는, 잉글랜드에 사는 당신만이 아니라 이 세상 사람 대부분이 학생을 가르치기보다는 때리려고만 드는 못된 교사와 비슷해 보입니다. 우선 훔치고 보자, 죽는 것은 그 다음 일이라고 생각할 수밖에 없는, 그런 극심한 곤궁 상태에 빠지지 않도록, 모든 사람으로 하여금 생계를 이어나갈 수 있게 해주는 것이 훨씬 좋은 길인데도, 도둑에 대해서 혹독하고 무서운 형벌을 규정하고 있으니 말입니다.'

'천만에요. 이제껏 그들의 생계를 돌보아 왔지요.' 하고 그자가 말했습니다. '그들이 일부러 못된 짓을 하려고 들지만 않는다면, 먹고 살

지나친 형벌
모어는 라파엘을 통해 궁핍한 삶에 쫓겨 범죄를 저지를 수밖에 없는 사람들을 가혹하게 처벌하는 당시의 지도자들을 비판하고 있다. 당대 유럽에서는 사형의 방법으로 주로 참수형과 교수형이 행해졌는데, 일반적으로 참수형은 상류층 죄수에게 적용되었으며 교수형은 도둑과 같은 평민 죄인에게 내려졌다.

장원제

중세 유럽의 장원은 영주 직영지와 농민들에게 경작용으로 빌려주는 땅으로 이루어져 있었다. 농민들은 소작료를 지불하기 위해 영주에게 농산물을 바치고 영주의 직영지에서 일했으며, 남는 시간에 자신의 땅에서 일해야 했기 때문에 과중한 노동과 경제적 부담에 시달려야 했다. 그림은 장원제의 불평등성을 상징하는 것으로 편안히 앉아 있는 영주와 여러 가지 일에 쫓기는 농민들의 모습을 대비시켜준다.

아갈 수공업도 있고 농사도 있어요.'

'아닙니다.' 라고 나는 말했지요. '그런 식으로 비껴갈 수는 없습니다. 최근에 일어난 콘월 전투, 그리고 그보다 조금 전에 일어난 당신들과 프랑스와의 전쟁과 같은 대외전쟁과 내란에서 불구자가 되어 집으로 돌아온 사람들에 관한 이야기는 접어두기로 합시다. 공익과 국왕을 위한 봉사에서 팔다리를 잃은 이 사람들은 몸이 너무나 망가졌기 때문에 전에 하던 일을 할 수가 없고, 너무 늙어서 새로운 일을 배울 수도 없습니다. 그렇지만 전쟁은 자주 일어나는 것이 아니라 이따금 일어나는 것이니까 이런 사람들에 관한 이야기는 접어두고, 날마다 일어나고 있는 일들에 관해서 생각해보자고 말씀드리는 것입니다. 남의 노동, 즉 소작인들의 노동에 의지하여 수벌처럼 아무 일도 하지 않고 살아가는 고귀하신 분들이 많이 있습니다. 이들은 끊임없이 소작료를 올림으로써 소작인들의 생살까지 깎아냅니다. (오직 이것만이 그들이 하는 검약의 길입니다. 이렇게라도 하지 않으면 그들은 그 밖의 모든 일에 낭비가 심해서 금방 빈민원에 들어가게 될 테니까요.)

거기에다 또 그들은 빈둥대는 많은 하인들의 무리를 거느리고 있는데, 이 하인들은 생계를 이어나갈 만한 일을 전혀 배우지 않습니다. 이런 자들은 주인이 죽거나 자기 자신이 병들게 되면 당장 집 밖으로 쫓겨나지요. 왜냐하면 영주들은 병자보다는 게으른 사람을 거느리려고 할 것이며, 또 흔히 상속자는, 적어도 처음에는, 자기 아버지처럼 그렇게 큰 집과 하인들을 유지할 수가 없기 때문입니다. 쫓겨난 사람들은 도둑질을 시작하지 않으면 곧 굶어죽게 마련이지요. 그 밖에 그들이 무슨 일을 할 수 있겠습니까? 그래서 객지를 떠도는 생활로 건강을 해치고 옷도 다 닳게 되고, 얼굴이 수척해지고 의복이 누더기가 되면, 높으신 분들은 그들을 고용하려고 하지 않습니다. 그리고 시골 사람들도 그들에게 일을 맡기려고 하지 않아요. 게으름과 쾌락 속에 어려움 없이 자란 사람, 칼과 방패를 차고 거만하게 거리를 재고 다니기가 일쑤였던 사람은 모든 이웃사람들을 얕잡아 보고 자기보다 못한 사람으로 멸시하기 십상이라는 점을 시골 사람들도 누구한테서 듣지 않아도 이미 다 알고 있기 때문입니다. 그런 사람들에게는 삽과 괭이를 들고 하는 일을 맡길 수 없습니다. 그런 사람은 얼마 안 되는 품삯과 보잘것없는 음식을 얻으려고 가난한 사람에게 충실하게 봉사하려고 하지 않습니다.'

'그러나 이런 사람들이야말로 우리가 특별히 용기를 북돋워주어야 할 사람들입니다.' 라고 그 변호사는 말했어요. '전쟁이 일어났을 때, 우리 군대의 병력과 힘은 이들에게 달려 있어요. 그들은 노동자나 농부보다 더 대담하고 고매한 용기를 가지고 있기 때문입니다.'

'그렇다면 전쟁을 위해서 도둑의 용기를 북돋워주어야 한다고도 말해야 되겠습니다그려.' 라고 내가 대답했습니다. '이런 사람들이 있는 한 결코 도둑들이 모자라지는 않을 테니까요. 도둑들이 쓸 만한 병정인 것과 똑같이, 병정들은 유능한 도둑들이 되게 마련이지요. 이 두 직업은 참 공통점이 많거든요. 하지만 이곳에서는 이 문제가 흔히 있는 일이지만, 이것은 당신들에게만 국한된 것이 아니고 거의 모든 나라에서 공통적인 현상입니다. 프랑스는 훨씬 더 고통스러운 재난에 시달리고 있지요. 평화로운 때인데도 (그걸 평화라고 할 수 있다면 말인데요.) 온 나라에 용병들이 가득 차 득실거리고 있는데, 이들은 고귀하신 분들이 게으른 하인들을 길러내야 한다고 내세우는 것과 똑같은 이유로 외국에서 들여온 자들입니다. 자칭 영리한 멍청이들이 생각하기에, 나라의 안전은 강한 군대, 그것도 직업군인들로 구성된 군대를 갖추고 있느냐의 여부에 달려 있다는 것이지요. 그들은 전쟁 경험이 없는 자들을 믿을 수 없다고 생각합니다. 그래서 그들은 훈련된 병정들을 갖추기 위해 가끔씩 전쟁을 일으킬 구실을 찾아내지요. 이래서 아무 이

로마의 역사가 살루스티우스와 그의 책 《카타리나의 싸움》의 라틴어본. 본문에 나온 인용 구절은 이 책에 나온다.

유도 없이 사람의 목이 잘려나가는데, 살루스티우스Sallustius의 그럴듯한 말대로 손과 정신이 훈련 부족으로 둔해지지 않도록 하기 위해서라는 겁니다. 그러나 이런 짐승들을 먹여 살리는 것이 얼마나 해로운 일인가를, 프랑스인들은 자신들이 입은 피해를 통하여 배웠습니다. 로마인들, 카르타고인들, 시리아인들, 그 밖의 여러 나라 사람들의 실례가 같은 것을 보여주고 있어요. 그들의 정부만이 아니라, 경지耕地들과 심지어 도시들까지 자신들의 상비군에게 짓밟혀 파괴된 경우가 한두 번이 아닙니다. 게다가 그렇게 준비해봤자 아무 쓸모가 없지요. 어렸을 때부터 무술 훈련을 받은 프랑스 병정들조차도 당신 나라의 모집신병들을 이겨냈다고 자랑하지 못하니까요. 이 점에 대해서는 더 이상 말하지 않겠습니다. 여기 계신 분들께 아첨하고 있는 것처럼 보이고 싶지 않기 때문입니다.

어떻든, 도시에 사는 일꾼들이나 시골의 촌뜨기 농장 노동자들은 — 신체가 힘든 일이나 거친 일을 하기에 알맞지 않거나 가족을 먹여 살릴 길이 없어 기력을 잃어버린 사람들을 빼놓고는 — 게으른 가신들 무리를 별로 두려워하지 않을 것 같습니다. 그렇기 때문에 한때 힘세고 기력이 왕성했지만 (높은 신사 분들은 이런 사람들만 골라서 망쳐놓으시거든요.) 게으르고 나약한 생활로 말미암아 연약하고 맥이 없게 된 가신들이, 먹고 살기 위해 수공업 일을 배우거나 힘든 노동일에 종사하게 되면 혹시 힘이 약해지지 않을까, 하고 걱정하지 않아도 됩니다. 그러나 그건 어떻든 간에, 전쟁이라는 비상사태에 대비하기 위해 말썽만 일으키고 평화를 해치는 그런 무리의 사람들을 많이 유지하는 것이 공익에 부합한다고는 도저히 생각할 수 없습니다. 전쟁은 하려고 하지 않으면 결코 일어나지 않습니다. 그리고 전쟁보다는 평화를 늘 더 많이 생각해야 합니다. 그러나 사람들로 하여금 도둑질하게 만드는 요인은 이것만이 아닙니다. 또 하나의 요인이 있는데, 내가 보기에는, 특히

당신들 잉글랜드 사람들에게 적용되는 것입니다.'

'그게 무언가요?' 라고 추기경께서 말씀하셨습니다.

'당신들 나라의 양떼들입니다.' 라고 나는 말했지요. '양은 보통 아주 온순하고 조금밖에 먹지 않는 동물인데, 이제는 아주 게걸스럽고 사나워져서 사람들까지 먹어 치운다고 들었습니다. 양떼들은 경지, 가옥, 도시들을 황폐시킵니다. 국내 어느 곳이든지 양들이 가장 질 좋은, 그래서 가장 값비싼 양모를 생산하는 곳에서는 귀족과 젠트리gentry, 심지어 상당히 많은 수도원장들 — 그런 거룩한 사람들 — 까지도 땅의 전 소유자들이 거두어들인 옛 지대만으로 만족하지 않습니다. 그들은 이제 사회에 아무런 도움도 주지 않고 나태와 사치 속에 살아가는 것만으로는 만족하지 않고, 해를 끼치는 일에 나서고 있습니다. 그들은 경작용 농지를 남겨놓지 않고 모든 땅을 울타리로 둘러막아 목장으로 만들고, 가옥을 헐어버리고 마을을 없애버립니다. 교회들은 남겨놓는데, 그것은 단지 양의 막사로 쓰기 위해서지요. 그리고 수렵장과 야생동물 사냥용의 숲 등으로 버려진 땅이 아직도 모자라다고 생각하는지, 이들 높으신 분들은 모든 인간의 주택과 경작지를 불모지로 되돌리고 있습니다. 이래서, 만족할 줄 모르는 욕심꾸러기 대식가이자 그 자신의 나라에 무서운 재앙인 욕심쟁이 하나가 수천 에이커의 토지를 한 울타리 안에 둘러막을 수 있도록 하기 위해 토지 보유 농민들이 쫓겨나고, 사기나 잔인한 폭력 등에 의해 자기 소유물을 빼앗기거나 계속적인 괴롭힘에 시달리다 못해 그것을 팔 수밖에 없는 사람들이 생겨

인클로저

공동 이용이 가능한 토지를 둘러막아 사유지로 하는 것을 말한다. 모어는 당시 영국 사회에 만연하던 인클로저에 대해 비판하고 있는데, 모직공업이 번성한 15~16세기 영국에서는 토지 소유자들이 더 많은 양을 기르기 위해 농민 보유지를 빼앗는 일이 벌어졌고 이 때문에 수많은 농민이 도시 빈민 혹은 노동자가 되었다.

나고 있습니다.

그래서 이런 방법, 저런 방법으로 이들 불쌍한 사람들 — 남자와 여자, 남편과 아내, 고아, 과부, 어린아이들과 온 가족을 (농사짓는 데는 사람 손이 많이 들기 때문에 수는 많지만 가난한 가족을) 거느린 부모들 — 은 살던 고장을 떠나야만 합니다. 그들은 하나밖에 없는 정든 집을 떠나가지만 아무 데도 갈 곳이 없습니다. 그들은 집을 살 마땅한 임자를 기다리지 못하고 당장 떠나야 하기 때문에 모든 세간들을 몇 푼 안 되는 헐값으로 팔아넘길 수밖에 없습니다. 어차피 별다른 값을 받지는 못할 물건들이기는 합니다만, 이 몇 푼 안 되는 돈이 다 떨어지면 (이곳저곳 떠돌아다니다 보면 금방 다 써버리게 되지요.) 결국 도둑질을 하게 되고, 그렇게 되면 영락없이 교수형을 당할 밖에, 아니면 떠돌이 거지가 될 밖에 달리 무슨 수가 있겠습니까? 그런데 또 그들이 떠돌아다니면 게으른 부랑자라고 해서 감옥에 집어넣지요. 일하고 싶은 마음은 간절하지만, 그들을 고용하려는 사람이 없습니다. 경작할 땅이 남아 있지 않으니까 그들에게 익숙한 농사일이 필요 없어요. 전에 곡물을 기르는 데 많은 손이 필요했던 그런 넓이의 토지에서 이제는 많은 가축 떼를 목장주 한 사람이나 목동 한 사람이 돌볼 수 있거든요.

이러한 울타리치기 때문에 여러 지역에서 식료품 가격이 크게 올랐습니다. 이것만이 아닙니다. 양모 값도 너무 올라서 전에는 그걸로 모직을 짜던 당신 나라의 가난한 사람들이 이젠 그 일을 할 수 없게 되었으며, 이 때문에 일을 못하고 놀 수밖에 없는 사람이 아주 많아졌습니다. 이처럼 많은 토지가 울타리로 둘러막혀 새로운 목장이 된 후에 헤아릴 수 없이 많은 양이 간장병으로 죽어갔는데, 이것은 하느님께서 양의 주인들이 걸려야 마땅한 전염병을 양들에게 보내심으로써 그들의 지나친 욕심에 대한 벌을 내리신 듯싶습니다. 그렇지만 양의 수가 아무리 불어나도 값은 조금도 내리지 않습니다. 양모장사는 한 사람의

부랑자
15~16세기 영국에는 잦은 전쟁과 인클로저 등으로 말미암아 생활의 터전을 잃은 부랑자들이 늘어만갔다.

수중에 있지 않으므로 독점사업이라 할 수는 없지만 (과점이라고 부를 수 있는) 극소수 사람들의 수중에 집중되어 있고, 그래서 큰 부자가 된 이들 양모 소유자들은 스스로 팔 생각이 날 때까지는 굳이 팔지 않아도 되고, 또 바라는 값을 받을 수 있기 전에는 팔 생각을 하지 않기 때문이지요.

똑같은 이유 때문에 다른 가축의 값도 덩달아 크게 오릅니다. 농가들이 허물어지고, 농사가 쇠퇴함에 따라 소를 기를 사람이 남아 있지 않기 때문에 더욱 그렇지요. 이런 부자들은 양 새끼는 증식하여 기르지만 송아지는 증식하려 하지 않습니다. 그들은 야윈 송아지를 싸게 사들여 자기 목장에서 살찌운 후 비싸게 팝니다. 내 생각에는, 이런 잘못된 제도의 폐단을 아직도 제대로 느끼지 못하고 있는 것 같습니다. 살찐 소를 내다 파는 곳에서 이들 장사치들이 소비자들에게 해를 끼치

그늘진 농가
절대적 권력을 누렸던 왕족과 귀족, 성직자들의 화려함 뒤에는 고통받는 대다수의 농민이 있었다.

고 있다는 것은 우리가 다 알고 있는 사실입니다.

하지만 그들이 가축을 번식시켜 기르는 것보다 더 빨리 다른 곳에서 가축을 사들이는 일을 상당한 기간 동안 계속하게 되면, 가축을 사들이는 곳에서도 점차 공급이 줄어들어 결국 심각한 부족 상태를 피할 수 없게 될 것입니다. 그래서 이 점에 관해 특히 유리한 조건을 갖추고 있는 것으로 보이는 당신들의 섬나라가 몇 사람의 지나친 욕심 때문에 파멸에 이를 것 같습니다. 생계비가 올라가면, 누구나 다 될 수 있는 대로 많은 가신들을 집 밖으로 내보내기 때문입니다. 이렇게 내몰린 사람들은 도둑질을 하거나 거지가 될 수밖에 달리 무슨 일을 할 수 있겠습니까? 그리고 억센 기질을 가진 자는 거지 노릇보다는 도둑질 쪽으로 더 마음이 쏠리게 마련이지요.

이 같은 비참한 가난과 결핍을 더욱 악화시키는 것은 바로 지나친 사치입니다. 귀족의 하인들, 장사치들, 심지어 몇몇 농부들까지 — 사회 각계각층 사람들이 — 화려한 옷차림과 식도락에 빠져 있습니다. 요리점, 사창가, 음란한 집들, 그리고 술집과 맥주집 같은 그 밖의 다른 나쁜 곳들을 보세요. 주사위 놀음, 카드놀이, 테니스, 볼링, 고리 던지기와 같이 쉽게 돈을 잃게 마련인 모든 부정한 도박 놀음들을 보세요. 이런 놀이에 골몰하여 허송세월하는 사람들은 곧장 도둑 길로 빠지지 않겠어요?

이런 못된 짓들을 몰아내고, 농가와 마을을 파괴한 사람들로 하여금 그것들을 복구하게 하거나, 아니면 그것들을 복구하고 재건하려는 사람들에게 넘겨주도록 하십시오. 부자가 어떤 것 또는 모든 것을 전부 매점하고는 일종의 독점권을 행사하는 권한을 제한하십시오. 게으름 속에서 자라는 사람들의 수를 최소한으로 줄이도록 하십시오. 농업을

매음굴
당시 런던의 섹스산업은 번창하여 템즈 강 주변에는 매음굴이 밀집해 있었다고 한다. 그림은 네덜란드의 화가 보스의 16세기 작품 〈매음굴〉로, 뭔가 아쉬운 듯 뒤돌아보는 남자의 뒤편으로 몸을 파는 여자와 한 남자가 포옹을 하고 있는 집이 보인다.

되살리고 모직물공업을 정직한 장사로 부활시키십시오. 그렇게 되면, 가난 때문에 이미 도둑이 된 무리들과 혹은 지금은 그저 부랑자 아니면 게으른 하인이지만 장차 도둑이 될 수밖에 없는 게으른 무리들에게도 유용한 일이 생기게 될 겁니다.

분명히 말합니다만, 이런 악폐들을 고치지 않고서는 당신들이 도둑을 공정하게 처벌한다고 자랑해도 부질없는 일입니다. 당신들의 정책은 겉으로는 공정한 것처럼 보일지 모르지만, 실제로는 공정하지도 않고 유용하지도 않습니다. 젊은이들이 버릇 나쁘게 자라나고 어렸을 때부터 성품이 조금씩조금씩 나빠지게 놓아두고는, 성인이 된 다음에 그들이 줄곧 저지르기 일쑤였던 그런 범죄를 저질렀다 해서 처벌한다면, 이건 바로 먼저 도둑을 만들어놓고 나서 다음에 도둑이라고 그들을 처벌하는 것이 아니고 무엇이냐고 묻고 싶습니다.'

내가 이렇게 이야기하고 있을 때 그 변호사는 답변할 준비를 마쳤습니다. 그러고는 답변하기보다는 요약하기에 능하고, 자신의 기억력을 과시하기 좋아하는 토론자들이 으레 취하는 그런 엄숙한 자세를 취하면서 나에게 말했습니다.

'당신은 외국인으로서는 아주 잘 이야기했습니다. 그러나 몇 마디 말로 분명하게 밝혀드리겠지만, 당신은 들은 것은 많은 것 같지만 정확하게 알고 있는 것은 별로 없네요. 우선 당신이 말한 것을 간추려보겠어요. 그러고 나서 당신이 우리의 방식을 모르기 때문에 어떻게 잘못 생각하게 되었는지를 말할 것이고, 끝으로 당신의 모든 주장을 논박하여 뒤엎기로 하겠소. 그럼 약속한 대로 우선 첫 번째 문제부터 시작하겠소. 즉, 당신은 네 가지 사항을 나에게…….'

'잠깐만 말을 멈추세요.' 라고 추기경께서 말씀하셨습니다. '그런 식으로 시작하는 걸 보니 몇 마디 말로 끝나지 않을 모양이군요. 그러니 지금 당장에 답변하려고 서둘지 말고 다음 모임 때까지 당신 답변을

램버스 궁
템즈 강변에 위치한 램버스 궁은 모어가 본문에 등장하는 모턴 추기경의 시동으로 있던 곳이다. 위의 그림은 1790년 램버스궁의 전경이며, 사진은 오늘날의 모습이다.

미루어놓지요. 당신과 라파엘 님의 사정이 허락한다면 내일 모임을 가지도록 하지요. 하지만 라파엘 님, 어째서 도둑질을 사형으로 처벌해선 안 되는가, 그러면 다른 어떤 처벌이 사회에 더 도움이 되는가, 이런 점을 듣고 싶네요. 도둑질을 해도 전혀 처벌하지 말아야 한다고는 당신도 생각하지 않을 게 분명하지요. 죽음에 대한 공포로서도 악행을 억제할 수 없는 것이 오늘날의 현상인데, 당신 말대로 그들이 목숨은 염려 없다고 생각하게 되면, 무슨 힘이나 무슨 위협 수단으로 그들을 붙들어 맬 수 있을까요? 그들은 처벌이 가벼워지는 걸 범죄를 조장하는 것, 심지어 보상이나 다름없는 것으로 생각할 것 같은데요.'

'제가 보기에는 말씀입니다, 추기경 님.' 하고 나는 말했지요. '돈을 훔쳤다고 해서 사람의 목숨을 빼앗는 것은 지극히 부당한 일이라고 생각합니다. 사실, 돈으로 살 수 있는 세상 그 어떤 것도 사람의 목숨에 비길 수는 없다고 생각합니다. 도둑이 처벌받는 것은 돈 때문이 아니라 정의를 침해하고 법률을 위반했기 때문이라고 말할지도 모르겠습니다만, 그렇다면 이 같은 지나친 형벌은 마땅히 지나친 침해라 불려야 할 것입니다. 극히 사소한 위반행위에 대해서까지 칼을 뽑아야 한다는 만리우스Manlius(기원전 4세기 로마의 장군. 자신의 포고령을 어긴 아들을 처형할 정도로 냉혈한이었다) 포고령 같은 냉혹한 법령을 용인해서는 안 됩니다. 마치 사람의 목숨을 빼앗는 것과 그 사람의 동전 하나를 빼앗는 것 사이에 아무런 차이가 없다는 식으로 모든 범죄는 다 똑같다고 하는 스토아적 법령 역시 받아들여서는 안 됩니다. 형평이란 말이 어떤 의미를 지닌다면, 이들 두 범죄 사이에는 아무런 유사성이나 관련성이 없습니다.

하느님께서는 살인하지 말라고 하셨습니다. 잔돈 몇 푼을 훔쳤다고 우리가 사람을 그처럼 가볍게 죽여야 하겠습니까? 어쩌면 살인을 금하는 하느님의 계명은 인간의 법으로 이를 허용하는 곳에서는 적용되지 않는다고 주장할지도 모르겠습니다. 그렇다면 사람들이 같은 방법으로 다른 법들을 만들어 강간, 간통, 위증 등을 허용하는 범위를 규정하는 것을 무엇으로 막을까요? 하느님은 우리들이 타인의 목숨을 빼앗는 것을 금하실 뿐만 아니라 자살하는 것도 금하셨습니다. 그런데 만일 사람들이 상호간의 살인에 관한 어떤 법을 만드는 데 합의하여, 그들의 대리자에게 하느님의 계명을 지키지 않아도 되는 권한을 부여하고, 하느님께서 그런 전례를 보여주신 적이 전혀 없는데도 인간의 법으로 유죄선고를 받은 사람들을 죽이도록 허용한다면, 이것은 하느님의 명령도 인간의 법이 허용하는 한도 내에서의 힘밖에는 지니지 않는다는 것이 아니고 무엇이겠습니까? 그렇게 되면 결국 모든 일에서 하느님의 계명을 어디까지 지켜야 하는가를 인간들 자신이 결정하게 될 것입니다.

　끝으로, 모세의 법은 노예가 된 고집 센 사람들에 대한 것으로 냉혹하고 엄격한 것이었습니다만, 그래도 도둑질을 벌금으로 처벌했지, 사형으로 처벌하지는 않았습니다. 아버지가 자식들을 다스리는 것처럼 우리들을 다스리시는 그분의 자비스러운 새 법 안에서, 하느님께서 우리들 상호간의 잔인한 행동을 허락해주셨다고 생각하지는 맙시다.

　이런 점들이 내가 왜 이런 형벌을 잘못된 것이라고 생각하는지, 그 이유입니다. 그리고 도둑과 살인자가 같은 형벌을 받아야 한다는 것이 얼마나 불합리하고 사회에도 해로운 것인가를 모르는 사람은 아무도 없습니다. 도둑질만 해도, 살인에 대한 형벌과 같은 벌을 받아 망하게 된다는 점을 알게 되면, 그저 강도질만 하려던 도둑도 상대를 죽이려는 생각까지 하게 될 것입니다. 도둑이 붙잡히면 어차피 살인범과 똑같은 극형을 당하게 될 뿐만 아니라, 오히려 살인이 더 안전합니다. 왜

모세와 십계명
모어는 히슬로다에우스의 입을 통해 '살인하지 말라'는 십계명의 제6계명을 언급하며, 당시 영국 사회에서 무자비하게 자행됐던 사형제도를 비판하고 있다.

냐하면 증인이 될 상대자를 죽임으로써 도둑질과 살인이라는 두 가지 범죄를 다 감추게 되기 때문입니다. 그러므로 우리가 극단적인 잔인한 조처로 도둑에게 겁을 주려고 하는 것은 실은 그들에게 무고한 사람을 죽이라고 부추기고 있는 것입니다.

어떤 형벌이 더 적합한가라는 으레 제기되는 질문에 관해서, 제가 판단하기에는, 어떤 형벌이 더 좋은가 하는 점이 어떤 형벌이 더 나쁜가 하는 점보다 훨씬 더 알기 쉬울 것 같습니다. 통치방법에 매우 능통한 고대 로마인들이 오랫동안 사용한 것으로 알려진 처벌방식의 가치를 의심해야 할 이유가 어디에 있습니까? 그들은 극악의 중죄인으로 선고 받은 자들을 채석장이나 광산에서 평생 동안 쇠사슬에 묶여 일하도록 했습니다. 그렇지만 이 점에 관해서는, 제가 페르시아 여행 중에 본 폴릴레리트인Polylerites[그리스어 polus leros(많은 난센스)에서 만든 가공 민족]이라고 불리는 사람들 사이에서 시행되고 있는 방법이 다른 모든 방법보다 더 바람직하다고 생각합니다.

이들의 나라는 상당히 크고 잘 다스려지고 있으며, 페르시아 왕에게 해마다 공납을 바치는 것 말고는 자유롭고, 오직 그들 자신의 법에 따라 지배되고 있지요. 이들의 나라는 바다에서 멀리 떨어져 있으며 사방이 거의 산으로 둘러싸여 있습니다. 그리고 그들은 자기 땅에서 나는 (상당히 풍요한) 산물로 만족하고 있기 때문에, 다른 나라에 가는 일이 없고 다른 나라 사람도 별로 찾아오지 않습니다. 그들은 옛날부터 내려온 관례에 따라 영토의 범위를 넓히려고 하지 않습니다. 영토는 사방을 둘러싸고 있는 산들과, 영주인 페르시아 왕에게 바치는 공납에 의해 쉽게 지켜지고 있습니다. 그래서 그들은 전쟁을 하지 않으며, 영광스럽다기보다는 편안한 삶, 유명하거나 명예롭기보다는 만족스러운 삶을 누리고 있습니다. 사실, 바로 이웃사람들 이외에는 그들의 이름조차 거의 알려져 있지 않은 것 같습니다.

당시 영국에는 계속되는 전쟁과 인클로저 등으로 삶의 터전을 잃고 부랑자나 범죄자로 전락하는 이들이 많았다. 그러나 백성들을 힘겨운 삶으로 내몬 나라의 지도자들은 그들에게 채찍과 고문, 교수형, 강제 노역 등의 혹독한 형벌을 가했다.

그들의 나라에서는 절도죄를 범한 사람은 훔친 것을 (다른 곳에서처럼) 왕에게 배상하는 것이 아니라 그 소유자에게 배상해야 합니다. 도둑이 훔친 물건에 대해서는 도둑과 마찬가지로 왕에게도 아무 권리가 없다고 생각하는 겁니다. 훔친 물건을 찾을 수 없을 때는 그 가격만큼 도둑 소유의 재물 중에서 보상하게 합니다. 그리고 남은 재물은 모두 그의 처자식에게 넘겨주는 한편, 도둑 자신은 중노동에 처해집니다.

도둑들의 범죄가 잔학성을 띠지 않았을 경우에는 감옥에 가두거나 쇠사슬에 묶지 않고, 아무런 제약 없이 자유롭게 공공사업장에서 일하게 합니다. 노동을 기피하거나 게으름을 피우면 쇠사슬로 묶지는 않지만 매질을 합니다. 열심히 일하면 아무 모욕도 당하지 않습니다. 다만 저녁 점호를 받고 난 후에는 감방에 갇힙니다. 그들의 생활은 나날의 노동 말고는 불편한 점이 없습니다. 그들에 대한 급식은 (곳에 따라 방식이 다르기는 하지만) 공익을 위해 일하는 노동자로서 공적비용으로 부담하기 때문에 꽤 좋은 편입니다.

기부금으로 그들을 부양하는 지역도 있습니다. 이런 부양 방식은 확실성이 없는 방식일지도 모르지만, 폴릴레리트인들은 자비심이 아주 깊기 때문에 이보다 더 실속 있는 방법을 찾을 수는 없습니다. 또 다른 곳에서는, 그들을 부양하기 위하여 공적 수입의 일부가 별도로 책정되어 있거나, 모든 개인에게 특별세가 부과되기도 합니다. 그런데 어떤 지방에서는 그들이 공공사역을 하지 않는 경우도 있습니다. 그 대신 일꾼이 필요한 사람은 누구나 시장에 나가서 자유민을 고용할 때보다는 조금 낮은 일당으로 기결수旣決囚를 사들일 수가 있습니다. 이들이 게으름을 피우면 매질을 해도 법에 어긋나지 않습니다. 이래서 기결수들에게는 늘 할 일이 있게 마련이고, 그래서 그들은 제각기 자신의 생활을 유지하는 데 소요된 비용을 빼고 남는 약간의 이익을 날마다 국고에 갖다 바치는 것입니다.

그들은 모두, 그리고 오직 그들만, 특수한 색깔의 똑같은 옷을 입습니다. 머리 전부를 면도로 밀지는 않고 귀 위를 조금 깎아냅니다. 그리고 한쪽 귀 끝이 잘려 있습니다. 친구들이 그들에게 먹을 것과 마실 것, 또 그들의 옷과 같은 빛깔의 옷을 주어도 됩니다. 그러나 돈을 주면, 준 사람이나 받은 사람이나 둘 다 사형입니다. 어떤 이유로든 자유민이 그들에게서 돈을 받는 것은 이와 마찬가지로 위험한 범죄이며, 이러한 노예들이 (유죄선고를 받은 자들은 이렇게 불리었지요.) 무기에 손을 대는 것도 역시 극형에 처해질 범죄입니다.

이 나라의 각 지역마다 그들은 독특한 배지를 달고 있습니다. 이 배지를 떼는 것, 자기 지역의 경계 밖에 나가는 것, 다른 지역의 노예와 이야기하는 것은 극형감 범죄입니다. 도망치려고 기도하는 것은 실지 도망친 것과 마찬가지로 위험한 일입니다. 그렇습니다. 도망치려는 기도를 감추어주는 노예는 사형이고, 그런 자유인은 노예가 됩니다. 반면에 이런 기도를 고발한 사람에게는 보상이 주어집니다. 즉, 자유민에게는 돈을 주고, 노예에게는 자유를 주고, 그 기도를 알고 있었다는 점에 대해서는 자유민이나 노예나 다 같이 그 죄를 용서하고 처벌을 면해줍니다. 그렇기 때문에 불법적인 기도를 계속하는 것은 잘못을 회개하는 것보다 결코 더 안전할 수가 없습니다.

　이제까지 말씀드린 것이 이 문제에 관한 그들의 법률과 정책입니다. 그것들이 얼마나 너그럽고 쓸모 있는지는 분명합니다. 왜냐하면 형벌의 목적은 악을 없애고 사람을 구제하는 데 있기 때문입니다. 그들은 범죄자들이 착하게 될 수밖에 없도록, 그리고 자신들이 저지른 해악을 남은 생애 동안에 보상하도록, 사람들을 대하고 있습니다. 재범의 위험성이 매우 적기 때문에 그 나라 여기저기를 찾아가는 이런 노예들을 가장 믿을 만한 안내자라고 생각하고, 각 지역의 경계에 이를 때마다 그들을 바꿉니다. 노예들은 무기가 없고, 또 돈을 가지고 있는 것은 범죄의 증거이기 때문에 어디에서도 강도질을 할 기회는 전혀 없습니다. 그러다가 붙잡히게 되면, 처벌을 받게 되고 딴 데로 달아날 가망성도 없습니다. 발가벗고 도망간다면 몰라도, 그 나라 다른 사람들의 보통 옷과 생판 다른 옷차림을 한 사람이 어떻게 도망칠 수가 있겠습니까? 그리고 도망칠 수 있더라도 잘린 귀 때문에 들키고 말 것입니다.

　그래도 혹시 노예들이 정부에 반대하는 음모를 꾸밀 위험성이 있지 않을까 염려되시나요? 다른 여러 지역의 노예들 무리를 자기들의 음모에 꾀여 넣지 않고도 한 지역의 노예들만으로 이런 음모를 성취시킬 가망이 있을 것 같은가요! 그런데 그들이 어떤 음모를 꾸밀 수 있는 가망성은 전혀 없으며 서로 이야기하거나 인사하는 것마저도 불가능합니다. 음모에 대해서 알고 있으면서도 가만히 있는 것이 얼마나 위험하고, 그것을 폭로하는 것이 얼마나 이로운지 잘 알고 있는 터에, 이런 음모에 가담하고 있는 동지를 신뢰할 수 있으리라고 어떻게 믿을 수 있겠습니까? 게다가 자신의 형벌을 참고 견디면서 조용히 받아들이고, 앞으로 착한 삶을 살겠다고 약속하면, 누구나 자유를 되찾을 희망을 가질 수 있습니다. 실제로 순종적 태도에 대한 보상으로 사면을 받은 사람들이 해마다 몇 사람씩은 있습니다.'

16세기 변호사
토머스 모어 또한 아버지의 뒤를 이어 변호사의 길을 걸었다. 그는 1494년 16세 때부터 법학원에서 수학하여 1501년 정식 변호사가 되었다.

　　내가 이런 설명을 끝내고 나서, 내 말에 반대하는 그 변호사가 극구 찬양한 '심판' 보다 훨씬 더 유익한 이런 정책이 잉글랜드에서 채택되어선 안 될 아무런 이유도 없다고 덧붙였습니다. 그런데 변호사가 말했습니다. '잉글랜드에서는 그런 제도를 절대로 채택할 수 없어요. 그랬다가는 나라가 큰 위험에 빠질 것이오.' 이렇게 말하면서 그는 머리를 흔들면서 얼굴을 찡그리더니 입을 다물었습니다. 그런데, 그 자리에 있던 사람들이 모두 그의 말에 동의했습니다.

　　그러자 추기경께서 말씀하셨습니다. '이 제도가 잘 운용될지 안 될지, 시험해본 적이 없으니 예측하기 어렵겠어요. 하지만 도둑에게 사형선고가 내려졌을 때, 왕이 그 집행을 한동안 유예하고 모든 성역聖域의 죄인 보호권을 없앤 상태에서 이 계획이 어떻게 작용하는지 고찰할 수 있을 것 같아요. 그래서 결과가 좋게 나오면 그것을 법으로 만들 수 있고, 그렇지 않으면 왕이 그 기결수에 대한 형벌을 그대로 집행하면 될 것 아니겠어요? 이렇게 하는 것이 그 기결수를 즉시 사형에 처하는 것보다 사회를 더 위태롭게 하지도 않고 범죄자에 대해 더 부당하지도 않을 것이에요. 또 한동안의 시험으로 무슨 위험한 사태가 일어나지도 않을 것 같고요. 사실 부랑자들을 그런 방식으로 다루는 것도 나쁘지 않을 거라는 생각이 들어요. 이자들에 대해선 이제까지 많은 법률을 제정해왔지만, 아직껏 실효를 거두지 못했잖아요.'

추기경께서 이렇게 말씀하시자, 내가 제안했을 때는 경멸하던 그 아이디어를 이제는 모든 사람들이 서로 앞다투어 열렬히 찬성했습니다. 특히 부랑자 대책에 관한 아이디어를 많이 칭찬했는데, 그것은 추기경께서 덧붙이신 것이었기 때문이지요.

그 뒤에 이어진 이야기에 관해서는 입을 다무는 것이 더 좋지 않을지 잘 모르겠군요. 그건 시시한 것들이었으니까요. 하지만 해로운 것은 없으며, 어떤 부분은 우리 이야기의 주제와도 관련이 있으니까 이야기해보겠습니다. 그 자리에 어떤 식객 하나가 돌아다니고 있었어요. 그는 광대 흉내 내는 걸 좋아했는데, 어찌나 잘 내는지 진짜 광대가 아닌지 구별할 수가 없을 정도였습니다. 그는 노상 농담을 늘어놓고 있었지만, 그게 하도 어설픈 것이어서 우리는 그의 농담에 대해서 웃기보다는 그 사람 자체에 대해서 더 많이 웃었지요. 그러나 이따금 꽤 재치 있는 소리를 하기도 해서, 주사위를 자꾸 던지다 보면 언젠가는 행운의 숫자가 나온다는 옛 속담이 옳다는 생각이 들더군요. 어쩌다가 좌중의 한 사람이 나서서, 내가 도둑들을 돌볼 방안을 이야기했고 추기경께서 부랑자를 돌볼 방안을 마련해주셨으니까, 이제 남은 것은 병들고 나이 들어 가난하게 되고 먹고 살아갈 벌이를 할 수 없는 가난한 사람들을 돌볼 방안이 전부라고 말하는 것이었어요.

'그건 저에게 맡겨주세요.' 라고 광대가 말했습니다. '제가 그럴싸하게 돌보도록 힘써보지요. 제발 이런 사람들이 우리 눈에 보이지 않았으면 합니다. 그들은 노상 울고 불면서 돈 달라고 사람을 아주 성가시게 한단 말씀이어요. 하지만 이제껏 근사한 울음으로 저한테서 동전한 푼 얻어낸 적은 한 번도 없지만요. 그들은 제 마음을 잡지 못해요. 전 아무것도 줄 마음이 없든가, 줄 것이 아무것도 없든가, 늘 그런 걸요. 그래 이젠 그들도 약아져서 헛수고를 하지 않아요. 제가 지나가도 말 한 마디 없고 이젠 아무것도 바라지 않아요. — 웬걸, 저를 무슨 신부로 생각하는가 봐요. 그렇지만 이 모든 거지들을 여러 베네딕트회 수도원에 분산 수용하는 법을 하나 만들고 싶네요. 남자는 이른바 속인 수도사로, 여자는 수녀로 만들게요.'

추기경께서는 웃으시면서 그 말을 농담으로 치부하고 그냥 넘기셨어요. 나머지 사람들은 그걸 진담으로 받아들였어요. 그러나 신학자인 어느 탁발수도사 한 사람이 신부와 수도사에 관한 농담에 기분이 아주 좋아져서 (보통 때 같으면 기분 잡칠 만큼 근엄한 사람이었지만) 그역시 신나게 떠들기 시작했어요. '아무리 그래도 거지들 꼴을 안 보게 되지는 않을 걸요.' 하고 그가 말을 시작했습니다. '우리 탁발수도사들에게도 무언가 마련해주지 않고선 말이어요.'

'당신들이야 이미 돌보아지고 있지요.' 라고 그 식객이 말했습니다. '추기경께서 부랑자들을 붙잡아 일을 시켜야 한다고 말씀하셨을 때 당신들을 위해서 훌륭한 제도를 마련해주셨으니 말이어요. 당신들 탁발수도사들이야말로 그 중 가장 수많은 부랑자들이니까요.'

추기경을 주시하고 있던 좌중의 사람들이 추기경께서 이 농담 역시 여느 농담과 마찬가지로 별로 개의치 않으신 것을 보자, 탁발수도사 말고는 모두 다 이 말을 진정으로 받아들였습니다. 언짢은 말에 기분이 상한 탁발수도사가 극도로 화가 치밀어 광대에게 욕을 퍼붓지 않을 수 없었던 것도 이해할 만합니다. 그는 그 친구를 악당, 험담쟁이, 밀고자, '지옥에 떨어질 놈' 이라고 부르면서 성경에서 무서운 협박의 말들을 끄집어냈습니다. 그러자 그 광대가 정색하며 조롱하기 시작했어

탁발수도사
로마 가톨릭 탁발수도회에 속한 수도사들을 말한다. 이들은 수도원에서 나와 민중들과 함께 생활했는데, 사치풍조에 대항하여 낡은 옷과 맨발 차림에 구걸로 생계를 이어갔다.

요. 그런 일에는 도가 터 있었으니까요.

'화내지 마세요, 수도사 님.' 하고 그가 말했습니다. '성경 말씀에도 **너희의 인내로 너희 영혼을 얻으리라**(누가복음 21장 19절)고 하시지 않았습니까.'

탁발수도사의 대답을 그가 말한 대로 옮기겠습니다. '나 화 안 났어, 이 죽일 놈아, 적어도 죄를 범하진 않는단 말이야, 시편에 말씀하시되 **너희는 떨며 범죄치 말지어다**(시편 4편 4절)라고 하셨지 않아.'

그러자 추기경께서 탁발수도사에게 부드러운 말씀으로 조용히 하라고 주의를 주셨습니다. 그래도 그가 말했어요. '아니올시다, 추기경 님. 저는 다만 올바른 열성으로 제가 해야 할 말을 한 것뿐이올시다. 성자들은 올바른 열성을 지녀왔으니까요. **주의 집을 위하는 열성이 나를 삼키고**(시편 69편 9절)라고 말씀하신 까닭이 그것이 아닙니까. 또 교회에서도 노래 부르고 있습니다. 엘리사를 조롱한 자들은 그가 주의 집으로 올라가는 동안 그 대머리를 가진 사람의 열성을 **느꼈노라**(열왕기 하 2장 23, 24절 참조)라고요. 바로 그렇기 때문에 이 조롱꾼, 이 농담쟁이, 이 쓰레기 같은 놈도 그걸 느낄 겁니다.'

엘리사의 저주
암곰 두 마리가 엘리사의 뒤에서 아이들을 죽이고 있다. 아이들은 대머리라고 그를 놀렸고, 엘리사는 여호와의 이름으로 아이들을 저주했다.

'자네는 아마 좋은 뜻으로 말하고 있는 듯싶네만,' 하고 추기경께서 말씀하시더군요. '하지만 내 생각에는 자네 재치를 광대의 재치에 맞서서 바보 녀석과 겨루어 보겠다고 하지 않는 게 더 성직자답지는 않더라도 최소한 더 현명한 행동일 듯싶네.'

'아니올시다, 추기경 님.' 하고 그가 말했습니다. '제가 이보다 더 현명한 행동을 어떻게 취할 수 있겠습니까. 세상에서 가장 현명한 솔로몬이 말했습니다. **미련한 자의 어리석은 것을 따라 그에게 대답하라**(잠언 26장 5절)고 말입니다. 제가 지금 하고 있는 것이 바로 그것이올시다. 그가 조

심하지 않으면 빠져 들 함정을 그에게 보여주고 있는 것이지요. 그도 그럴 것이, 단 한 사람의 대머리에 불과했던 엘리사를 조롱한 많은 자들이 그 대머리의 열성(저주)을 느꼈을진대, 많은 대머리들이 있는 탁발 수도사들을 조롱하는 이 한 사람은 얼마나 더 깊이 그걸 느끼겠습니까? 게다가 저이들을 조롱하는 자들을 파문에 처한다는 교황의 교서도 저이들은 가지고 있습니다.'

추기경께서는 끝이 없다고 생각하시자, 가만히 고갯짓으로 광대를 나가게 하시고 요령 있게 화제를 다른 데로 돌리셨습니다. 그러고는 곧 자리에서 일어나 소청인들의 이야기를 들으러 나가시면서 우리와 헤어지셨습니다.

그런데 모어 님, 너무나 긴 이야기로 당신을 지치게 했군요. 정말이지, 당신이 그렇게 열심히 들려달라고 하지 않고, 이야기의 어느 한 토막도 빼먹지 말라는 듯이 그렇게 진지하게 들어주시지 않았더라면, 이렇게 길게 이야기한 것은 정말 염치없는 짓이었을 거예요. 이렇게 주고받은 이야기를 좀더 간결하게 전해드려야 한다는 생각이 들면서도, 한편으로는 이야기를 자세히 해야 할 것 같은 생각이 들었습니다. 그래야 내가 말한 것을 반대했던 사람들이 추기경께서 그것을 반대하지 않으시자 금방 찬성한 것을 당신도 아시게 될 것 같아서였지요. 사실 그들의 아첨은 극에 달해서, 그들의 주인인 추기경께서 그저 식객의 실없는 익살로서 너그럽게 봐주는 말을 그들은 극구 찬성하고 진담인 양 받아들입니다. 이런 이야기만으로도 궁정인들이 나나 내 말을 얼마나 형편없는 것으로 평가하고 있는지 알 수 있습니다."

"알고 말고요, 라파엘 님." 하고 나는 말했다. "당신 이야기를 아주 재미있게 들었습니다. 당신의 이야기는 모두 지혜롭고 재치 있었으니까요. 게다가 이야기를 듣고 있는 동안 다시 어린아이가 되어 고국 땅에 있는 듯한 생각이 들었으며, 내가 그 추기경 님의 저택에서 자랐을 때의 즐거운 추억들이 되살아났습니다. 그리고 라파엘 님, 다른 여러 가지 점에서도 나는 당신에게 깊은 친밀감을 느끼고 있지만, 당신이 그분과의 교분을 진정으로 좋아하는 걸 보고 당신에 대한 친근감이 얼마나 더 깊어졌는지, 아마 당신은 짐작하지 못할 겁니다. 하지만 그래도 나는 앞에서 말한 의견을 결코 버릴 수가 없습니다. 당신이 궁중 생활을 싫어하는 마음만 바꿀 수 있다면, 군주에 대한 당신의 조언이 나라의 번영에 커다란 도움이 될 거라고 나는 굳게 믿고 있어요. 선량한 사람의 의무, 즉 당신의 의무 가운데 이보다 더 중요한 것은 없습니다. 우리들의 친구 플라톤은 철학자가 왕이 되든가, 아니면 왕이 철학자가 될 때 비로소 나라가 행복해질 것이라고 생각했습니다. 철학자들이 자기의 조언으로 왕을 도와주는 일마저도 하지 않겠다면, 우리가 행복해진다는 것은 여간 어려운 일이 아닐 겁니다."

"철학자들이 그 정도로까지 몰인정하지는 않지요."라고 라파엘은 말했다. "그들은 기꺼이 조언할 겁니다. 통치자들이 그들의 좋은 충고를 받아들일 마음만 있다면 말인데요, 사실 그들이 내놓은 책 속에서 이미 조언을 한 철학자들이 많습니다. 그러나 플라톤이 제대로 예견한

왕의 조언자
플라톤은 시칠리아 시라쿠사의 통치자 디오니시오스 2세를 통해 이상정치를 실현하려 했다. 그러나 게으르고 방탕한 왕이었던 디오니시오스는 그의 조언을 따르지 않았다.

바와 같이, 왕들 자신이 철학적으로 되지 않고서는 철학자들의 충고는 왕들에게 아무런 영향도 미치지 않을 것입니다. 왕들은 어렸을 때부터 그릇된 가치관에 깊이 젖어 있기 때문이지요. 플라톤은 디오니시오스 Dionysios에게서 이를 직접 경험한 바 있습니다. 내가 만일 어느 왕에게 건전한 법을 제의하여 악과 부패의 씨앗들을 그의 마음에서 뽑아내려고 하다가는, 당장에 쫓겨나든지 웃음거리가 되리라고 생각하지 않나요?

가령 내가 프랑스 왕의 궁정 안에 있다고 상상해봅시다. 그래서 왕의 자문회의에 참여하여 왕이 몸소 주재하는 비밀회의에 참석 중이라고 가정해봅시다. 왕의 둘레에는 머리가 뛰어난 고문들이 자리 잡고 있는데, 그들은 왕이 밀라노를 계속 지배하고, 떨어져 나가려고만 하는 나폴리를 되찾고, 그리고 나서는 베네치아인들을 정복하여 전 이탈리아를 굴복시키고, 다음에는 플랑드르, 브라반트Brabant, 부르고뉴 Bourgogne 전역과 왕이 오래전부터 침략하려는 마음을 품어온 그 밖의 여러 지역들을 프랑스에 합병할 수 있는 그럴듯한 일련의 방안을 만들

루이12세
본문에 등장하는 프랑스 왕은 루이 12세인 듯하다. 실제로 그는 밀라노 대공의 칭호를 탈취했고 1499년 베네치아와 조약을 맺어 밀라노를 침공했다. 사진은 블루아 성에 있는 조각이다.

어내기 위해 고심하고 있습니다. 누군가 한 사람이 베네치아인들과 동맹을 맺되, 자신들에게 유리하다고 생각되는 동안만 이를 유지하자고 — 즉 베네치아인들과 공동전략을 펴고 전리품의 일부도 그들에게 주되, 나중에 모든 일이 계획대로 완수되었을 때 그것을 되찾자고 — 왕에게 권합니다. 한 사람이 독일인 용병을 고용하는 것을 권하자, 옆에 있는 사람이 돈으로 스위스인들의 중립을 사자고 제안합니다. 네 번째 사람은 황금 등 공물을 헌납하여 황제폐하의 상처받은 위신을 되살려드리는 게 좋겠다고 합니다. 또 다른 사람은 아라곤Aragon 왕과 평화조약을 맺고 평화에 대한 보상으로 다른 사람이 소유하고 있는 나바라Navarra 지역을 그에게 주어야 한다고 합니다. 그러자 어떤 사람이 혼인계약을 미끼로 카스티야의 군주를 회유하고, 그의 궁정 내 몇몇 귀족들에게 연금을 지급하여 그들을 자기들 편으로 끌어들이자고 합니다.

여러 문제 가운데 가장 풀기 어려운 문제는, 그동안에 잉글랜드에 대해서는 어떻게 하느냐는 것입니다. 그들은 평화조약을 맺어야 하되, 아무래도 미약하게 마련인 그 동맹관계를 될 수 있는 대로 강화해야 한다는 데 모두 동의합니다. 잉글랜드 사람들을 친구라고 부르면서도, 적이 아닌지 조심해야 한다는 것입니다. 그래서 스코틀랜드 사람들을 파수병처럼 항상 대비시켜, 잉글랜드 사람들이 조금이라도 움직이면 당장 그들을 공격할 준비 태세를 갖추고 있어야 한다는 거지요. 또한 잉글랜드에서 추방된 귀족으로 잉글랜드 왕위를 요구하는 사람이 있으면, 은밀히 (평화조약 때문에 드러내놓고 할 수는 없으니까) 그를 지원해야 한다는 건데, 이런 방법으로 그들은 자기들이 신뢰할 수 없는 왕을 제약하는 견제세력을 가지게 될 것입니다.

그런데 이처럼 많은 현안들이 논의되고, 이처럼 많은 높으신 분들이 전쟁계획을 짜기 위해 서로 경쟁하고 있는 자리에서, 나 같은 별것 없는 자가 일어나서 생판 다른 길로 가자는 조언을 늘어놓으면 어떻게

퍼긴 워벡

본문에서 말하는 '잉글랜드에서 추방당한 뒤 왕위를 요구하는 귀족'은 퍼긴 워벡Perkin Warbeck인 듯하다. 그는 헨리 7세의 왕위를 사칭하고 왕권을 주장했는데, 프랑스의 샤를 8세, 스코틀랜드의 제임스 4세 등의 후원을 받아 1495년과 1496년에 잉글랜드를 침략한 바 있다.

되겠습니까? 만일 내가 왕에게, 프랑스 왕국은 자체만으로도 벌써 한 사람이 제대로 다스리기에는 너무 크니까, 이탈리아를 그대로 놓아두고 국내에 가만히 머물러 있어야 하며, 프랑스에 다른 지역을 합칠 꿈일랑 꾸지 말라고 말한다면, 어떻게 될지 생각해볼까요? 그리고 내가 유토피아 섬의 남남서쪽에 떨어져 살고 있는 아코르인들Achorii[그리스어 a(없는)과 choros(주거지, 나라)에서 만든 가공의 민족]의 법령들에 관해서 이야기한다고 상상해보십시오. 오래전에 이들은 왕이 바라는 또 하나의 영토를 얻기 위해 전쟁을 벌인 적이 있었는데, 왕은 옛날의 혼인관계를 내세워 그 땅을 정당하게 상속했다고 주장했습니다. 그들은 그 땅을 정복하고 난 후 그것을 유지하는 데에는 획득한 데 못지않게 어려움이 많으리라는 것을 알게 되었습니다. 싸움의 원인은 늘 있게 마련입니다. 새로 정복된 주민들이 끊임없이 반란을 일으키거나 외국 침입자들의 공격을 받았습니다. 아코르인들은 그들 편을 들어 싸우거나 그들과 맞서 싸우거나 끊임없이 싸워야 했고, 그 때문에 언젠가는 그들의 군대를 해산할 수 있으리라고 바랄 수가 없었습니다. 이러는 동안에 무거운 세금이 부과되고, 돈이 나라 밖으로 빠져나가고, 어느 한 사람의 조그마한 영화를 위해 그들이 피를 흘리고, 그러면서도 이전보다 더 평화롭지도 않았습니다. 국내에서는 전쟁으로 강도와 살인이 발호하여 시민들이 타락하고, 두 왕국을 돌보는 데 마음이 흐트러진 왕은 그 중 한 왕국에도 관심을 집중할 수 없었기 때문에 법률이 무시되어 지켜지지 않았습니다.

이런 갖가지 악폐들이 끝없이 이어지는 것을 보게 되자 그들은 머리를 맞대고 상의한 끝에, 두 왕국을 다 통치할 수 없으니 어느 쪽이든지 마음에 드는 한 왕국을 선택해달라고 왕에게 정중하게 요청했습니다. 그들은 반 조각의 왕이 통치하기에는 사람 수가 너무 많다고 말하면서, 자기의 노새 이외에 딴 사람의 노새까지 모는 자를 마부로 삼고 싶어 할 사람은 아무도 없다고 했습니다. 그래서 마음씨 착한 군주는 원래의 자기 왕국으로 만족하고 새 왕국은 한 친구에게 양도할 수밖에 없었는데, 이 친구는 머지않아 쫓겨나고 말았지요.

한 걸음 더 나아가서 내가 다음과 같이 말한다 합시다. 즉 왕 한 사람을 위하여 여러 나라를 혼란 속에 빠뜨리게 하는 이 모든 전쟁도발 행위들은 그의 재원을 바닥나게 하고 국민들을 어려움에 빠지게 할 것이며, 게다가 한두 가지 사소한 실수로 결국 아무 쓸모없는 짓이 되고 말 것이다. 따라서 왕은 조상이 물려준 왕국을 돌보면서 될 수 있는 대로 이를 개량 발전시켜 최대한 번성하도록 만들어야 한다. 왕은 백성을 사랑하고 백성의 사랑을 받도록 해야 하며, 백성과 함께 살고 그들을 어질게 다스려야 한다. 그리고 이미 차지하고 있는 영토만으로도, 너무 크지는 않을지언정 그만하면 충분하니까, 다른 나라들은 가만히

세금징수원
당시 유럽의 전제군주들은 자신들의 사치스런 생활을 위한 자금이나 전쟁경비를 충당하기 위해 세금을 과다하게 징수하는 경우가 많았다. 그림은 16세기 세금징수원의 모습.

놔두어야 한다. 이와 같이 내가 말한다면, 모어 님, 이런 내 말을 어떻게 받아들이리라고 생각하십니까?"

"별로 달갑게 생각하지는 않겠네요, 확실히."라고 나는 말했다.

"자, 그러면, 말을 계속합시다."라고 그는 말했다. "가령 어느 왕과 그의 고문들이 왕의 금고를 가득 채울 여러 가지 방안에 관해서 논의하고 있다 합시다. 한 사람이 나서서, 왕이 채무를 갚을 때는 돈의 가치를 올리고 수입을 거두어들일 때는 내리자고 제안합니다. 그렇게 하면, 큰 액수의 채무라도 작은 액수로 갚을 수 있고, 조금밖에 거두어들일 것이 없는 경우에도 큰 액수를 거두어들이게 되기 때문이지요. 그러면, 다른 사람이 또 나서서, 전쟁을 시작하는 척하자고 제안하는데, 그걸 핑계로 돈을 거두어들일 수 있다는 겁니다. 돈을 거두고 나면 거룩한 의식을 갖추어 평화조약을 맺습니다. 속아 넘어간 백성들은 이것을 신민들의 생명을 불쌍히 여기는 군주의 어진 자비심의 덕택이라고 생각한다는 거지요. 또 다른 고문 한 사람은, 오랫동안 시행되지 않은 낡고 좀먹은 법률, 즉 그런 법률이 있다는 것을 아는 사람이 아무도 없기 때문에 누구나 범하여온 법률을 들추어내어 이 법률을 위반한 자에게 벌금을 부과하자고 왕에게 제안합니다. 이것은 정의를 실현한다고 핑계 댈 수 있는 방법이기 때문에 이보다 더 실속 있고 믿을 만한 수입원은 없지요. 그런가 하면 또 다른 제안은 이렇습니다. 여러 가지 관행, 특히 공익에 반하는 관행을 금지하여 이를 어긴 자에게 무거운 벌금을 부과하도록 하되, 나중에 가서 그 금지규정에 특별한 이해관계를 가진 자들에게는 돈을 받고 그 규정의 적용을 면제해주자는 겁니다. 이렇게 하면 국민의 호감도 사고 이익도 이중으로 얻을 수 있다는 거지요. 즉 그 덫에 걸린 자에게서 벌금을 받고, 특면장을 팔면서도 돈을 받는다는 말입니다. 그 값이 높으면 높을수록 군주는 더 좋습니다. 왜냐하면 그가 공공의 이익에 반하는 권리를 개인에게 부여하는 것을 몹시 주저

헨리 7세
왕의 권력과 힘은 부(富)에서 나온다고 믿은 헨리 7세는 부를 증대시키기 위해 여러 가지 정책을 썼다. 관세수입을 증대시키고자 수출을 촉진하고 국내산업을 보호했으며, 합법적인 수수료와 과태료, 벌금과 부과금 같은 항목을 만들어 재정을 확보했다. 모어는 하원의원 시절 헨리 7세의 세금정책에 반대했다가 의원직을 잃게 되고, 모어의 아버지는 아들을 잘못 가르친 죄로 100파운드의 벌금을 물어야 했다.

하기 때문에 아주 높은 값이라야 그걸 부여한다는 겁니다.

또 다른 고문은 판사들을 조종하여 모든 사건을 왕에게 유리하도록 판결케 하자고 제안합니다. 그리고 판사들을 자주 왕궁에 불러들여 왕의 면전에서 그의 문제를 토론케 해야 한다고 합니다. 왕의 주장이 아무리 그르더라도, 남의 의견에 반박하는 것을 좋아해서건, 남이 한 말을 되풀이하지 않고 자기의 독특한 의견을 내보이고자 하는 마음에서건, 또는 단순히 자기 자신의 이익을 위해서건, 핑계 댈 어떤 허점을 찾아낼 수 있는 판사가 한두 명은 있기 마련이라는 거지요. 이래서 재판관들이 서로 다른 의견들을 제시하게 되면, 제아무리 명백한 일도 흐려질 수 있으며 진실 자체가 의문시됩니다. 그래서 왕은 법률을 자기에게 유리하도록 해석할 편리한 수단을 갖게 되고, 다른 사람들은 모두 창피한 생각 혹은 두려운 생각에서 이를 묵인하게 되리라는 것입니다. 그래서 판사들은 대담하게 왕 편을 들어 판결을 내릴 수 있으며, 왕에게 유리하도록 판결할 구실을 찾지 못하는 경우란 있을 수가 없습니다. 형평법衡平法(관습법을 보충하기 위하여 마련된 법체계로서, 확정된 형식적 절차와 원리에 따라 재판관이 정의와 공평의 관점에서 해석 판단하는 것)이 왕 편에 있거나, 법률의 조문이 왕에게 유리하거나, 증거문서를 왜곡하여 해석하거나, 또는 조심스런 판사들에게는 최종적으로 모든 법률을 능가하는 요인인 군주의 절대적 대권大權이란 것이 있으니까요.

그리고는 모든 고문들이 크라수스Crassus의 유명한 말, 즉 군대를 유지해야 할 군주에게는 황금이 아무리 많아도 충분치 않다는 데 의견을 같이 합니다. 한 걸음 더 나아가서, 모든 재산은 왕의 소유물이고 심지어 신민들까지도 그의 것이니까, 왕은 잘못을 저지르려고 해도 저지를 수가 없으며, 각 개인은 왕이 어진 마음에서 그에게 남겨놓는 것이 좋겠다고 생각한 것 말고는 아무것도 가질 수 없다는 겁니다. 왕의 안전은 신민들이 부와 자유를 갖게 되어 방자해지지 못하도록 하는 데 달려 있기 때문에, 신민들에게는 될 수 있는 대로 조금만 남겨놓도록 하는 것이 중요합니다. 왜냐하면 빈곤과 결핍은 사람들의 용기를 꺾어 유순하게 만들고 억압받는 자에게서 대담한 반항 정신을 빼앗는 반면, 부와 자유는 사람들로 하여금 혹독하고 옳지 못한 명령을 참고 견디려 하지 않게 만들기 때문입니다.

그런데 여기서 또 내가 일어나서, 이 모든 권고들은 왕에게 불명예스럽고 해로운 것이라고 주장한다고 합시다. 왕의 명예와 안전은 왕 자신의 자산보다는 오히려 인민이 가지고 있는 자원에 의해서 지탱된다, 그리고 인민이 왕을 선출한 것은 왕을 위해서가 아니라 그들 자신을 위해서이며, 왕의 노력과 수고를 통해서 그들이 편안하고 안전하게 살고자 한 것이다, 그렇기 때문에, 자기 일을 충실히 하려는 목동의 의무가 자기 자신보다는 양을 잘 기르는 데 있는 것과 마찬가지로 왕의 의무는 자신의 행복보다 인민의 행복에 유의하는 데 있다고 말하고 싶다, 이렇게 말한다고 합시다.

인민의 빈곤이 나라의 평화를 보장한다는 그들의 생각은 완전히 잘못된 것입니다. 경험상 그 반대라는 걸 알 수 있지요. 거지들 세계보다 싸움이 더 많은 곳이 어디 있습니까? 현재의 지위에 극도의 불만을 품고 있는 사람 이상으로 변화를 갈구하는 사람이 어디 있겠어요? 아무 것도 잃어버릴 것이 없다는 점을 알고 있고, 무언가 얻을 것이 있을지도 모른다고 생각하는 사람보다 더 무모하게 혼란을 일으키려는 사람이 어디 있겠어요? 왕이 백성들에게서 미움을 받거나 경멸을 받기 때문에 오직 학대, 약탈, 강제징수에 의하여 백성을 알거지로 만드는 방법에 의지하지 않고서는 그들을 다스릴 수가 없다면, 그런 방법으로 왕좌를 유지하는 것보다는 차라리 퇴위하는 편이 훨씬 좋을 거예요. 그런 방법으로는 왕이란 이름만은 유지할지 모르지만, 왕의 존엄성은 잃어버릴 것입니다. 걸인들에게 권력을 행사하는 왕에게 위엄이란 있

강력한 왕권
자신의 결혼을 성사시키고자 로마 교황청에 대항해 종교개혁까지 시도한 헨리 8세의 절대적 권력을 표현한 그림. 그의 양 옆에는 당시 헨리 8세의 권력을 등에 업고 있던 고문 크랜머와 크롬웰이 보이고, 발밑에는 교황이 짓눌려 있다.

을 수 없습니다. 부유하고 행복한 백성들을 다스릴 때에만 왕으로서의 위엄을 지닐 수 있지요. 이것이 바로, 자신이 부유하게 되는 것보다는 차라리 부유한 사람들의 통치자가 되겠다고 대답한 파브리키우스 Fabricius가 말하고자 한 고매한 정신이었습니다. 사실 주변에 있는 모든 사람들이 슬퍼하고 신음하고 있는데 자기 혼자만 쾌락과 방종의 생활을 즐기는 사람은, 왕이 아니라 교도관처럼 행동하고 있는 거지요. 요컨대 환자를 다른 병에 걸리게 하지 않고서는 현재의 병을 고칠 수 없는 무능한 의사와 마찬가지로, 백성들에게서 생활의 편의를 빼앗는 것 말고는 그들의 삶을 개선할 방법을 모르는 왕은 무능한 군주입니다. 이런 왕은 자유민을 다스릴 능력이 없음을 공개적으로 고백하고 있는 셈이지요.

왕은 자기 자신의 나태나 오만을 바로잡아야 합니다. 그것이야말로 인민의 미움과 경멸을 사는 악덕이니까요. 왕으로 하여금 다른 사람들에게 해를 끼치는 일 없이 자기 자신의 수입으로 살도록 하고, 씀씀이를 수입에 맞추도록 하십시오. 왕으로 하여금 범죄를 줄이고, 병폐가 일어나게 놔두었다가 나중에 그걸 처벌하지 말고 신민을 잘 다스려 나쁜 짓을 하지 못하게 해야 합니다. 고물이 된 법률, 특히 잊혀진 지 오래며 없어도 상관없는 법률을 서둘러 소생시키지 말도록 해야 하고요. 그리고 몇몇 범죄에 대한 벌금으로 절대 돈을 받지 못하게 해야 합니다. 보통 개인이 그런 돈을 받으면 부정하고 사기적인 행위라고 판사가 규정할 만한 그런 경우에 말입니다.

여기서 내가 그들에게 유토피아인들이 살고 있는 곳과 별로 멀지 않은 곳에 살고 있는 마카렌스인들Macarenses[그리스어 makarios(행복한)에서 만든 가공의 민족]의 법률에 대해서 이야기한다고 합시다. 마카렌스인들의 왕은 즉위하는 날, 엄숙한 의식을 통해서, 언제나 자기 금고에 천 파운드 이상의 금 또는 이에 상당한 은을 간직하지 않겠다고 서약해야 합니다. 이 법

고매한 지도자
파브리키우스는 로마의 군인, 정치가로 청렴결백한 인품으로 유명하다. B.C. 280년 그리스의 에페이로스 왕 피로스가 이탈리아에 침입해 로마군을 무찌르자 로마 포로교환 협상을 위해 파견되었는데, 뇌물을 거절해 피로스 왕을 감동시킴으로써 아무런 몸값 없이 포로들을 돌려받았다. 그림은 파브리키우스가 피로스 왕을 설득하는 모습이다.

은 자신이 잘사는 것보다 나라가 잘사는 데 더 힘쓰고, 어떤 왕도 돈을 너무 쌓아놓음으로써 인민을 가난에 빠뜨리지 못하게 하고자 한 어느 훌륭한 왕이 만들었다고 합니다. 그는 이만한 금액이면 반란을 진압하거나 외적의 침입을 막아낼 수 있지만, 침략적인 모험을 시도하기에는 불충분할 것이라고 생각했습니다. 이것이 그 법을 만든 주된 이유였지만, 그는 또한 시민들의 일상적인 생업을 위해 풍부한 돈을 마련해주기를 바랐던 거지요. 끝으로 그는 금고에 있는 여분의 돈을 인민에게 나누어주어야만 하는 왕은 부정하게 돈을 거둘 방법을 찾지 않을 것이라고 생각했습니다. 이런 왕은 못된 사람에게는 두려움의 대상이 되고, 착한 사람에게서는 그만큼 사랑을 받습니다. — 자, 그런데 이런 의견들과 그 밖의 이와 비슷한 의견들을 이와 완전히 반대되는 쪽에 기울어져 있는 사람들 앞에서 늘어놓는다고 합시다. 그때 그들이 내 말에 귀를 막으려 하지 않으리라고 생각하십니까?"

"그야 물론 꽉 막겠지요, 그건 틀림없습니다."라고 나는 말했다. "그리고 그건 전혀 이상한 일이 아니에요! 솔직히 말하자면, 나는 당신이 그런 종류의 의견을 내놓거나, 들으려 하지 않을 것이 뻔한 그런 충고를 해야 한다고 생각하지 않습니다. 그게 무슨 도움이 되겠어요? 당신 말을 듣는 사람들이 이미 당신에 대한 반감에 사로잡혀 있고 당신의 생각과는 반대되는 생각이 확고한데, 어떻게 그런 동떨어진 말로 그들의 마음을 잡을 수 있겠습니까? 이런 스콜라 철학은 친한 친구들끼리의 사적 담화에서는 얼마든지 재미있는 것이지만, 중대한 일들을 아주 위엄 있게 논의하는 왕들의 자문회의에는 들어갈 자리가 없지요."

"내가 말하고자 하는 것이 바로 그것입니다." 라파엘이 대답했다. "왕들의 자문회의에는 철학이 들어갈 자리가 없다고요."

"예, 맞는 말입니다."라고 나는 말했다. "모든 이야기가 어디에서나 알맞다고 생각하는, 이런 스콜라 철학이 들어갈 자리는 없습니다. 그

옥타비아를 죽이려는 네로
비극 〈옥타비아〉는 세네카의 작품으로 알려져 있으나 실제로 그의 작품은 아니라고 평가되고 있다. 옥타비아는 네로의 황후였는데 네로는 다른 여자와 결혼하기 위해 그녀와 이혼하고 죽이기까지 하였다. 이 극 중에 세네카가 네로에게 선량한 군주가 되라고 충고하는 장면이 나온다.

러나 한 시민이 맡아야 할 역할에 좀더 적합한 다른 철학이 있거든요. 이 철학은 자신이 할 역할을 알고 있으며, 현재 공연중인 연극의 흐름에 자신을 적응시키면서 자신의 역을 깔끔하고 적절하게 실연합니다. 당신이 사용해야 할 철학이란 바로 이런 철학이지요. 그러지 않고, 플라우투스Plautus의 희극 공연에서 집안의 종들이 서로 시시한 농담을 지껄이고 있을 때, 당신이 철학자 차림으로 무대 위에 나타나 비극 〈옥타비아Octavia〉에서 세네카가 네로에게 하는 대사를 되풀이하는 것은 어떨까요. 그처럼 장면에 어울리지 않는 것을 말함으로써 연극을 하나의 희비극으로 만드는 것보다는 차라리 무언의 역을 하는 편이 더 좋지 않을까요? 현재 공연중인 연극과 아무 관련도 없는 딴 대사를 집어넣으면, 설령 그 대사가 연극 자체보다 더 좋은 것이라 하더라도 연극을 그르치고 망쳐버리지요. 따라서 될 수 있는 대로 현재 공연중인 연극을 잘 끝마치도록 해야 하고, 더 품위 있는 다른 연극이 생각난다고 해서 공연중인 연극 전체를 망쳐버리지는 말아야지요.

나랏일에서도 사정은 마찬가지이며, 군주의 자문회의에서도 같습니다. 잘못된 생각들을 뿌리째 뽑아버릴 수 없고, 고질화된 악들을 마음에 흡족하도록 바로잡을 수 없더라도, 그렇다고 나라를 버려서는 안 되지요. 바람을 잡을 수 없다고 해서 폭풍우 속의 배를 포기해서는 안 되지요. 전혀 다른 생각으로 굳어져 있기 때문에 다른 말은 귀에 들어오지 않는 사람들에게 그들의 귀에 선 동떨어진 말을 해선 안 됩니다. 그러지 말고, 간접적인 접근방법으로 될 수 있는 한 모든 일을 요령껏 잘 다루도록 노력해야 합니다. ― 이렇게 하면, 더 좋게는 만들 수 없더라도 더 나빠지지는 않게 할 수 있을 겁니다. 사람들이 모두 다 선량하지 않은 이상, 모든 일을 다 잘되도록 할 수는 없으며, 그런 상황은 앞으로도 꽤 여러 해 동안은 일어날 것 같지 않으니까요.”

“그런 식으로 해서는요,” 하고 그는 말했다. “다른 사람들의 광기를 고치려다가 나까지 그들과 같이 미치게 되는 게 고작일 겁니다. 왜냐하면, 나는 옳은 말을 하고 싶을 땐 방금 이야기한 방식으로 말할 수밖에 없거든요. 거짓말을 하는 것이 철학자의 할 일인지 아닌지는 모르겠습니다만, 아무튼 그건 내가 할 일은 아닙니다. 아마도 내 충고가 듣기 싫고 지겨울지도 모르지만요. 왜 그것이 이상하게 들리고, 심지어 어리석은 것으로까지 보이는지 이해할 수가 없어요. 만일 내가 플라톤이 그의 공화국에서 상상한 것들, 또는 유토피아인들이 그들의 나라에서 실제로 시행하고 있는 것들을 그들에게 이야기한다면 어찌 될까요? 아무리 그런 제도들이 뛰어난 것이라 하더라도 (사실 뛰어난 것이어요.) 이곳에서는 역시 생소한 것으로 보일 겁니다. 여기서는 사유재산이 원칙인데, 거기에서는 모든 것이 공유이기 때문입니다.

무턱대고 반대방향으로 곧장 내닫기로 작정한 사람들은 그들을 불러들여 그들의 행로가 위험하다고 지적해주는 사람을 결코 달가워하지 않습니다. 그건 고사하고, 내가 한 말 중에 아무 데서나 할 수 없는 말, 또는 해선 안 될 말이 있었습니까? 사실 사람들의 그릇된 관습 때문에 우리 눈에 낯선 것으로 보이는 모든 것을 이상하고 불합리한 것이라 하여 물리친다면, 그리스도교 사회에서도 그리스도의 가르침 대부분을 한쪽에 치워놓아야만 할 겁니다. 하지만 그리스도께서는 그의 가르침을 그냥 모른 척하면 안 된다고 하셨고, 심지어 그리스도께서 사도들 귀에 속삭이신 것까지도 지붕 위에서 공개적으로 전도해야 한다고 명령하셨습니다(마태복음 10장 27절, 내가 너희에게 어두운 데서 이르는 것을 광명한 데서 말하며 너희가 귓속으로 듣는 것을 집 위에서 전파하라). 그리스도의 가르침 대부분은 내가 이야기한 것보다 훨씬 더 인류의 공통적 관습과 다른 것이지요. 그러나 워낙 꾀가 많은 설교자들은 사람들이 자신들의 풍습을 그리스도의 규범에 맞추려 하지 않는다는 것을 알고 있기 때문에 (아마도 당신들의 충고에 따르는 것 같은데요.) 그리스도의 가르침을 마치 납으로 된 잣대인 양 사람들이 살아가는 방식에 갖다 맞추었습니다. 그들은 그런 방식으로 이 둘, 즉 그리스도의 가르침과 사람들의 살아가는 방식이 어떻게든 서로 부합하도록 만들 수 있지요. 내가 보기에 그렇게 해서 그들이 실제로 이루어놓은 것이라고는, 사람들로 하여금 좀더 편안한 마음으로 악한 짓을 하게 만든 것뿐입니다.

왕의 자문회의에서 내가 할 수 있는 것도 이와 같은 일이 전부입니다. 내 의견이 다른 사람들의 의견과 다르면, 내 의견은 없는 거나 마찬가지일 테고, 그들의 의견에 동의한다면 테렌티우스Terentius의 작품에서 미티오Mitio가 말한 바와 같이, 그들의 미친 짓을 확인하는 꼴이 되기 때문이지요. 당신이 말하는 '간접적인 접근방법'에 대해서는 그 뜻을 잘 모르겠습니다. 당신 생각에는 내가 무언가를 더 좋게 만들 수는 없더라도 최소한 더 나빠지지는 않게 일을 요령껏 추진하도록 힘써야 한다는 거지요. 자문회의에서는 보고도 못 본 척한다든가 남과 다르게 볼 수가 없습니다. 최악의 제안들을 공개적으로 시인해야 하고 아주 해로운 정책들을 지지해야 합니다. 그릇된 제안들에 대해서도 적

테렌티우스
플라우투스와 함께 로마 희극을 완성시킨 희극작가로 꼽힌다. 본문에 언급된 것은 〈형제〉라는 희극에서 미티오가 "만일 내가 그의 노여움을 늘이거나 줄이거나 한다면, 나도 그와 마찬가지로 미치광이가 될 것이다."라고 한 부분을 말한다.

극적으로 찬성하지 않고 엉거주춤하게 찬성하는 사람은 스파이로, 어쩌면 반역자로 의심받게 마련입니다. 그리고 자기 자신이 선량하게 되기보다는 선량한 사람을 타락시키기 일쑤인 그런 패거리들 사이에 끼게 되면, 어떤 착한 일도 할 방도가 없습니다. 그들의 못된 수법에 의해서 타락되거나, 그렇지 않으면 설사 자기 혼자 성실과 순결을 지키더라도 그것은 다른 사람들의 협잡과 어리석은 행동을 덮어주는 가리개가 되게 마련입니다. 당신이 말하는 '간접적인 접근방법'으로는 무언가를 개선할 가망이 없을 겁니다.

이것이 바로 플라톤이 다음과 같은 아주 적절한 비유로, 현명한 사람들이 나랏일을 멀리 하는 것은 잘한 일이라고 단언하는 이유입니다. 즉, 현명한 사람들은 사람들이 거리에 몰려나와 비에 흠뻑 젖어 있는 것을 보고도 그들이 비를 피해 집 안으로 들어가게 설득할 수가 없을 때에는, 자기들 자신이 밖으로 나가봐도 그들과 함께 비에 젖을 뿐 아무런 도움도 되지 않으리라는 것을 알고 있습니다. 그래서 그들은 집 안에 머물러 있으면서, 다른 사람들의 어리석은 짓을 고칠 수 없을 바에야 자기들만이라도 비에 젖지 않고 있는 것을 다행으로 생각하는 거지요.

그렇지만 사실은요, 모어 님, 내가 실지로 생각하고 있는 것을 말하자면, 사유재산이 있는 곳, 그리고 돈으로 모든 것이 평가되는 곳에서는 나라가 정의롭고 번성하기란 도저히 불가능한 일입니다. — 가장 좋은 것은 모두 가장 못된 시민들의 수중에 있는 곳에 정의가 존재할 수 있다고 생각하거나, 또는 생활에 도움이 되는 좋은 것들을 극소수의 사람들이 나누어 가지고 있는 곳, 그런데 그들 소수들조차도 늘 불안한 곳, 그리고 나머지 사람들은 극도로 비참한 처지에 있는 곳에서 행복을 찾을 수 있다고 생각한다면 몰라도 그렇지 않다면 말입니다.

그렇기 때문에 나는 몇 안 되는 법률로 그토록 훌륭하게 통치되는 유토피아아인들의 아주 현명하고 경탄할 만한 제도들을 곰곰이 생각하게 되는 겁니다. 그들 사이에서는 덕 있는 사람이 보상을 받으면서도, 모든 것을 평등하게 나누어 가지며 누구나 다 풍족하게 살지요. 그들과 다른 여러 나라들을 대비해보면, 다른 나라들은 모두 새 법령들을 계속 만들어내는데도 나랏일을 만족스럽게 꾸려나가지 못합니다. 이런 나라들에서는 개인이 획득한 것을 자기의 사유재산이라고 부르고 있습니다. 하지만 날마다 만들어지고 있는 그 많은 법률로도 각자의 소유권을 보장해주거나 보호해주지 못하고, 심지어 각자의 재산을 다른 사람의 재산과 구분할 수조차 없어요. — 이것은 흑백을 가릴 수 없는 수많은 법률소송이 날마다 새롭게 제기되고 있는 것으로 보아 알 수 있습니다. 이 모든 점들을 생각해볼 때, 나는 더욱더 플라톤의 생각에 동감하게 되고, 따라서 모든 재화가 모든 사람에게 평등하게 나누어지도록 하는 그런 법률을 반대하는 사람들을 위해서 그가 법률을 만들어주려고 하지 않았던 것도 이상할 게 없습니다.

누구도 어깨를 나란히 할 수 없는 이 현인은 공공복지에 이르는 유일한 길은 재화의 평등한 배분에 있다는 것을 쉽게 알아차렸어요. 각 개인들이 재산을 소유하고 있는 곳에서 이런 평등이 이루어질 수 있을 것 같지는 않습니다. 아무리 풍부한 재화가 있다 하더라도, 모든 개개인이 무슨 구실이든 내세워 될 수 있는 대로 많은 것을 자기 쪽으로 끌어 모으려 할 때는 몇 명 안 되는 사람들이 모든 것을 나누어 가지게 되고, 나머지 사람들은 가난을 면치 못하게 됩니다. 그렇게 되면 결국 두 종류의 사람들이 나타나게 되는데, 실은 이들의 재산은 서로 바뀌어져야 마땅합니다. 가난한 사람들은 겸손하고 소박하며, 매일매일의 노동으로 그들 자신보다 나라에 더 유익한 사람들인 데 반해, 부자들은 탐욕스럽고 사악하고 무익한 사람들이거든요.

이래서 나는 사유재산제가 완전히 폐지되지 않는 한 재화의 공정한 분배는 이루어질 수 없고, 사람들의 생업 또한 행복하게 이루어질 수 없다고 확신합니다. 사유재산제가 존속하는 한, 인류 가운데 절대 다수를 차지하는 가장 선량한 사람들이 빈곤과 근심이라는 피할 수 없는 무겁고 괴로운 짐에 의해서 억압받게 될 것입니다. 그 짐을 어느 정도 가볍게 할 수도 있다는 것을 나도 인정하지요. 하지만 그것을 완전히 치워버릴 수 있다고는 생각하지 않습니다. 아무도 일정 면적 이상의 토지를 가져서는 안 된다든가, 아무도 일정 액 이상의 수입을 가져서는 안 된다는 법률을 만들 수도 있을 겁니다. 또는 왕이 너무 강력해지거나 민중이 너무 오만해지는 것을 방지하는 법률을 만들 수도 있을 겁니다. 청탁이나 돈으로 공직을 얻는 것, 공무원에게 무거운 금전적 부담을 지게 하는 것을 불법으로 규정할 수도 있을 겁니다. (그러지 않으면 공무원이 사기나 갈취로 자신들의 돈을 되찾으려는 유혹에 빠지게 되고, 현명한 사람이 맡아야 할 직위의 임명을 오직 부자들만이 수락할 수 있기 때문이지요.) 이런 종류의 법률들은 치유할 수 없는 병자의 몸에 계속 붙이는 찜질 약 정도의 효과는 있으리라고 나도 인정합니다. 내가 이야기한 사회악들이 줄어들 수 있고 그러한 사회악들의 영향이 얼마 동안은 약해질 수도 있겠지요.

그렇지만 사유재산제가 존속하는 한, 그러한 사회악들을 치유하여 사회를 다시 건강한 상태로 되돌릴 수 있는 가망은 전혀 없습니다. 한쪽을 치료하고 있는 동안에 다른 쪽 상처를 더 크게 만듭니다. 한 군데서 병을 잡으면 다른 곳에서 터져 나오는 겁니다. 어떤 사람에게 무엇인가를 주기 위해서는 다른 어떤 사람에게서 그것을 빼앗아야만 하니까요."

"그러나 난 그렇게 보지 않습니다."라고 나는 말했다. "내 생각에는 모든 것을 공유하는 곳에선 사람들이 잘살 수 없을 것 같습니다. 모두가 다 일을 그만둔 곳에서 어떻게 풍부한 생산품이 나오겠습니까? 이

무거운 짐
성직자와 귀족이 농민의 등에 올라탄 모습을 통해 신분제의 폐단을 보여주는 프랑스 그림. 불평등한 신분제가 존재하던 시대, 유럽사회의 농민들은 가장 많은 노동을 하면서도 가장 빈곤하게 살아야 했다.

득을 보려는 마음이 없어지면, 남들에게 기대게 되어 게을러질 수밖에 없어요. 궁핍을 벗어나기 위해 일을 하려 해도 자기가 일해서 얻은 것을 법적으로 보호받을 수 없다면, 끊임없는 유혈과 난동이 뒤따를 수밖에 없지 않겠습니까? 공무원들에 대한 존경심이 없어지고 그들의 권위가 상실되었을 때는 특히 그럴 것입니다. 나 개인으로는 모두가 다 같아서 구분을 할 수 없는 사람들 사이에서 어떤 권위가 있으리라고는 도저히 생각할 수 없습니다."

"당신이 그렇게 생각하는 것도 무리가 아닙니다."라고 그는 말했다. "당신 마음에 그런 나라에 대한 아무런 상도 지닌 게 없거나, 아니면 그릇된 상을 지니고 있으니까요. 당신도 나와 함께 유토피아에 가서 그들의 생활방식과 습속을 직접 눈으로 보셨어야 하는데, ― 나는 5년 이상이나 그곳에 살았으며, 그 신세계를 다른 사람들에게 알려주기 위한 것이 아니었다면 그곳에서 떠나오지 않았을 겁니다. 그들을 보시게 되면, 그곳 말고는 어디에서도 그렇게 잘 다스려지고 있는 사람들을 본 적이 없다고 실토하시게 될 겁니다."

"여보세요," 하고 피터 힐러스가 말했다. "우리가 알고 있는 이 세계의 사람들보다 더 잘 다스려지고 있는 사람들이 그 신세계에 있다는 걸 우리에게 납득시키려면 무척 힘이 드실 텐데요. 이곳 사람들도 그곳 사람들에 못지않아요. 그리고 내가 알기로는 우리 정부들이 더 오래된 정부이고요. 우리는 오랜 경험을 통해서 살아가는 데 편리한 여러 가지 제도들을 발전시켜왔습니다. 인간의 지혜로는 여간해서 발견하기 어려운 우연한 발견들은 놔두고라도 말이어요."

"정부가 얼마나 오래 되었느냐를 가지고 말할 것 같으면," 하고 라파엘이 말했다. "그쪽 세계의 역사를 읽으시면 더 정확하게 판단할 수 있을 것입니다. 이런 기록을 우리가 믿어도 된다면, 이곳엔 아직 사람이 살기도 전에 이미 그곳에는 도시가 있었어요. 인간의 지혜로 발견

한 것이거나 우연한 기회로 발견한 것이거나, 다 이곳과 똑같이 그곳에서도 볼 수 있지요. 그 밖에도 사실 나는, 비록 타고난 지혜 면에서는 우리가 그들보다 우월할지 모르지만 부지런함과 배우려는 열성 면에서는 그들이 우리보다 훨씬 앞서 있다고 생각합니다.

그들의 연대기에 따르면, 그들은 우리가 거기에 도착하기 전에는 적도선 밖의 사람들에 관해서 (그게 그들이 우리를 부르는 명칭인데요.) 전혀 들어본 것이 없었습니다. 다만 약 1200년 전에 어떤 배 한 척이 폭풍우에 밀려 그들의 섬에 난파한 적이 있었을 뿐이지요. 로마인들과 이집트인들 몇이 해변에 떠밀려 올라왔는데, 그 후 그들은 그곳을 떠나지 않았습니다.

이제 그들이 이 단 한 번의 우연한 사건으로 그들의 부지런함을 통해 얼마나 많은 이득을 얻어냈는지 살펴봅시다. 그들은 로마제국의 유용한 기술이란 기술은 하나도 빠짐없이 다 배웠는데, 손님들에게서 직접 배우거나, 어떤 아이디어의 씨앗을 이용해서 그들 스스로 이런 기술을 발견해냈습니다. 단 한 번 이쪽 세계의 몇 사람이 그곳에 발을 들여놓은 단순한 사실을 통해서 얼마나 많은 이득을 보았는지 모릅니다! 혹시 과거에 비슷한 일이 일어나서 누군가 그곳에서 이곳으로 오게 된 사람이 있었더라도 그런 일은 완전히 잊혀지고 말았지요. 마찬가지로 내가 그곳에 간 적이 있다는 것을 이곳의 미래 세대들은 아마 잊어버리겠지요. 그들은 그 같은 한 사건을 통해서 우리들이 발명한 유용한 것들을 모조리 습득하여 전문가가 되었는데, 우리들의 것보다 더 좋은 그들의 제도를 우리가 받아들이는 데는 오랜 시간이 걸릴 것 같습니다. 이 같은 배우고자 하는 자세가 (두뇌나 자원은 우리가 그들에게 뒤떨어지지 않지만) 그 나라가 우리 나라보다 더 훌륭하게 다스려지며 그들이 우리보다 더 행복하게 살고 있는 진짜 중요한 이유라고 생각해요."

"그렇다면 제발, 라파엘 님," 하고 나는 말했다. "그 섬 이야기를 해주세요. 간략하게 하려 말고 차례대로 그들의 경지, 강, 도시, 인민, 풍습, 제도, 법률 등 — 요컨대 우리가 알고 싶어 하리라 생각하시는 것 전부를 이야기해주세요. 우리가 아직 모르고 있는 것은 무엇이나 다 알고 싶어 할 거라고 생각하시면 됩니다."

"그 이상 내가 하고 싶은 일은 없습니다."라고 그는 말했다. "이 모든 것들은 내 마음속에 생생하게 간직되어 있으니까요. 그러나 그러자면 시간이 꽤 걸릴 텐데요."

"그럼," 하고 나는 말했다. "우선 점심식사부터 하러 갑시다. 그 후에 마음껏 충분한 시간을 가집시다."

"그럽시다."라고 그는 말했다. 그래서 우리는 안으로 들어가 점심을 들었다. 그리고 우리는 다시 같은 장소로 돌아와 같은 벤치에 앉았다. 나는 하인들에게 아무도 우리를 방해하지 않도록 일러놓았다. 피터 힐러스와 나는 라파엘에게 약속한 것을 이행해달라고 청했다. 그는 그의 말을 듣고 싶어 하는 우리들의 간절한 마음을 깨닫자, 잠깐 동안 말없이 생각에 잠겨 있더니, 이윽고 다음과 같이 말하기 시작했다.

• 제1권의 끝 •

중세에서 근대로 유럽의 변화, 《유토피아》를 탄생시키다

토머스 모어가 살던 당시 유럽사회는 정치, 종교, 사회 여러 부분에서 변화가 꿈틀대던 시기였다. 이상국가를 그린 유토피아 문학작품들이 모두 이렇듯 혼란하고 암울한 시기에 씌어진 것을 감안한다면, 《유토피아》 역시 이러한 시기가 있었기 때문에 탄생했다고 볼 수 있으며 당시의 상황을 아는 것은 작품을 이해하는 데 큰 도움이 될 것이다. 중세사회에서 근대로 유럽의 변화를 이끈 요소로는 르네상스와 휴머니즘, 종교개혁, 유럽세계의 확대를 꼽을 수 있는데 여기에서는 이 세 가지 변화의 흐름을 살펴보겠다.

1 인간정신의 자유로운 구현을 꿈꾸다 — 르네상스와 휴머니즘

프랑스어로 재생을 의미하는 르네상스Renaissance는 그리스 로마 문화를 모범으로 삼아 학문과 예술을 부활시키고, 인간적 문화를 창조하려는 문화운동을 일컫는다. 이 변화의 물결은 미술, 건축, 문화, 사상 등 다방면에 걸쳐 14~16세기 유럽 여러 나라에서 일어났다. 또한 신항로 개척과 지동설 주장, 봉건제의 몰락, 상업의 성장, 인쇄술·항해술·화약의 이용과 같은 과학기술의 발전도 이 시기에 일어났다.

르네상스를 주도한 사람들이 바로 '휴머니스트'들인데 이들은 교회와 성직자에 대한 절대적 복종을 주장한 당대 로마가톨릭교의 여러 폐단을 비판하고, 이러한 제약에서 벗어난 인간정신의 자유로운 구현을 주장했다. 인문주의, 곧 휴머니즘은 이성적이면서도

르네상스 미술의 대표적 화가 라파엘로의 〈갈라테아〉, 1511년 작. 그리스 신화를 소재로 한 이 그림은, 고대 미술과 문학에 대한 라파엘로의 애정과 고전적인 정신, 즉 조화와 미, 잔잔함 등에 대한 표현을 보여준다.

풍부한 정서를 지닌 인간상을 이상으로 삼았으며 고전작품
의 연구를 통한 이러한 이상의 탐구를 그 중요한 과업으로
삼았다. 휴머니스트들의 작품에는 인간의 본성과 존엄성에
대한 강조, 모든 철학 · 신학 사상에 나타나는 진리의 조화
와 통일 추구, 자유로운 탐구와 창의적인 사고를 확장시키
는 교육의 중요성 강조 등이 공통적으로 나타난다.

청년시절부터 라틴어와 그리스어를 배우며 고전작품을 탐
독하고 신실한 그리스도교 신자로서 교회의 형식주의를 비
판했던 모어는 영국의 대표적인 휴머니스트였다. 신분의
차이가 존재하지 않고 공동노동을 하며 부를 공동 소유하
는 사회, 종교의 다양성을 인정하는 사회, 합리적인 제도가
다스리는 사회 ─ '유토피아' 는 인간을 행복하게 하는 진정
한 공공성과 정의란 무엇인가에 대한 그의 고민의 결과를
세상에 제시함으로써 그 실현가능성을 물은 것이라 할 수
있다.

네덜란드 출신의 휴머니스트 에라스무스. 인간성을 중시하는 고전문학에 대
한 교육을 강조하고, 교회의 형식주의와 악폐를 비난한 저서들을 통해 르네상
스 정신을 발현하였다.

2 오직 믿음만이 인간을 구원할 수 있다
— 종교개혁

르네상스와 종교개혁은 개인의식에 입각하여 중세 가톨릭교회를 비판하고, 근원으로의 복귀 — 그리스·로마 고전으로의 복귀와 초기 그리스도교 교회로의 복귀 — 를 추구했다는 점에서 공통점을 지닌다. 그러나 이 두 운동의 본질을 동일한 것으로 볼 수는 없는데, 왜냐하면 르네상스의 본질은 현세를 즐기고 초자연적인 것에 무관심한 데 있었으나, 종교개혁의 본성은 내세를 중시하고 육신을 정신보다 열등한 것으로 보는 점에 있었기 때문이다. 게다가 르네상스에는 중세적 전통을 유지하는 측면이 적지 않았던 데 반하여, 종교개혁은 반중세적·반가톨릭적·반봉건적 성격을 더 많이 지니고 있었다. 중세시대 성직자들 중에는 타락한 생활을 일삼은 사람이 많았으며, 교황청과 교회는 엄청난 부를 쌓고 유럽 각국의 정치에 관여하며 막강한 권력을 휘둘렀다. 종교개혁은 이렇듯 영적 권위를 상실한 중세 교회에 대한 반발로 일어난 신앙운동으로, 교황과 가톨릭교회의 권위를 부정하고 인간의 구원은 오로지 믿음에 의해서만 얻을 수 있다는 신념 아래 성서를 유일한 신앙의 근거로 삼았다.

당시 교황청과 가톨릭교회들은 수입 증대의 수단으로 인덜전스(사면장)를 남발했는데, 독일의 루터가 이를 공격하는 '95개조 반박문'을 발표하면서 종교개혁의 기운이 유럽 각지로 확산되어갔다. 대표적인 그리스도교 인문주자 에라스무스 역시 교회에 만연된 미신과 도덕적 악습을 신

루터

랄하게 비판하며 초기 그리스도교의 단순성과 소박함으로 돌아갈 것을 주장했다. 그러나 그의 목표는 그리스도교 문화가 지배하는 중세사회의 완전한 전복이 아니라 점진적인 개혁이었는데, 이는 절친한 친구였던 모어의 견해와도 일치하는 것이었다. 그가 처음에는 루터의 종교개혁에 동조적이었지만 결국 가담하지 않고 마침내 그와 맞서게 된 것도 이러한 그의 온건성 때문이었다.

영국에서는 종교적 원인보다는 정치적 원인 때문에 종교개혁이 일어났다. 헨리 8세는 로마 교황청이 왕비 캐서린과의 이혼을 승인하지 않자, 교황의 권위를 부정하고 1534년 왕을 수장으로 하는 영국교회를 수립했다. 독실한 신자였던 모어는 가톨릭교회의 권력남용과 타락에 반대했지만 교회가 분열되는 것을 원하지 않았는데, 이러한 모어의 사상은 종교의 자유가 허락되지만 어느 누구도 자신의 종교를 다른 사람에게 강요할 수 없으며 특정 종교의 형식을 거행하지 않고 공동예배를 드리는 유토피아 섬의 종교정책에서도 엿볼 수 있다.

인덜전스 판매

3 바다 건너 미지의 세상을 향해 나아가다 — 유럽세계의 확대

르네상스와 종교개혁을 거치며 커다란 변화를 겪은 유럽인들은 막강한 권력을 쥐고 있던 중세교회의 영향력에서 벗어나면서 활동범위와 사고를 확장시키게 되었다. 유럽 각국에서 중앙집권화가 진행됨에 따라 국가 간 경쟁이 거세지면서 유럽 이외의 시장에 대한 요구가 커졌고, 르네상스의 과학적 정신은 당시 유럽에 무르익은 경제적 요구와 지식의 발달과 맞물려 신항로 개척으로 이어졌다.

16세기 항해 안내서의 표지

르네상스 시대에 아라비아인을 통해 나침반이 전해지자 항해술이 크게 발전하였고, 조선기술도 진보하여 대양으로 향하는 유럽인들의 항해가 늘어났다. 이 무렵 인문주의자들에 의해 지리서와 수학, 천문학 서적들이 많이 소개되었으며, 이를 기초로 지도가 제작되고 경도와 위도의 측정법 등이 널리 알려지게 되었다.

아메리카를 발견한 콜럼버스

《유토피아》에서도 신항로 개척이 미친 영향이 곳곳에서 발견된다. 라파엘이 유토피아 섬에 닿을 수 있었던 것은 베스푸치의 항해에 가담했기 때문으로 나오는데, 베스푸치는 실제로 당시 이름을 날리던 이탈리아의 탐험가이다. 1488년 디아스Dias가 아프리카 남단에 있는 희망봉을 발견했고 1492년에는 콜럼버스가 아메리카에 도달했는데, 이러한 배경에서 성장한 모어는 자연스레 바다 건너 새로운 세상, 미지의 섬을 상상할 수 있었을 것이다. 그리고 이러한 상상력이 당시 사회가 안고 있던 정치적 종교적 문제점들에 대한 회의와 결합하여 '모든 사람들이 공동선을 위하여 일하는 평등한 사회, 개인의 행복이 존중되는 사회'를 탄생시켰을 것이다.

제2권

런던의 시민이자 사정장관보인
토머스 모어의 기록

유토피아인들의 섬은 가장 넓은 중앙부의 폭이 200마일입니다. 섬의 대부분 지역은 폭이 이와 비슷한데, 다만 양쪽 끝으로 감에 따라 차츰 좁아지지요. 양쪽 끝은 둘레 500마일의 원을 이룰 정도로 구부러져 있어 섬을 초승달 모양으로 만들고 있습니다. 이 초승달의 두 끝은 약 11마일 정도 떨어져 있는데, 그 사이로 바닷물이 들어와 넓은 만이(내해가) 되어 있지요. 사방이 육지로 둘러싸여 바람을 막고 있기 때문에, 이 만은 물결이 사납지 않고 고요하고 잔잔하여 큰 호수와 같습니다. 그래서 내부 연안 거의 전부가 하나의 큰 항구를 이루어, 배들이 모든 방향으로 왕래함으로써 주민들에게 큰 편익을 주고 있지요. 만의 입구 한쪽에는 얕은 여울, 다른 쪽에는 바위들이 있어 매우 위험합니다. 수로의 중간쯤 되는 곳에 큰 바위 하나가 물 위에 솟아 있는데, 이것 자체는 위험하지 않습니다. 이 바위의 꼭대기에 탑이 하나 세워져 있고 이것을 수비대가 지키고 있습니다. 물속에 딴 바위들이 숨어 있는데 이것들은 매우 위험하지요. 수로를 아는 것은 유토피아인들뿐입니다. 그래서 외국인들은 유토피아인 수로안내인 없이는 만 안으로 들어오기가 어렵지요. 그들 자신들조차도 연안에 있는 표식에 따라 뱃길을 잡지 않으면 안전하게 들어갈 수 없을 정도입니다. 이런 표식을 이리저리 옮겨놓음으로써, 제아무리 큰 적의 함대라도 쉽게 파멸시킬 수 있지요.

섬의 바깥쪽에서도 항구들을 심심치 않게 볼 수 있습니다만, 어느 해안이나 원래가 험한 데다 튼튼한 방어시설이 갖추어져 있기 때문에 소수의 수비병으로도 강력한 군대의 공격을 물리칠 수 있습니다. 그들의 말에 의하면 (또 그곳 지형의 생김새를 보아도 알 수 있는데) 그들

가장 좋은 나라
1518년 출간된 《유토피아》에 실린 그림. 손가락으로 유토피아 섬을 가리키며 무언가를 열심히 설명하는 히슬로다에우스(왼쪽)의 모습이 보인다.

의 땅이 처음부터 바다로 둘러싸여 있지는 않았답니다. 그런데 우토푸스Utopus가, 전에는 아브락사Abraxa(모어는 유토피아인들이 '미트라Mithra'라는 신을 숭배한다고 말하는데, 아브락사스Abraxas라는 신이 이 '미트라'와 깊은 관계를 가지고 있다 한다)라고 불렸던 이 나라를 정복하여 자기 이름을 거기다 붙이고, 미개하고 거친 주민들을 높은 교양과 훌륭한 품성을 지닌 사람들로 만들어 이제는 그들이 거의 모든 다른 나라 사람들을 앞지르게 되었는데, 그 우토푸스가 그 지형 또한 변경시켰던 것입니다. 최초의 공격에서 승리를 거둔 뒤, 그는 그 땅이 대륙에 붙어 있는 곳을 15마일 정도 파내 수로를 만들어, 그 나라 둘레에 바닷물이 흘러 들어오게 했습니다. 그는 이 일을 그곳 토착 주민들에게만 시킨 것이 아니라, 자신의 군사들 모두에게도 시킴으로써

유토피아와 영국

1518년 출간된 《유토피아》에 실린 유토피아 섬의 지도(오른쪽)와 1564년에 제작된 영국 지도(위). 모어는 유토피아 섬의 지형을 잉글랜드에 빗대었는데, 실제로 잉글랜드와 웨일즈에는 54개의 주가 있었다.

피정복민들이 그런 노동을 모욕으로 느끼지 않도록 했어요. 일을 아주 많은 사람들에게 나누어 맡겼기 때문에 작업이 빨리 끝났으며, 처음에는 어리석은 짓이라고 비웃던 이웃 사람들이 그 성공을 보고는 경탄과 두려움을 느낄 만큼 충격을 받았습니다.

이 섬에는 54개의 도시(여기서 말한 도시는 라틴어로는 civitas로서 그리스어의 polis, 즉 도시국가를 의미한다)가 있는데, 모두 넓고 크며, 언어, 풍습, 제도, 법률들이 모두 같습니다. 이들은 그 장소가 허용하는 한, 모두 같은 구조로 만들어져 있으며 같은 모양을 지니고 있습니다. 제일 가까운 데가 서로 24마일 떨어져 있으며, 가장 멀리 떨어져 있는데도 한 도시에서 다른 도시까지 걸어서 하루에 갈 수 없을 정도로 멀지는 않습니다.

일년에 한 번, 각 도시는 나이 들고 경험이 많은 시민 세 명을 아마우로툼Amaurotum[유토피아의 수도. 그리스어 amauros(어둡다)에서 나온 말로, 안개에 쌓인 런던을 연상시킨다]에 파견하여 섬에 대한 공통적 관련사항들을 상의하도록 합니다. 아마우로툼은, 말하자면 나라의 배꼽에 자리 잡고 있어, 모든 다른 지역들에 편리하기 때문에 수도의 구실을 하고 있지요. 모든 도시는 사방으로 최소한 20마일에 달하는 농지를 가질 정도로 충분한 땅을 가지고 있습니다. 도시들이 더 멀리 떨어져 있는 곳에서는 훨씬 더 넓은 땅을 가지고 있지요. 자기 도시의 경계를 늘리려는 도시는 하나도 없습니다. 주민들이 자신들을 지주라기보다 경작자라고 생각하고 있기 때문이지요.

농촌 지역 전역에 걸쳐 적절한 사이를 두고 농기구를 갖춘 집들이 세워져 있습니다. 이런 집들에는 시민들이 교대로 농촌에 나와서 거주합니다. 이 같은 농촌 가구에는 어디서나 남녀 합해서 최소 40명이 소속되어 있으며, 그 밖에 그 땅에 딸려 있는 두 명의 노예가 있습니다. 건실하고 분별 있는 한 쌍의 주인부부가 각 가구를 책임지고 관리하고 있으며, 이런 가구 30개마다 한 사람의 필라르쿠스Philarchus[그리스어 Phylarchos, 즉 Phyle(부족)과 archos(우두머리)를 합해 만든 말로 족장이라는 뜻)가 배치되어 있습니다. 해마다 각 가구에서 20명이 2년 동안의 농촌 일을 끝내고 다시 도시로 돌아옵니다. 이들이 떠난 자리에 20명의 보충인원이 도시에서 들어와, 그곳에 이미 1년 동안 살아서 농사짓는 일에 더 익숙해진 사람들에게서 농사일을 배웁니다. 다음 해에는 이들이 새로 들어온 사람들을 가르칠 차례가 될 겁니다. 만일 모두가 다 똑같이 농사일이 서툴고 생소하면, 그 때문에 농작물에 해를 끼치지 않을까 염려해서지요. 농장 일을 하는 사람들을 이렇게 교대하는 관행은 누구나 억지로 그런 고된 일을 너무 오랫동안 하지 않아도 되도록 하기 위하여 으레 채택되어온 방식이지요. 하지만 원래 농사짓는 생활을 좋아하여 더 오랜 햇수를 이곳에서 보내는 사람도 많습니다.

농장 일을 하는 사람들은 땅을 경작하고, 가축을 기르고, 나무를 장만하여, 그런 생산품을 수로나 육로 아무 데나 편리한 대로 도시로 가

농사일

1669년에 출간된 낙농업책의 표지. 쟁기질, 써레질, 씨 뿌리기, 울타리 만들기 등 16~17세기에 행해졌던 다양한 농사일의 모습이 잘 나타나 있다.

져갑니다. 그들은 아주 신기한 방법으로 엄청나게 많은 닭을 기릅니다. 암탉이 아니라, 농부들이 달걀을 일정한 온도로 따뜻하게 유지하여 부화시키는 겁니다. 병아리는 껍질에서 나오자마자, 어미닭 대신 사람들을 알아보고 뒤를 따라다녀요.

그들은 말은 극히 작은 수밖에는 기르지 않습니다. 그것도 기질이 아주 사나운 말만 기르는데, 오직 젊은이들에게 승마기술을 연습시키기 위해 기르는 거지요. 쟁기질과 운반작업은 모두 수소를 이용합니다. 단거리 운반에는 소가 말만 못하다는 것을 그들도 인정하지만, 소는 더 힘든 일을 더 오랫동안 견디어내고, 병에 덜 걸리며 (그들은 그렇게 생각하고 있어요.) 게다가 더 적은 비용과 수고로 기를 수 있지요. 더욱이 소는 너무 늙어서 일을 못하게 되면 식육으로도 쓰일 수 있습니다.

밀은 오직 빵을 만드는 데에만 사용됩니다. 그들은 포도주, 사과주나 배술, 또는 단순히 물을 마시는데, 때로는 그들이 많이 가지고 있는

수확
일손이 부족한 수확기가 되면, 필요한 일손을 보충해 모두가 과중한 노동에 시달리지 않고 빠른 시간에 일을 마치는 유토피아의 제도는 합리적이고 공평하게 보인다. 16세기 플랑드르의 대표적 화가 브뤼헬의 〈수확〉.

꿀이나 감초를 넣어 끓여 마시기도 합니다. 그들은 각 도시와 그 주변 지역이 얼마만큼의 식량을 소비할지 극히 세밀한 부분까지 잘 알고 있지만, 그들 자신의 소요량보다 훨씬 더 많은 밀과 가축을 산출하여 나머지를 이웃 사람들에게 나누어 줍니다. 농촌 주민들이 필요로 하는 것으로 그 고장에서 나오지 않는 물건은 무엇이든 도시의 공무원들에게서 구하는데, 아무 대가도 치르지 않고 필요한 것을 쉽게 얻을 수 있습니다. 그들은 적어도 한 달에 한 번은 축제일을 지키기 위해 도시로 나가지요. 수확기가 가까워지면 농촌의 필라르쿠스들이 도시 공무원들에게 얼마만큼의 일손이 필요하게 될지 통지합니다. 수많은 추수 작업자들이 바로 때를 맞춰 나오게 되어, 날씨가 좋을 땐 하루 정도면 모든 곡식을 거두어들일 수 있지요.

도시, 특히 아마우로툼에 관해서

그들의 도시에 관한 것은 그 중 하나만 알면, 나머지는 다 알게 됩니다. 지형 때문에 차이가 생길 수밖에 없는 곳이 아니면, 다 닮았기 때문이에요. 그래서 이 가운데 아무 곳이나 하나를 들어 설명하겠습니다. 그렇지만 모든 도시 중에서 가장 훌륭한 아마우로툼 말고 다른 어떤 도시가 있겠어요? 그곳에 있는 원로원에 자기 도시의 대표를 보내고 있는 다른 도시들이 모두 아마우로툼의 중요성을 인정하고 있으니까요. 게다가 나는 꼬박 5년 동안 그곳에 살았기 때문에 그곳을 제일 잘 알고 있거든요.

그건 그렇고, 아마우로툼은 완만하게 경사진 언덕 쪽으로 자리 잡고 있는데, 거의 네모꼴입니다. 폭이 좀더 짧은 쪽은 언덕 꼭대기 좀 못 미쳐서부터 시작하여, 아니드루스Anydrus 강(유토피아의 도시 아마우로툼 옆을 흐르는 강. 그리스어 anydros(물이 없다)에서 나온 말)까지 2마일 정도를 내려가면서 자리 잡고 있

습니다. 아니드루스의 강둑을 따라 뻗어 있는 도시의 길이는 폭보다 약간 더 깁니다. 아니드루스 강은 아마우로툼의 위쪽 80마일 지점에 있는 작은 우물에서 시작하지만, 다른 강들이 이 강으로 흘러 들어옵니다. 그 중 두개는 꽤 큰 강이어서, 아마우로툼의 옆을 흐를 때는 강폭이 500야드에 이를 정도로 큰 강이 되어 있어요. 강은 계속 점점 더 커져서 60마일을 더 흘러가면 결국 바다 속으로 사라집니다. 바다와 이 도시 사이에 뻗어 있는 지대와, 이 도시 위쪽으로 몇 마일의 지점까지는, 강에 간만의 현상이 나타나 여섯 시간마다 조수가 빠르게 들어왔다 나갔다를 되풀이합니다. 조수가 밀려올 때는 약 30마일이나 아니드루스 강을 소금물로 채워, 맑은 물을 뒤로 밀어 올리지요. 심지어 그보다 몇 마일 더 멀리까지도 소금물이 되기도 하지만, 더 올라가면 점점 소금기가 사라져 도시를 지나갈 때는 강물이 맑아져 있습니다. 조수가 밀려갈 때는 거의 바다에 이르기까지 강물이 맑습니다.

아마우로툼에서 강의 양안은 하나의 다리로 연결되어 있는데, 이 다리는 목재 기둥과 말뚝이 아니라 굉장한 돌 아치 위에 세워져 있습니다. 그것은 도시의 맨 위쪽 끝, 바다에서 가장 먼 곳에 걸려 있는데, 배들이 도시 부두 전체의 길이를 따라 맨 위까지 아무 지장 없이 올라갈

수 있도록 하기 위해서지요. 이 밖에도 강이 또 하나 있는데, 이 강은
별로 크지는 않지만 잔잔하게 살랑거리며 흐릅니다. 이 강은 도시가
자리 잡고 있는 바로 그 언덕에서 시작하여 경사진 땅을 따라 시의 한
복판을 흘러내려 아니드루스 강으로 들어갑니다. 아마우로툼의 주민
들은, 도시의 약간 바깥에 있는 이 강의 꼭대기 근원 주변에 성벽을 쌓
고, 이것을 본 도시와 연결시켰지요. 그것은 혹 적의 공격을 받을 때
적이 물길을 막아 딴 곳으로 돌리거나, 물에 독약을 풀지 못하게 하기
위해서지요. 그 냇물은 토관을 통해 도시의 낮은 지대 여러 곳으로 보
내집니다. 지세가 이렇게 하기 어려운 곳에서는 저수지들을 만들어 빗
물을 받는데, 이것도 냇물과 마찬가지 구실을 하지요.

도시는 높고 두터운 석벽으로 둘러싸여 있으며, 그 위에는 많은 망
대望臺와 보루堡壘가 있습니다. 도시의 삼면은 또한 가시 울타리가 무성
한 깊고 넓은 마른 호壕로 둘러싸여 있고, 네 번째 측면은 강 자체가 호
노릇을 하고 있고요. 거리는 수레의 통행에 편리하고 바람도 막을 수
있도록 잘 짜여져 있습니다. 건물들은 허술한 점 없이 말끔합니다. 가
로의 전 블록에 걸쳐 길 양쪽에 연이어 길게 늘어선 집들이 서로 마주
보고 있지요. 블록마다 늘어선 집 앞쪽은 20피트 넓이의 길로 갈라져

당대 유럽사회의 정원은 특정 계층의 사람들과 연인 등을 위한 은밀함의 공간으로, 16세기 영국의 성들 중에는 작은 비밀정원이 있기도 했다. 점차 건축적 형태를 띠기 시작해 공간이 구조화, 개방화 되고 오락과 축제를 위한 공간으로 활용되었지만, 그 안에서 벌어지는 사건과 관계의 내밀성은 계속되었다. 이에 반해 유토피아의 정원은 모든 사람들이 가꾸고 공유하는 개방적 공간으로 묘사되고 있다.

있습니다. 집 뒤쪽에는 양쪽 다 블록의 길이와 같은 길이의 넓은 정원이 있는데, 이 정원은 집들의 뒷면에 의해서 사방이 둘러싸여 있어요.

집마다 앞문은 거리 쪽으로 나 있고 뒷문은 정원 쪽으로 나 있습니다. 두 짝으로 된 문은 손으로 살짝 밀기만 해도 쉽게 열리고 저절로 다시 닫혀져 누구나 들어갈 수 있어요. ― 그러니까 사유물은 아무 데도 없는 거지요. 그들은 십 년마다 제비를 뽑아서 집 자체를 교환합니다. 유토피아인들은 그들의 정원을 아주 좋아합니다. 그들은 포도, 과일, 약초와 꽃 등을 가꾸는데, 어찌나 잘 가꾸어 무성한지, 나는 그들의 것보다 더 풍성하고 아름다운 정원을 본 적이 없습니다. 그들이 정원 가꾸기에 늘 열심인 것은, 그걸 좋아하기 때문이기도 하지만, 각 블록끼리 서로 가장 좋은 정원 가꾸기를 겨루는 경쟁을 하기 때문이기도 합니다. 사실 전체 도시 안에서 시민들에게 이보다 더 유익하고 더 재미있는 일을 찾기는 쉽지 않을 거예요. 그리고 그런 점으로 볼 때 이 도시의 창건자가 이런 정원 만드는 것을 그의 첫 번째 고려대상으로 삼았던 것 같습니다.

처음부터 이 도시 전체는 우토푸스 자신이 설계했다고 합니다. 그러나 그는 도시를 장식하고 개량하는 일과 같이 한 사람의 생애 동안에 완성할 수 없을 것으로 본 사항들을 후대의 일로 남겨놓았다는 겁니다. 그들의 역사기록은 1760년 전에 섬이 정복된 때부터 시작되었고, 착실하게 수집되어 주의 깊게 문자로 기록되어 보존되고 있습니다. 이런 기록에 의하면, 처음 집들은 낮고, 오두막이나 농민의 집처럼 어떤 나무토막이나 가지고 아무렇게나 지은 흙벽 집이었습니다. 가운데가 올라간 지붕은 짚으로 이어져 있었고요. 그런데 지금 그들의 집은 모두 높고 멋지게 지은 3층집입니다. 벽의 바깥쪽은 부싯돌, 다듬은 돌이나 벽돌로 되어 있고, 안 공간은 자갈과 석회로 채워져 있습니다. 지붕은 납작하고 일종의 석고 같은 것으로 덮여 있는데, 이것은 값은 싸지만 아주 잘 달구어져 있기 때문에 불에 타지 않고, 함석보다 비바람에 견디는 힘이 더 좋습니다. 바람을 막는 창에는 유리를 끼웁니다. (그들은 유리를 많이 만들어내고 있어요) 깨끗한 기름이나 수지樹脂에 적신 가는 아마포를 사용하기도 하는데, 이것은 볕이 잘 들어오게 하고 바람도 잘 막아주는, 두 가지 편리한 점을 지니고 있기 때문입니다.

공무원에 관해서

해마다 한 번씩 30가구의 사람들이 한 명의 공무원을 선출하는데, 이 공무원은 옛말로는 시포그란투스Syphograntus[유래는 분명하지 않지만, 그리스어의 sophos(현명한) 또는 syphos(누추한 집, 영어로 sty)란 말과 gerontes(노인)란 말의 접합어로 보이며, 따라서 영어로 sty-ward, 즉 steward(집사執事)라는 뜻으로 짐작된다]라 불렸지만, 지금은 필라르쿠스라 합니다. 이런 시포그란투스 열 명이 거느리고 있는 가구 집단마다 이를 관장하는 또 하나의 공무원이 있는데, 이 공무원은 전에는 트라니보루스Traniborus[이 말 역시 유래는 불명하지만, 그리스어의 traneis, tranos(뚜렷한)란 말과 boros(게걸스러운)란 말의

영국 의회

튜더시대의 의회는 국왕의 필요에 의해 소집되는 정부에 귀속된 기관으로, 국왕은 자신의 의사에 반하는 의원들의 요구를 제한하기 위해 의회를 자주 소집하지 않았으며 추밀원을 통해 의사활동에 개입하였다. 이에 반해 유토피아의 원로원에서 행하는 회의는 자유롭고 합리적인 의사소통의 장場으로 볼 수 있는데, 원수와 트라니보루스, 시포그란투스들이 서로를 견제하면서 의견을 자유롭게 나눈다. 그림은 당대 영국 의회의 모습으로, 왕 앞에 앉아 있는 사람들이 상원의원들이고, 뒤쪽에 서 있는 사람들이 하원의원들이다.

접합어로 보는 견해가 있다]라고 불렸지만 지금은 프로토필라르쿠스Protophilarchus(대족장)라고 합니다. 총 200명의 시포그란투스들이 원수元首를 선출합니다. 그들은 최상의 적임자라고 생각하는 사람을 선출하겠다는 선서를 하고 나서, 그 도시의 네 구역의 주민들이 원로원에 추천한 네 사람 가운데 한 사람을 비밀투표에 의하여 원수로 선출합니다. 원수는 전제정치를 기도한다는 혐의를 받지 않는 한, 종신직입니다. 트라니보루스들은 매년 선출되지만, 사소하고 확실하지 않은 이유로 경질되지는 않지요. 그 밖의 다른 모든 공무원의 임기는 단 1년뿐입니다.

트라니보루스들은 격일로 원수와 만나 협의합니다만, 필요할 때는 더 자주 만납니다. 그들은 나라의 일들을 토의하고, 개인들 사이의 분쟁을 (이런 분쟁은 매우 드물지만 혹시 있을 때 말인데) 될 수 있는 대로 빨리 해결 짓습니다. 트라니보루스들은 언제나 두 명의 시포그란투스를 원로원에 참석시키는데, 날마다 다른 사람으로 바뀝니다. 공적 사업에 관한 사항에 대해서는 원로원에서 사흘 동안의 토론을 거치기 전에는 어떠한 결정도 내릴 수 없다고 규정되어 있어요. 원로원이나 평민회 이외의 곳에서 나라에 관한 어떤 계획을 세우는 것은 사형에 처할 범죄입니다. 이러한 규정을 만든 것은 원수와 트라니보루스들이 공모해서 정부를 변경하고 인민을 노예화하는 것을 방지하려는 목적에서라고 합니다. 그렇기 때문에 모든 중요 문제들은 먼저 시포그란투스들의 모임에 제출되지요. 시포그란투스들은 그 문제에 관해서 그들이 대표하는 가구들과 이야기하고, 자기들끼리도 상의하고 난 뒤 그들의 의견을 원로원에 제출합니다.
때로는 문제가 섬 전체회의에 제출되는 수도 있지요.

원로원 역시 어떤 사항이 처음 제안된 바로 당일에 토의하지 않고,
다음 회의 때까지 연기한다는 규칙이 정착되어 있습니다. 이렇게 하는
것은, 어떤 사람이 얼핏 떠오르는 생각을 불쑥 내뱉고 난 뒤, 공동의
이익은 생각하지 않고 자신의 제안을 변호하는 데만 온 정력을 쏟는
일이 없도록 하기 위해서지요. 사람들 중에는 처음에 자기 생각이 모
자랐다는 점을 인정함으로써 자신의 평판을 떨어뜨리는 것보다는 차
라리 공익을 해치는 게 더 낫겠다고 생각하는, 그런 괴상하고 터무니
없는 수치심을 가지고 있는 사람도 있다는 것을 그들은 알고 있습니
다. 그런 사람들은 먼저 충분히 예상을 하고 난 뒤 서두르지 말고 신중
하게 말했어야 하지요.

생업에 관해서

농사는 남녀 모든 사람이 예외 없이 종사하는 생업입니다. 그들은 어
렸을 때부터 이 일을 배우는데, 학교에서 이론을 배우기도 하고, 근처
농장으로 나가서 배우기도 합니다. 농장에서 하는 것은 일종의 실제
교습 놀이와 같은 것이지요. 이러한 농장나들이에서는 그저 보기만 하
는 것이 아니라, 바로 작업에 뛰어들어 스스로 농사일을 함으로써 적
성을 검정 받는 일도 종종 있습니다.

(이미 말한 바와 같이 누구나 다 하는) 농사일 이외에, 모든 사람들
은 양모일, 아마포 만들기, 석공일, 금속일이나 목공일과 같은 자신에
게 맞는 특별한 기술을 배웁니다. 이 밖에 상당수의 사람들이 종사하
고 있는 수공업은 따로 없습니다. 그들의 의복은 ─ 남녀 사이의 구별
과 기혼자와 미혼자 사이의 구별이 있지만, 그 이외에는 섬 전체를 통

일상복

튜더시대 일반 시민의 의상. 당시 귀족
들의 의상에 비해 간소하지만 머리장식
과 가운 등 장식적인 요소가 가미되어
있다.

✤ 원어는 princeps로 되어 있는데, 이는
공화정 하 로마의 통치자로서 보통 원수
로 번역하기 때문에 여기서도 그렇게 옮
겼다.

생업의 양상

가정에서 기술 습득이 이루어지는 유토
피아의 모습은, 당시 영국사회의 모습
과 닮아 있다. 튜더시대에는 가내수공
업이 일반화되어 있었는데, 의류 제작
의 경우 재단사들이 가정에서 의복을
만들었으며, 온 가족이 단계별로 나누
어 일을 했다.

해서 그리고 사람의 평생을 통해서 같고, 또 보기에도 결코 나쁘지 않
으며, 몸을 움직이는 데 불편한 점이 없고, 더위나 추위를 가리지 않고
입을 수 있는데 ─ 이런 의복을 각 가정에서 각자 만들어 입는단 말이
어요.

모든 사람은 (여기에는 남자뿐 아니라 여자도 포함되는데요.) 앞에
서 말한 기술 하나를 배웁니다. 여성은 좀 약하다고 해서 양모나 아마
일 같은 좀더 수월한 일을 하고, 그 밖의 더 힘든 일은 남자에게 맡기
지요. 대개 아들은 자기 아버지의 기술을 배우는데, 사람들은 대부분
그것을 자연스러운 경향이라고 생각하는 겁니다. 그러나 혹 다른 생업
에 마음이 쏠리는 사람은 그 일을 하는 가정에 양자로 보내집니다. 아
이의 아버지와 관계당국은 착실하고 책임감 있는 가구주에게 아이가
맡겨지도록 조처합니다. 한 기술을 완전히 익히고 난 뒤에 또 하나의
기술을 배우고 싶어 하는 사람이 있으면, 그 역시 마찬가지로 허용됩
니다. 두 기술을 다 배운 사람은, 도시에서 그 중 어느 하나가 더 필요
하지 않은 한, 자기가 더 좋아하는 일에 종사합니다.

시포그란투스가 하는 주된, 거의 유일한 일은 아무도 가만히 앉아서
빈들거리는 사람이 없고, 누구나 열심히 자기 생업에 종사하도록 관리
하고 돌보는 일이지요. 그러나 아무도 무거운 짐을 진 짐승처럼 아침
일찍부터 저녁 늦게까지 일을 계속하여 지쳐 넘어지지는 않도록 해야
합니다. 사실 노예들보다도 더 열악한 이런 비참한 상태는 유토피아 이
외의 거의 모든 곳의 노동자들이 처해 있는 일반적 상황입니다. 유토피
아인들은 일주야를 24시간으로 등분하여 그 중 여섯 시간만을 일할 시
간으로 배정하고 있습니다. 정오까지 세 시간 일하고, 정오가 되면 점
심을 먹으러 갑니다. 점심 후에 두 시간 쉬고 나서, 다시 세 시간 일합
니다. 그러고 나서 저녁을 먹고, 저녁 여덟시 경에 (정오 다음 첫 한 시
간을 한 시로 세어서) 잠자리에 들어 여덟 시간 동안 잠을 잡니다.

일하는 시간, 잠자는 시간, 밥 먹는 시간 이외의 낮 시간은 누구나 자기 마음대로 쓸 수 있어요. 다만 이 자유시간을 술 마시고 떠들거나 빈들빈들 노는 데 허비하는 것이 아니라 자기가 선택한 어떤 일을 하는 데 제대로 쓴다면 말입니다. 보통 이런 빈 시간은 지적 활동에 이용됩니다. 그곳에서는 매일 아침 일찍 공개강의를 하는 것이 정착된 관습으로 되어 있거든요. 이 강의에는 학문에 전념하도록 특별히 선발된 사람들만은 반드시 출석하도록 되어 있습니다만, 그 밖의 여러 종류의 사람들이 남녀를 막론하고 아주 많이 강의를 들으러 모여듭니다. 각자의 취향에 따라 이 강의 또는 저 강의를 들으러 갑니다. 그러나 지적 생활에 적성이 맞지 않는 많은 사람들처럼, 이런 나머지 시간을 차라리 자기가 종사하는 일에 더 사용하고 싶은 사람은 그렇게 할 수 있습니다. 실은 이런 사람들은 나라에 아주 유익한 사람들이라고 해서 칭찬을 받습니다.

저녁을 먹고 나면 한 시간 동안을 오락으로 보냅니다. 여름에는 정

과중한 노동

1514~15년 영국의 노동자법에 의하면 동절기에는 동틀 때부터 해질녘까지, 하절기에는 오전 5시부터 오후 7시와 8시 사이까지 일하도록 규정되어 있었다. 하루에 12시간 이상을 일하고도 가난에 시달려야 했던 당시 서민들의 삶에 비추어 보면, 6시간만 일하는 유토피아의 노동 조건은 획기적이지 않을 수 없다. 그림은 당시의 인쇄소 모습.

원에서, 겨울에는 식사를 하는 공회당에서 즐깁니다. 거기서 그들은
음악을 연주하거나 담소를 나누며 즐겁게 지냅니다. 주사위 놀음이나
그 밖의 다른 어리석고 해로운 놀이는 전혀 모릅니다. 그러나 장기 비
슷한 두 가지 놀이는 하는데, 그 하나는 한 숫자가 딴 숫자를 잡는 숫
자 놀이이고, 다른 하나는 악이 덕과 싸우는 놀이입니다. 이 두 번째
놀이는, 악들이 어떻게 상호간에 싸우면서도 덕에 대해서는 서로 힘을
합치는가, 그리고 어떤 악이 어떤 덕에 대항하고, 어떻게 악이 힘으로
공공연하게 덕을 공격하며 또는 어떤 간계를 통해 간접적으로 덕을 침
해하는가, 어떤 방어수단으로 덕이 악의 힘을 분쇄하며 또는 어떤 재

간으로 악의 음모를 무산시키는가, 그리고 결국 어떤 수단으로 어느 편이 승리를 거두는가, 이런 점들을 보여주도록 정교하게 만들어져 있습니다.

그러나 여기서 이전 이야기로 돌아가서 좀더 자세하게 설명하지 않으면 잘못된 인상을 받으실지 모르겠네요. 여섯 시간밖에 일하지 않는 것으로 보아 어쩌면 생필품의 공급이 부족할 것이라 생각하실지 모르기 때문입니다. 그러나 결코 그렇지 않습니다. 그들의 작업시간은 생필품과 생활에 편리한 물품까지 실컷 쓰고도 남을 정도로 만들어내는 데 충분하기 때문입니다. 다른 나라들에서는 전체 인구 중 아무 일도 하지 않고 지내는 사람들이 얼마나 많은지를 생각해보시면 쉽게 이해할 수 있을 겁니다. 첫째, 인구의 반을 차지하는 여자들은 거의 모두가 일을 하지 않고 있으며, 혹 일을 하더라도 그때는 남편들이 으레 잠자리에 누워서 코를 골고 있기 마련이지요. 뿐만 아니라 신부들과 이른바 종교인들이라는 엄청나게 많은 게으른 무리들이 있습니다. 거기에다 모든 부자들, 특히 젠틀맨과 귀족이라고 보통 불리는 지주들을 합쳐보세요. 거기에 다시 그 아무데도 쓸모없는 깡패들의 소굴인 그들의 가신들을 포함시켜보세요. 마지막으로 이들에다 무슨 병을 핑계로 게으름을 피우고 있는 육신이 멀쩡한 거지들도 합산해보세요. 그러면 인간에게 필요한 모든 물건들이 당신들이 생각했던 것보다 훨씬 더 소수의 사람들에 의해서 만들어지고 있다는 사실을 분명히 알게 될 겁니다.

그리고 일을 하고 있는 사람들 중에서도 정말로 긴요한 일을 하고 있는 사람이 얼마나 조금밖에 되지 않는지 생각해보세요. 돈이 모든 것을 평가하는 기준인 곳에서는, 오직 사치와 방탕을 위해서 아무런 의미도 없고 쓸모도 없는 많은 직종들이 꼭 있게 마련입니다. 현재 일하고 있는 수많은 사람들을 몇 안 되는 직종에 종사하도록 제한하여 기본적으로 꼭 필요한 물품들만 만들어내도록 한다고 가정해봅시다.

그러면 물품을 아주 많이 만들어내게 될 것이고, 가격이 떨어져 노동자들이 생계를 유지할 수 없게 될 것입니다. 그러나 현재 무익한 직종에 종사하고 있는 노동자들을 유익한 직종에 종사케 하고, 빈들빈들 놀고 지내는 사람들에게 (이들은 각기 자신이 소비하는 물건을 만들어내는 노동자 두 사람이 소비하는 만큼이나 소비하는 사람들인데) 생산적인 일을 맡긴다면, ─ 인간에게 필요하고 편리한 모든 물건을 만들어내는 데 얼마나 짧은 시간으로도 충분할 것인가, 아니 충분하고도 남을 것인가를 쉽게 깨달을 수 있을 거예요. ─ 그래요, 인간에게 즐거움을 줄 물건까지도 말입니다. 물론 그것은 올바르고 자연스런 즐거움을 주는 것이라야 하지만요.

유토피아의 현실이 이 점을 분명히 보여주고 있습니다. 그곳에서는 모든 도시와 그 주변 농촌에서 나이와 힘으로 보아 일할 수 있는 사람들 가운데 일을 면제받은 사람은 남녀 합해서 500명이 채 못 되니까요. 이들 중에는 시포그란투스가 포함되어 있는데, 이들은 법으로 일하지 않아도 좋다고 되어 있지만, 동료 시민들에게 모범을 보이려는 마음에서 그 특권의 혜택을 받지 않습니다. 공부에 전념할 수 있도록 일을 영구적으로 면제받는 사람들도 있는데, 성직자들의 추천을 받아야만 하고 시포그란투스들의 비밀투표를 통해야 합니다. 이런 학자들 가운데 기대에 못 미친 사람은 다시 직공이 되도록 하지요. 반면 수공업 직공이 여가를 이용하여 열심히 공부하여 큰 성과를 거두면, 직공 일을 그만두게 하여 학자 층으로 승격시키는 경우도 드물지 않습니다. 이런 학자 계층에서 대사, 성직자, 트라니보루스, 그리고 원수까지도 선발되는데, 원수는 전에는 바르자네스Barzanes[헤브라이어로 bar(아무개의 아들)이라는 말과 도리아의 시어인 zanos(제우스의)란 말의 합성어로 '제우스의 아들'이라는 뜻으로 추정된다]라 불렸는데, 현대 말로는 아데무스Ademus[그리스어의 a(없는)과 demos(인민)의 합성어로 '인민이 없는'이라는 뜻이다]라고 합니다. 나머지 사람들은 대부분 게으르지도 않고 쓸모없는 일에 종사하지도 않기 때문에, 그들이 어떻게 그처럼 짧은 시간 동안에 그렇게 많은 물품을 만들어내는지 쉽게 이해가 됩니다.

이 밖에도 그들은, 필요한 직종 대부분에서 다른 나라 사람들보다 힘이 덜 들기 때문에, 그렇게 많은 물건을 만들어내기가 더 수월합니다. 무엇보다도 먼저, 집을 짓고 수리하는 데는 어디서나 많은 사람들의 노동이 늘 필요합니다. 물건 아낄 줄 모르는 상속자가 아버지가 지어놓은 집을 돌보지 않고 허물어지도록 내버려두기 때문인데요. 그렇게 되면 아주 적은 비용으로도 유지할 수 있을 집을 그의 후계자는 많은 비용을 들여서 다시 지어야만 하는 거지요. 이보다 더한 것은, 어떤 사람이 돈을 많이 들여서 지은 근사한 집도, 딴 사람은 자기가 더 나은 취향을 가지고 있다고 생각할 수 있을 것이며, 그래서 먼저 집을 무너지게 놔두고, 다른 곳에 딴 집을 역시 많은 돈을 들여 짓는 겁니다. 그러나 유토피아인들 사이에서는 모든 일이 잘 마련되어 있고, 공공복지 제도가 제대로 확립되어 있어서, 새로운 곳에 새집을 짓는 것은 드문 일입니다. 그들은 나빠진 곳을 곧바로 수리할 뿐만 아니라, 나빠지지 않도록 미리 손을 보지요. 그 결과 그들의 건물들은 최소한의 수선으로 아주 오래 지탱됩니다. 그리고 이런 일을 맡은 일꾼들은 할 일이 하도 적기 때문에, 앞으로 필요한 경우에 곧바로 쓸 수 있도록 재목을 깎고 돌을 네모지게 다듬는 일을 하도록 되어 있지요.

그들의 의복 또한 얼마나 일손이 적게 드는지 생각해보세요. 그들의 작업복은 무두질한 가죽이나 날가죽으로 만든 검소한 옷인데, 이건 7년을 지탱합니다. 외출할 때는 그 거친 작업복 위에 망토를 걸쳐 입지요. 이런 망토는 섬 전체에서 한 가지 색깔인 양모의 자연색 그대로입니다. 이래서 그들은 모직물을 다른 나라 사람들보다 덜 사용할 뿐 아니라, 그들이 필요로 하는 모직물도 값이 덜 비쌉니다. 그렇기는 해도 그들은 아주 적은 노동으로 만들 수 있는 아마포를 주로 사용하지요.

아마포는 희면 되고, 모직은 깨끗하면 되지, 천이 고운지 곱지 않은지
를 가리지 않습니다. 다른 나라에서는 한 사람이 여러 가지 색깔의 모
직 망토 네댓 벌과, 또 그 수만큼의 비단 셔츠로도 만족하지 않아요, ―
멋을 부리는 사람인 경우에는 열 벌로도 모자랍니다. 그러나 그곳에서
는 누구나 망토 한 벌로 만족하고, 또 보통 그 한 벌을 2년 동안 입지
요. 더 많은 옷을 가지고 싶어 할 이유가 전혀 없습니다. 그렇게 많이
가지고 있다 해서 추위를 더 잘 막을 것도 아니며, 조금도 더 멋지게
보이진 않을 테니까요.

　　모든 것이 풍부하기 때문에 ― 모든 사람이 유용한 직종에서 일하
고, 또 그 일들이 별로 노동력을 필요로 하지 않으므로 그렇게 풍부한
건데요 ― 혹시 도로 보수가 필요한 경우에는 아주 많은 사람들을 모아
도로 일을 하게 하는 때도 가끔 있지요. 그리고 이런 일조차도 필요 없

을 때는 하루의 작업시간을 줄인다고 발표하는 일도 자주 있습니다. 공무원들이 시민들에게 쓸데없는 일을 강요하는 일은 전혀 없으니까요. 그들이 국가체제를 구성한 주요 목적은, 모든 시민들이 나라에서 꼭 필요로 하는 일 말고는 될 수 있는 대로 많은 시간을 육체적 봉사에서 벗어나 자유로워지고, 그래서 정신적 자유와 교양의 함양에 전념하도록 하는 데 있습니다. 그들은 바로 거기에 삶의 행복이 있다고 생각하기 때문이지요.

상호교류에 관해서

이제는, 시민들이 서로 어떻게 행동하고 있는가, 그들의 사회관계의 성격과 재화 분배제도를 설명드리는 것이 좋을 듯싶습니다.

그런데, 각 도시는 가구들로 구성되어 있으며 가구들은 대개 혈연관계로 이루어져 있지요. 여자들은 성장하여 결혼하면 남편 집으로 옮아 갑니다. 한편 아들과 손자들은 자기 집에 남아 있으며 가족 중 가장 고령자에게 종속하게 되는데, 다만 그가 늙어서 망령을 부리지 않을 때만 그렇고, 만일 망령을 부리게 되면 다음 고령자가 가장의 자리를 맡게 됩니다. (주변 농촌지역을 제외하고 각 도시에는 6천의 가구가 있는데) 도시의 인구가 너무 적어지거나 너무 많아지지 않게 하기 위하여 그들은 각 가구가 성인을 10명보다 적게, 16명보다 더 많게 갖지 못하게 합니다. 한 가족 안의 어린아이들의 수는 물론 규제할 수 없지요. 성인 수의 제한은 너무 많은 수를 가지고 있는 가구에서 너무 적은 수를 가지고 있는 가구로 사람들을 옮기는 방식으로 쉽게 지켜집니다. 그러나 어떤 도시의 인구가 남아도는 경우에는 여분의 사람들로 다른 도시의 모자란 인구를 메웁니다. 그리고 섬 전체의 인구가 정해진 수를 넘으면, 각 도시에서 시민들을 골라내어, 인접 대륙의 토착민들이

거주하지도 경작하지도 않는 많은 땅 어느 한 곳에 그들의 법에 따라 식민지를 만들어 이주시킵니다. 유토피아인들과 함께 살기를 원하는 토착민들은 받아들여지지요. 이렇게 합쳐 살게 되면, 양쪽 사람들이 점차 융합하기 쉬워지고, 같은 생활방식과 관습을 따르게 되어 쌍방에 다 큰 이익이 됩니다. 왜냐하면 전에는 토착민조차도 먹여 살리지 못할 정도로 메마른 불모의 땅을, 유토피아인들이 그들의 정책을 통해 양쪽에 다 넉넉할 만큼 생산하는 땅으로 만들기 때문이지요. 그러나 그들의 법률 밑에서 살기를 거부하는 사람들에 대해서는, 그들이 자기 땅이라고 선언한 땅에서 이들을 몰아냅니다. 그리고 그들에게 저항하는 자들과는 전쟁을 벌입니다. 그들은, 땅을 사용하지 않고 황폐하게 놓아두면서도 자연의 이치에 따라 그 땅으로 먹고 살아가야만 할 사람들이 그 땅을 이용하고 소유하는 것을 막는 자들에 대해서 전쟁을 벌이는 것은 전적으로 정당한 일이라고 생각합니다.

어떤 이유에서이건 어느 한 도시의 인구가 크게 줄어서 다른 도시의 인구를 정해진 수 이하로 줄이지 않고서는 그 수를 채울 수 없게 될 때에는 식민지에서 사람들을 다시 데려와 수를 채웁니다. 이런 일은 그 나라 역사상 두 번 일어났을 뿐인데, 두 번 다 무서운 전염병 때문이었지요. 그들은 자기들 섬에 있는 어느 도시가 너무 작아지는 것보다는 차라리 식민지가 없어지는 편이 더 낫다고 생각하는 겁니다.

그것은 그렇고 이제 다시 시민들의 공동생활에 대한 이야기로 돌아갑시다. 아까 말씀드린 바와 같이, 각 가구의 최고령자가 가족을 다스립니다. 아내들은 자기 남편들을 섬기고, 아이들은 부

쥐벼룩에 의해 매개되는 전염병으로 14세기 중기 전 유럽에 죽음의 그늘을 드리웠다. 당시 유럽 인구의 1/3 정도가 흑사병으로 사망했다고 한다. 런던에서는 1664~65년에 다시 크게 유행하여 46만 명의 인구 중 7만 명이 사망했다.

모를 섬기며, 그리고 일반적으로 젊은이들은 연장자들을 섬깁니다. 각 도시는 네 개의 비슷한 구로 나뉘어 있는데, 각 구의 한복판에 모든 종류의 물품들을 갖춘 시장이 있습니다. 각 가구에서 만들어내는 것들이 이곳으로 운반되어 창고에 보관되는데, 각 물품마다 각기 정해진 장소에 놓여 있습니다. 각 가구주는 여기에서 자신과 자기 집에 필요한 물품을 찾아서, 돈을 지불하거나 어떤 보상을 하는 것 없이 그냥 가져갑니다. 가져가선 안 될 이유가 어디에 있겠습니까? 모든 물건이 풍부하고, 아무도 자기에게 필요한 이상으로 더 많이 가져가지 않을까 하고 염려할 이유가 전혀 없어요. 물품이 부족하게 되는 일은 절대 없다는 점을 잘 알고 있는데, 자기가 필요한 이상으로 가져갈 사람이라고 의심받으려는 사람이 어디에 있겠습니까? 결핍에 대한 두려움 때문에 모든 생물이 탐욕스러워지고 약탈적으로 되는 것은 의심의 여지없는 사실이지만, 사람은 이것 말고도 단순히 뽐내고 싶은 마음에서도 그렇게 되기 마련이지요. 그것은 가진 것을 과시함으로써 남보다 앞섰다고 자랑하는 그런 헛된 자만심이지요. 하지만 유토피아의 제반 제도 안에는 그 같은 악이 끼어들 자리가 전혀 없습니다.

방금 이야기한 시장 곁에 식료품 시장이 있는데, 거기서 각종 야채, 과일, 빵을 가져옵니다. 생선, 육류와 가금家禽 등도 도시에서 멀리 떨어져 있지 않은 시 외곽의 지정된 곳에서 그곳으로 반입되는데, 그 지정된 곳에서 흐르는 물로 피와 찌꺼기들을 씻어냅니다. 노예들이 그곳에서 짐승을 도살하고 깨끗이 손질을 합니다. 시민들은 이런 일을 할 수 없게 되어 있어요. 유토피아인들은 인간과 가까운 생물들을 도살하는 행위는 인간의 본성이 지니는 가장 아름다운 감정인 연민의 정을 서서히 말살시킨다고 생각합니다. 또한 그들은 더러운 것이나 부정한 것이 도시 안에 들어오지 못하게 하는데, 부패물에 의해 공기가 오염되어 전염병이 번지지 않도록 하기 위해서지요.

사각형 모양의 각 블록에는 서로 같은 거리를 두고 넓은 회관들이 있는데, 이 회관은 각기 특별한 이름을 가지고 있습니다. 이들 회관에는 시포그란투스들이 살고 있습니다. 회관마다 공동식사를 하기 위하여 — 양쪽에 각각 15가족씩 — 30가족이 배정되어 있습니다. 모든 회관의 관리자들은 일정한 시간에 시장에서 만나, 그 회관이 맡고 있는 사람들의 수에 따라 식료품을 공급받습니다.

그러나 공공병원에서 치료를 받고 있는 병자들에 대한 배려가 제일 우선입니다. 도시마다 이런 병원이 네 개 있는데, 성벽 밖 조금 떨어진 도시 경계지역에 세워져 있으며, 조그마한 마을처럼 보일 정도로 널찍합니다. 병원을 이렇게 크게 지은 데는 두 가지 이유가 있지요. 환자의 수가 아무리 많더라도, 과밀하게 수용되어 서로 불편을 느끼지 않도록 하기 위해서이고, 또한 다른 사람에게 병을 옮길 수 있는 전염병 환자

시장 풍경
중계지로서의 지리적 조건 때문에 여러 나라의 상인들이 모여들던 플랑드르의 16세기 시장 모습.

열악한 병원
가난한 자들을 위해 성직자들이 운영하던 프랑스 병원의 모습. 하나의 침대에 두 명의 환자가 누워 있는 것으로 보아 열악한 환경을 짐작할 수 있다.

들을 격리수용할 수 있게 하기 위해서지요. 이런 병원들은 잘 정비되어 있고 환자 치료에 필요한 모든 것들을 갖추고 있어서, 환자들을 친절하고 세심하게 돌보고 있습니다. 아주 유능한 의사들이 계속 자리를 지키고 있고요. 따라서 아무도 억지로 이곳에 보내지지는 않지만, 자기 집보다 병원에서 치료를 받기 싫어하는 사람은 온 도시 안에 아무도 없을 정도입니다.

의사가 환자용으로 지정한 음식을 병원의 관리자가 수령한 다음에, 남은 음식 중 가장 좋은 것들이 여러 회관으로 각각 그 인원수에 따라 공평하게 분배됩니다. 다만 통치자, 고위 사제들과 트라니보루스들에게는 특별한 배려가 있으며, 대사들 그리고 외국인들이 있는 경우에는 마찬가지 배려가 주어집니다. 실제 외국인들은 극소수에 불과하지만, 그들이 올 때는 그들 용으로 지정된 가구까지 달린 셋집들이 제공됩니다. 점심과 저녁식사 시간이 되면, 질병 때문에 병원이나 집에 있는 사람을 제외한 시포그란투스 관할구역 주민 전체를 놋쇠 나팔을 불어서 회관으로 모이게 합니다. 회관에서 배정된 음식을 다 들고 난 뒤에도, 개인이 시장에서 자기 집으로 가정용 음식물을 가지고 가는 것은 금지되어 있지 않습니다. 합당한 이유 없이 그런 일을 할 사람은 아무도 없다는 것을 그들은 알고 있어요. 왜냐하면 집에서 식사하는 것이 금지되어 있는 것은 아니지만, 그걸 좋아하는 사람은 아무도 없거든요. 그것은 적절한 일이 아니라고 생각하기 때문입니다. 뿐만 아니라 회관 안 가까운 곳에 맛있는 음식이 담뿍 있는데, 집에서 맛없는 식사를 준비하느라 애쓰는 것은 어리석은 일이라는 거지요.

이 회관 안에서의 아주 더럽고 힘든 허드렛일은 모두 노예들이 합니다. 그러나 식사 메뉴를 짜는 것, 그리고 음식을 준비하고 요리하는 것은 부인들만의 일이며, 각 가정이 돌아가면서 맡습니다. 그들은 인원 수에 따라서 세 개 혹은 그 이상의 식탁에 자리 잡습니다. 남자들은 벽에 등을 대고 앉으며 여자들은 바깥쪽에 마주 앉습니다. 그것은 여자들이, 임신 중에 가끔 겪는 것과 같이, 갑자기 메스꺼워지거나 통증을 느끼게 될 때, 다른 사람들을 방해하지 않고 자리에서 일어나 간호원에게 갈 수 있도록 하기 위해서입니다.

간호원(보모)들과 유아들에게는 별도의 식당이 배정되어 있는데, 거기에는 많은 요람과 깨끗한 물과 따뜻한 난로불이 갖추어져 있지요. 그래서 보모들은 유아들을 눕혀놓을 수 있고, 난로불 앞에서 아기의 기저귀를 갈 수 있으며, 그리고 놀이로 아기들의 기운을 돋을 수 있습니다. 죽거나 병에 걸리는 일만 없으면, 어머니가 아이들을 기릅니다. 그런 일이 일어나면, 시포그란투스의 부인이 곧 보모를 찾아 붙여주지요. 그것은 어려운 일이 아니지요. 보모 일을 할 수 있는 여자는 누구나 다른 봉사보다 그것을 정말 솔선해서 하고 싶은 일이라고 자원하고 나서거든요. 그도 그럴 것이, 모든 사람들이 이런 친절한 행동을 칭찬하며, 또 아이 자신도 보모를 자기 친어머니라고 생각하기 때문입니다.

다섯 살 미만의 아이들은 보모들의 방에 함께 앉아 있습니다. 그 밖의 모든 미성년자들은 — 결혼 연령 이하의 소년, 소녀들은 모두 여기에 포함되는데 — 식탁에서 시중을 들거나, 아직 어려서 그런 일을 할 힘이 없는 아이들은 아무 말 없이 옆에 서 있습니다. 이들 두 집단은 식탁에 앉아 있는 사람들이 건네주는 것을 먹으며, 그들의 식사 시간이 따로 정해져 있지는 않습니다.

시포그란투스 부부가 첫 번째 식탁 한가운데에 앉습니다. 그 자리가 가장 명예로운 상석인데, 홀의 제일 높은 곳에 다른 식탁들과 엇갈리게 가로놓여 있는 이 식탁에서 보면 모인 사람들 모두가 눈에 들어옵니다. 그들 옆에 최고령자 두 사람이 앉습니다. — 언제나 네 사람이 함께 앉기로 되어 있기 때문이지요. 그러나 그 지구에 교회가 있는 경우엔 사제 부부가 시포그란투스와 합석하여 식사를 주재하도록 합니다. 그들 양쪽에 젊은 사람들이 앉고, 그 다음에는 다시 나이 든 사람들이 앉습니다. 이렇게 홀 전체를 통해서 동연배의 사람들끼리 함께 앉으면서도 다른 연배의 사람들과도 섞여 앉습니다. 이렇게 하는 까닭은, 그들의 설명에 의하면, 연장자들의 무게 있는 태도와 그들에 대한 존경심으로 젊은 사람들이 제멋대로 방자한 말이나 행동을 하는 것을 삼가도록 하자는 의도에서라 합니다. 식탁에서는 사방에 앉아 있는 노인들 몰래는 아무 말도 할 수 없고 어떤 행동도 할 수 없으니까요.

음식 접시는 맨 윗자리부터 아래쪽으로 차례대로 갖다놓지를 않고, 눈에 띄는 자리에 앉아 있는 모든 노인들에게 먼저 제일 좋은 음식물을 바치고 나서, 나머지 사람들에게 골고루 나누어줍니다. 노인들은 모든 사람들에게 돌아갈 수 있을 만큼 넉넉하지는 못한, 맛있는 음식들을 옆에 있는 사람들에게 마음 내키는 대로 나누어줍니다. 이래서 연장자들은 그들이 응당 받아야 할 존경을 그대로 받으면서, 한편으로는 모든 사람들이 나름대로의 혜택을 받습니다.

공동식사
유토피아 섬의 식사는 스파르타나 수도원의 공동식사를 연상시킨다. 당시 영국의 법학원이나 대학 등에서도 이러한 풍습이 있었으며 이것은 현재까지도 남아 있다.

그들은 어떤 도덕적 주제에 관한 글을 읽는 것으로 점심이나 저녁을 들기 시작합니다만, 지루하지 않도록 짧게 읽습니다. 이것에서 실마리를 얻어 연장자들이 적절한 화제를 끌어내는데, 침울하거나 따분한 것을 피하지요. 혼자만의 긴 이야기로 담화를 독차지하는 일은 결코 없으며, 젊은 사람들의 이야기를 열심히 듣고 싶어 합니다. 사실, 일부러 젊은 사람들이 이야기하게 만들기도 하는데, 식사 시간의 자유로운 이야기를 통해서 드러나는 각 개인들의 본성과 자질을 찾아내자는 의도에서입니다.

점심은 가볍게 들고, 저녁식사는 좀더 푸짐합니다. 점심 후에는 일을 해야 하지만, 저녁식사 후에는 쉬는 것과 잠자는 것이 뒤따르는데, 이것은 특히 음식 소화에 도움이 된다고 생각합니다. 음악 없이 저녁식사가 끝나는 일은 없으며 후식이 빠지는 일도 없습니다. 그들은 향을 피우고, 향수를 뿌리는 등 저녁식사를 즐겁게 하는 것이라면 무엇이건 빠뜨리지 않습니다. 왜냐하면 그들은, 해를 끼치지 않는다면 어떤 종류의 쾌락도 금지되지 않는다고 생각하는 경향이 있기 때문입니다.

이것이 도시에서의 생활패턴인데, 이웃과 멀리 떨어져 사는 농촌에서는 자기 집에서 식사를 합니다. 음식물이 모자란 가정은 하나도 없지요. 결국은, 도시 주민들이 먹는 물건들은 모두 원래 농촌 사람들에게서 오는 것이니까요.

유토피아인들의 여행에 관해서

다른 도시에 살고 있는 친구를 찾아가고 싶다든가 또는 단순히 그곳을 구경하고 싶은 사람은, 집에 머물러 있어야 할 필요만 없으면, 누구나 시포그란투스와 트라니보루스에게서 쉽사리 그 허가를 얻을 수 있습니다. 그들은 그룹을 지어 함께 여행하지요. 통치자의 여행허가장을 가지고 떠나는데 거기에는 돌아올 날짜가 지정되어 있습니다. 그들에게는 수레 한 대와, 소들을 몰고 또 이를 돌봐줄 관노 한 사람이 제공됩니다. 그러나 일행 중에 여자들이 끼어 있지 않으면, 수레는 귀찮은 방해물이라고 해서 돌려보내고 맙니다. 어디를 가나 아무것도 가지고 가지 않지만, 그렇다고 부족한 것은 하나도 없습니다. 어디서나 집에 있는 것과 마찬가지니까요. 한 곳에 하루 이상 머무를 때는 그곳에서 각자가 자기 직업의 일을 하는데, 같은 일을 하는 동료들에게서 친절한 대접을 받습니다.

허가도 받지 않고 제멋대로 자기가 살고 있는 구역을 떠났다가 통치자의 허가장이 없는 상태에서 붙잡히게 되면, 도주자로서 망신을 당하고 끌려와 엄중한 처벌을 받지요. 다시 그런 짓을 하다 붙잡히면 노예가 됩니다. 자기 구역을 돌아다니고 싶은 사람은 아버지의 허락과 아내의 동의만 얻으면 됩니다. 그러나 농촌 어느 곳에 가든, 오전이나 오후 한나절 일을 마치기 전에는 먹을 것을 얻을 수 없습니다. 이런 조건만 지킨다면, 자기 구역 안에서는 어느 곳이든지 맘 내키는 대로 갈 수 있으며, 그것은 도시 안에 있는 것이나 마찬가지로 도시에 도움이 되는 거지요.

그러므로 그곳에서는 빈들거릴 기회나 일을 피할 구실이 아무 데도 없다는 점을 아셨을 거예요. 술집도 없고, 맥주집도 없고, 사창가도 없어요. 타락할 기회도 없고, 숨을 곳도 없으며, 비밀 집회를 할 장소도 없습니다. 그들은 모든 사람들이 훤히 들여다보고 있는 가운데 살고 있기 때문에, 평소의 자기 직종에서 일하든가 건전한 방법으로 여가를 즐길 수밖엔 없어요. 이런 관행으로 말미암아 삶에 유익한 물건들이 풍족해질 수밖에 없으며, 모든 물건을 평등하게 나누어 가지기 때문에 가난에 시달리거나 구걸할 수밖에 없는

유토피아는 공동식사, 여행에 대한 정책 등에서 군국주의적인 과두정치를 실행한 고대 도시국가 스파르타와 닮아 있다. 고대 스파르타 제도의 대부분을 제정했다는 입법자 리쿠르고스는 시민들이 외국의 사상이나 풍속에 물드는 것을 두려워하여 시민의 여행을 단속했다고 한다.

지경에 이르는 사람이란 있을 수가 없지요.

아마우로툼의 원로원에서는 (이미 말씀드린 바와 같이, 원로원에는 각 도시에서 해마다 세 사람의 대표가 참석하는데요.) 먼저 어디에 무엇이 모자라고 무엇이 남아도는가를 확인하고, 즉시 한 구역의 모자란 것을 다른 구역의 남아도는 것으로 채웁니다. 이런 것들은 순전히 무료로 주고받습니다. 주는 사람들이 받는 사람들에게서 아무것도 받지 않으니까요. 그들은 아무것도 바라지 않고 어느 한 도시에 그냥 주지만, 자기들 역시 아무것도 주지 않으면서 다른 도시에서 필요한 것을 받는 겁니다. 이래서 섬 전체가 마치 한 가정과 같습니다.

자기들에게 필요한 만큼 충분히 비축하고 나면 — 다음 해의 수확이 늘 불확실하기 때문에 만 2년 동안에 소요되는 양을 비축해야 한다고 생각하는데 — 그때에는 남아도는 것들, 즉 많은 양의 곡물, 꿀, 양모, 아마, 목재, 진홍색과 보라색 염료, 날가죽, 밀랍, 소(양)기름, 가죽, 그리고 가축 등을 다른 나라에 수출합니다. 이 모든 물건들의 7분의 1을 수

향락의 순간
끼리끼리 모여 술을 마시고, 카드놀이, 주사위놀이 등을 즐기며 향락에 빠져들었던 당대 귀족들의 삶은 '건전한 방법'으로 여가를 즐기는 유토피아인들의 삶과 대조된다.

입국의 가난한 사람들에게 무료로 주고, 나머
지는 적절한 가격으로 팝니다. 이런 물품과
교환하며 그들은 국내에서 모자란 물건들뿐
만 아니라 (사실 모자란 물건이라야 중요한
것은 쇠 정도에 불과하지만요.) 막대한 양의
금과 은을 받습니다. 그들은 지금껏 이런 교
역을 오랫동안 해왔으며, 그래서 도저히 믿을
수 없을 정도로 많은 양의 귀금속을 비축하여
왔습니다. 그 결과 그들은 이제 물품을 현금
으로 팔거나 외상으로 팔거나 별로 개의치 않
으며, 그들에 대한 지불은 대부분 실제적으로
는 약속어음의 형태를 취하고 있지요.

그러나 이런 모든 거래에서 그들은 절대로
개인을 믿지 않고 외국 도시가 공식적으로 책
임지는 것을 요구합니다. 지불 날짜가 되면,

빛진 사람들
당대에는 생활고를 견디다 못해 빛을 지
고, 이 빛을 감당하지 못해 파산하는 사
람들이 많았다. 그림은 18세기 영국 화
가 W. 호가스의 〈빛에 의한 투옥〉.

그 도시는 개인 채무자들에게서 돈을 거두어들여 금고에 넣어두고, 유
토피아인들이 지불을 청구할 때까지 그것을 이용하는 재미를 봅니다.
그런데 실은 유토피아인들은 그 돈을 대부분 청구하지 않습니다. 유토
피아인들은 다른 사람들에게는 유익한 것이지만 자기들에게는 필요
없는 것을 그것이 필요한 사람들에게서 빼앗는 것은 결코 떳떳한 일이
아니라고 생각하는 겁니다. 그러나 그 돈의 일부를 다른 나라 사람들
에게 빌려줄 필요가 있으면, 그때는 돈을 반환받습니다. — 전쟁을 해
야 할 때도 마찬가지입니다. 이것이 바로 그들이 극단적인 위험이나
갑작스런 위기에 대한 대비책으로 그렇게 막대한 귀금속을 국내에 간
직하고 있는 유일한 이유입니다. 무엇보다도 그들은 그것을 터무니없
이 높은 급료로 외국인 용병을 고용하는 데 사용합니다. 자기 나라 시

민들보다 이들 외국 용병을 전쟁의 위험 속에 처하게 하는 편이 낫다고 생각하는 거지요. 돈만 많이 주면 많은 적군 병사들까지도 매수할 수 있으며, 또 공개적이거나 은밀한 수단을 써서 자기네들끼리 서로 다투게 할 수도 있다는 것을, 그들은 잘 알고 있습니다.

이런 이유로 해서 그들은 막대한 귀금속을 간직하고 있지만, 그것은 귀금속으로서 간직하고 있는 것이 아닙니다. 그들이 그것을 어떻게 간직하고 있는가를 이야기하는 게 창피한 생각이 들 만큼 마음 내키지 않습니다. 아마도 내 말을 믿지 않으실 테니까요. 다른 어떤 사람이 나한테 그것에 대해서 그냥 이야기만 해주었다면 나 역시 그걸 믿지 않았을 것입니다. 하지만 나는 거기에 있었고, 내 이 눈으로 그것을 보았어요. 일반적으로, 어떤 사물이 듣는 이에게 익숙해져 있는 것과 차이가 크면 클수록, 그에게는 더 믿기 어려워지는 법이지요. 그러나 그들의 다른 모든 관습이 우리들 것과는 아주 다르다는 점을 고려할 때, 지각 있는 판단자라면 그들이 우리들과는 전혀 다르게 금은을 다루는 것을 보고도 아마 놀라지 않을 겁니다.

요컨대, 그들 세계에서는 돈을 전혀 사용하지 않지요. 다만 실제 일어날 수도 있고 안 일어날 수도 있는 오로지 그런 돌발적인 상황에 대비하기 위해서 돈을 간직하고 있는 것입니다. 그래서 그런 일이 일어나기까지는 (돈을 만드는 데 쓰이는) 금과 은을 그 금속 자체가 지니고 있는 실용가치 이상으로는 아무도 평가하지 않는 그런 방식으로 간직하고 있어요. 예를 들어, 쇠는 그 자체가 금은보다 훨씬 더 유용하다는 점은 누구나 다 알 수 있지요. 사람이 불이나 물 없이 살 수 없는 것과 똑같이 쇠 없인 살 수가 없을 것입니다. 그러나 자연의 섭리는 우리가 그것 없이는 살기 어려운 그런 기능을 금은에 대해서 부여하지 않았어요. 어리석은 인간이, 드물다고 해서 그것을 값진 것으로 만들어놓은 겁니다. 이와는 달리 너그럽기 한량없는 어머니와도 같은 자연의 섭리는 공기, 물, 땅 자체와 같은 그녀의 최상의 선물은 외부에 드러내놓고, 쓸모없고 무익한 것들은 눈에 띄지 않는 먼 곳에 감추어두었지요.

그래서 유토피아에서는 금은을 무슨 탑 같은 곳에 감추어두기라도 하면, 일반민들 가운데 자칭 영리한 바보들은, 통치자와 원로원이 평민들을 속여 사리사욕을 채우려 한다는 이야기를 지어낼 수도 있습니다. 물론 금은으로 접시나 그 비슷한 수공품을 만들어놓을 수도 있습니다. 하지만 그렇게 하면, 병사들에 대한 급료로 사용하기 위해 그것을 다시 녹여야만 할 경우에도, 사람들이 애착을 느끼기 시작한 물건들을 내놓기 싫어한다는 점을 그들은 잘 알고 있습니다. 이런 문제점들을 해결하기 위하여 그들은 한 방법을 생각해냈는데, 이 방법은 우리들의 제도와는 맞지 않지만, 그들의 다른 제도들과는 잘 어울립니다.

보석가게
당시의 유럽사회에서는 금은을 중시했고 사람들은 갖가지 보석으로 자신들의 부와 지위를 드러냈다. 그림은 14세기 플랑드르의 보석가게 모습으로, 앞부분의 원숭이는 인간의 허영을 상징한다.

그것이 작동하는 것을 실제 눈으로 보지 않고서는, 그들의 방법은 믿을 수 없게 보일 겁니다. 왜냐하면 우리는 금을 아주 높이 평가하여 이를 보관하는 데 매우 세심한 주의를 기울이고 있으니까요. 그들은 정교하게 만들어져 있지만 값은 비싸지 않은 토기 접시로 음식을 먹고 유리컵으로 음료를 마시는 반면, 공회당 홀이나 개인 집에서 사용하는 요강이나 그 밖의 아주 천한 기물들은 모두 금은으로 만듭니다. 뿐만 아니라, 바로 노예들을 묶는 사슬과 무거운 족쇄 역시 이런 금속으로 만듭니다. 끝으로, 어떤 파렴치한 행위를 범한 표시를 지니고 있어야 할 범죄자들은 귀에 금 고리를 달고, 손에 금가락지를 끼고, 목에 금제 사슬을 두르고, 심지어 금제 머리띠를 매고 있어야 합니다. 이와 같이, 그들은 가능한 모든 방법으로 금은을 경멸의 대상으로 들추어냅니다. 그 결과, 다른 나라 사람들은 이런 금속을 내놓을 때 마치 자기 창자를 도려내는 것과 같은 고통을 느끼지만, 그들은 자기가 가지고 있는 이런 금속을 몽땅 내놓아야 한다 해도, 단 한 푼 이상의 손해를 봤다고 생각하는 사람은 아무도 없습니다.

그들은 바닷가에서 진주를 줍고 낭떠러지 같은 데서 다이아몬드와 석류석도 줍긴 하지만, 일부러 그런 것들을 찾으러 나가는 일은 없습니다. 어쩌다가 그런 걸 줍게 되면, 그걸 갈고닦아서 아이들에게 장식용으로 주는데, 아이들은 유년기 처음 몇 해 동안은 이런 장식물을 좋아하고 자랑도 하지요. 그렇지만 조금 더 자라서 그런 장난감을 좋아하는 것은 아주 어린 아이들뿐이라는 걸 알게 되면, 그것을 치워버리지요. 부모들이 아무 말 하지 않아도 됩니다. 우리 어린아이들이 성장하면, 공기돌이나 장난감이나 인형을 내던져버리는 것과 마찬가지로, 그 곳 어린아이들도 창피한 생각에서 이런 시시한 것들을 내던져버립니다.

딴 나라 사람들의 것과는 전혀 다른 이런 관행은, 또한 딴 나라 사람들과는 전혀 다른 사고방식을 만들어냅니다. 내가 그곳에 있는 동안에 아마우로툼에 온 아네몰리우스Anemolius[그리스어 anemolios(바람이 많은)에서 지어낸 말]의 사절들의 모습을 보았을 때보다 더 분명하게 그 점을 알게 된 적은 없습니다. 그들은 아주 중대한 문제를 토의하기 위하여 왔기 때문에 각 도시에서 각각 세 사람의 시민이 나와 사전에 전국적인 모임이 열렸습니다. 가까운 이웃 나라 사절들은 전에도 유토피아에 와본 적이 있어서, 그 지방의 풍습을 알고 있었으며, 그래서 그 나라에서는 화려한 의복이 존경받지 못하며, 비단은 경멸의 대상이며, 금 역시 수치의 표식이라는 것을 알고 있었지요. 그렇기 때문에 그들은 언제나 아주 검소한 옷차림으로 왔습니다. 그러나 그 아네몰리우스인들은 아주 멀리 떨어진 곳에 살고 있어서 그들과 별로 접촉한 적이 없었고, 그들이 모두 같은 모양의 아주 간소한 옷을

화려한 의상

당대 유럽사회에서는 계층간 의복의 차이가 뚜렷했다. 그림은 16세기 영국 왕족 여인의 모습으로 고급스런 옷감, 정교한 재단, 화려한 보석이 그녀의 신분을 말해준다.

입고 있다는 말만 듣고 있었지요. 그래서 그들은 자기들을 맞이한 주인 쪽 사람들이 좋은 옷이 없기 때문에 입고 있지 않다고 속단했습니다. 어리석은 자만심에 젖은 사절들은 마치 신들처럼 화려하게 차려입고, 그 번쩍거리는 의복으로 가난한 유토피아인들의 눈을 현혹시키리라 마음먹었던 거지요.

이렇게 해서 세 사람의 사절이 백 명의 수행원을 거느리고 거창한 모습으로 들어왔는데, 모두 울긋불긋한 빛깔의 옷을 입고 있었으며, 또 대부분이 비단 옷이었어요. 자기 나라에서 귀족인 사절들은 금실을 섞어 짠 천으로 지은 의복에, 무거운 금 목걸이, 금 귀걸이, 손가락에는 금가락지, 모자에는 번쩍거리는 진주와 보석의 술이 주렁주렁 달려

있는 성장盛裝 차림이었습니다. 요컨대 유토피아에서는 노예를 처벌하거나 나쁜 짓을 한 사람을 욕보이게 하거나 어린아이들의 노리개감으로 쓰이는 그런 모든 물건들로, 그들은 잔뜩 치장하고 있던 거지요. 그들이 자기들의 화려한 옷치장을 거리로 쏟아져 나온 유토피아인들의 의복과 견주면서 으스대며 걸어가는 꼴은 정말로 볼 만한 광경이었습니다. 그런데 그들이 얼마나 잘못 짚었으며, 그들이 기대했던 것과는 전혀 다르게 얼마나 푸대접을 받게 되었는가를 보는 것 또한 우스꽝스러운 일이었어요. 무슨 그럴 만한 일이 있어서 다른 나라에 가본 적이 있는 극소수의 유토피아인들을 제외하고는, 구경 나온 모든 사람들의 눈에는 이런 화려한 겉치레가 수치의 표식으로 보였습니다. 그래서 그들은 일행 중에서 가장 지위가 낮은 사람들을 상전이라 생각하여 절을 하고, 사절들에게는, 금 사슬을 달고 있는 걸로 보아 노예들이라 생각하여 아무런 경의도 표시하지 않고 지나쳐버렸지요. 어린아이들이 하는 짓도 볼 만한 일이었습니다. 이미 진주나 보석 같은 것은 내던져버린 어린아이들은, 사절들의 모자에 보석이 달려 있는 것을 보고는 어머니의 옆구리를 찌르며 말하는 겁니다. "저 다 큰 촌뜨기 좀 봐, 엄마, 아직도 꼬마같이 진주나 보석을 달고 있어요." 그러면 어머니는 정색하며 말하는 거예요. "조용히 해, 애야, 저 사람은 아마 사절님의 어릿광대일 거야."

또 어떤 사람들은 금 사슬이 저렇게 가늘고 약해서야 노예가 그냥 끊어버릴 수 있기 때문에 쓸모없겠으며, 또 저렇게 헐렁해서야 쉽사리 내팽개치고 제멋대로 아무 데로나 달아날 수 있겠다고 흠을 잡았습니다.

그러나 사절들은 유토피아인들 사이에서 하루 이틀을 보내고 나자, 자기 나라에서는 그렇게 귀하게 여기는 엄청난 양의 금이 그곳에서는 그처럼 경시되는 것을 알게 되었어요. 게다가 그들 세 사람의 옷차림에 사용된 것보다 더 많은 금은이 단 한 명의 도망 노예를 묶는 사슬이나 족쇄로 쓰이고 있는 것도 보았습니다. 무언가 부끄럽기도 하고 풀도 죽게 된 그들은 온몸에 걸치고 으스대던 모든 호사스런 복장을 벗어버렸습니다. ─ 특히 유토피아인들과 이야기를 나눈 뒤 그들의 풍습이나 생각들을 배우고 나서 그랬지요.

그들은 별 또는 태양까지도 바라볼 수 있는 처지에 조그마한 보석 따위의 돌이 시원찮게 반짝거리는 것을 보고 좋아하는 사람이 어디 있는가 하고 이상하게 생각합니다. 그들은 또 유난히 가늘고 고운 양모 옷을 입었대서 자기가 더 고상한 것처럼 생각하는 사람의 미친 짓을 이상히 여깁니다. 양털실이 아무리 가늘고 곱더라도 전에는 양이 입고 있던 것이며, 또 그 양은 여전히 양일뿐이라는 겁니다. 그들은 본시 아무 쓸모없는 물건인 금이 모든 곳에서 아주 값진 것으로 평가됨으로써, 사람에게 유용한 그 쓰임새에 따라서 사람이 그 가치를 매기는데

도 불구하고, 사람 자체가 금보다 훨씬 더 낮게 평가되고 있으며 — 그
래서 나무토막이나 다름없는 지능밖엔 없는 바보인 데다 이에 못지않
게 못된 녀석이 단지 금화를 많이 가지고 있다는 이유만으로, 많은 현
명하고 어진 사람들을 지배하고 있다는 것을 보고 놀라움을 금치 못하
고 있어요. 그런데 어쩌다가 그 주인이란 자가 (어떤 우연한 일로 또는
법적인 속임수에 의하여 — 운명 못지않게 법도 사람의 처지를 급격하
게 역전시킬 수 있으니까요.) 자기 집안에서 가장 비천한 작자에게 자
기 돈을 잃게 되면, 마치 그 자신이 돈에 부속되어 있는 종속물에 불과
한 것처럼 곧 자기 하인의 하인이 되게 마련입니다.

이뿐만이 아니라 유토피아인들은 부자에게 빚진 것도 없고 부자의
지배 하에 있지도 않으면서 부자를 하느님 모시듯 숭배하고 있는 사람
들에 대해서 의아하고 두렵게 생각합니다. 그들의 마음을 사로잡는 것
은 오직 그가 부자라는 사실뿐입니다. 하지만 그가 너무나 인색하고

욕심이 많아서, 평생 동안 그 많은 돈더미 가운데 단돈 한 푼 자기들에게 오지 않으리라는 걸 언제나 알고 있습니다.

유토피아인들은 이런 마음가짐을, 일부는 그 나라의 제도들이 이런 어리석은 짓들과는 완전히 반대되는 제도 하에서의 훈육을 통해서, 일부는 교육과 좋은 책들을 통해서 터득했습니다. 각 도시에는 노동이 면제되어 오직 학문에 전념하도록 지정된 사람들이 (이들은 어릴 적부터 학문에 알맞은 뛰어난 성품, 비상한 지성과 열의를 가지고 있음을 보여준 사람들이지요.) 소수 있지만, 모든 아이들은 좋은 학문에 대한 소개를 받으며, 또 남녀를 불문하고 많은 사람들이 전 생애에 걸쳐, 이미 말한 바와 같은 자유시간을 독서에 바치고 있기 때문이지요.

그들은 모든 분야의 학문을 자기네들 말로 공부하는데, 그들의 말은 어휘도 풍부하고 말소리도 듣기 좋을 뿐만 아니라 어떤 사상을 표현하는 데에도 적합합니다. 바로 이 언어 또는 이와 가까운 언어가 그쪽 세계의 대부분에서 널리 사용되고 있습니다만, 유토피아 이외의 다른 모든 곳에서는 조금씩 다르기는 합니다.

유토피아인들은 우리가 거기에 가기 전까지는 우리 쪽 세계에서 이름이 널리 알려져 있는 철학자들 가운데 어느 한 사람에 대해서도 들어본 적이 없었습니다. 그러나 음악, 논리학, 산수, 기하학 등에서는 우리 고대의 위인들이 발견한 것과 거의 똑같은 것들을 발견하고 있었지요. 거의 모든 주제에 관해서 그들은 우리 고대인들과 어깨를 나란히 하고 있지만, 오늘날 우리 논리학자들이 꾸며낸 것들과 대비될 만한 것과는 거리가 멉니다. 사실 이곳 젊은이들이 《소논리학Parva logicalia》에서 배우고 있는 한정限定. 확충擴充, 가정假定 등에 관한 그 정교한 법칙들은 하나도 찾아내지 않았습니다. 그들은 '제2차 개념'✛에 대해서 전혀 생각이 미치지 못했기 때문에 그들 중 '인간 일반man-in-general'을 볼 수 있는 사람은 아무도 없었어요. 우리가 손가락으로 그를 똑바로

자유 7과
유럽의 대학에서는 전문학과(신학, 법학, 의학, 철학 등)와 함께 7자유교과를 교육했다. 그림은 7자유교과를 표현한 것으로 문법, 논리학, 산수, 수사학, 기하학, 천문학, 음악 순이다.

✛사물을 지각할 때 '나무', '꽃' 등과 같이 있는 그대로 독립된 존재로 인정하여 얻은 개념을 제1차 개념이라 하고, 사물을 이해하고 분류하여 어느 유類 또는 종種에 귀속시켜 다른 사물과 구별함으로써 얻은 개념을 제2차 개념이라 한다.

가리켜주었고, 또 아시다시피 인간 일반이란 그 어떤 거인보다 더 어마어마하게 큰데도 말입니다.

하지만 그들은 별의 진로나 천체들의 운행을 측정하는 전문적인 지식을 배웠습니다. 또 이 목적을 위해 해, 달, 그 밖의 그들이 시계 안의 하늘에서 볼 수 있는 모든 별의 운행과 위치를 정확하게 계산하는 여러 가지 모양의 기구를 고안해냈어요. 행성들의 상생相生과 상극相剋, 그리고 속임수 같은 모든 점성술 따위에 대해서는 아예 상상조차도 한 적이 없어요. 오랜 관측에 의한 경험을 통해서 그들은 비, 바람 그리고 그 밖의 다른 기후 변화를 예측할 수 있습니다. 그러나 그들은 바다의 간만과 해수가 짠 이유, 그리고 끝으로 하늘과 땅의 기원과 본성에 대해서 갖가지 견해를 지니고 있습니다. 이런 문제에 관해서는 그들도 어느 정도까지는 우리 고대 철학자들과 같은 생각을 가지고 있지만, 그들 역시 우리 철학자들과 마찬가지로 서로 간에 견해가 일치하지 않습니다. 그래서 또 그들이 제시하는 새로운 이론이 우리 고대 철학자들의 이론과 다르기도 한데, 그러면서도 자기들 사이에서도 전혀 의견의 일치를 보지 못하고 있습니다.

도덕철학에 관한 사항에서는 그들도 우리가 논의하는 것과 같은 논의를 하고 있습니다. 그들은 정신의 선善, 육체의 선, 그리고 외계의 선을 탐구합니다. 그들은 '선'이라는 이름을 이 세 가지에 모두 적용할 수 있는가, 아니면 오직 정신의 선에만 한정되는가를 묻습니다. 그들은 덕과 쾌락에 관해서 논의하지만, 그들의 주요한 문제는 인간의 행복을 무엇이라고 생각하는가, 그리고 행복을 구성하는 것은 한 가지인가 여러 가지인가라는 점입니다. 이 점에 관해서 그들은 쾌락을 선호하는 견해에 너무 기울어진 듯한데, 그들은 인간의 행복의 전부 또는 가장 중요한 부분이 쾌락에 있다고 결론짓고 있어요. 게다가 더욱 놀라운 것은, 그들은 이와 같은 안이한 견해의 근거를 진지하고, 준엄하고 심지어 무섭기까지 한 그들의 종교에서 구하고 있는 것입니다. 그도 그럴 것이 그들은 행복을 논의할 때 반드시 종교에서 끌어낸 어떤 원리를 합리적인 철학 이론에 결부시키기 때문이지요. 그들은 이런 종교적 원리를 수반하지 않는 이성 자체만으로는 참다운 행복을 추구하는 데 미약하고 불완전하다고 생각하고 있습니다.

그들이 의지하는 종교적 원리들이란 이런 것들입니다. 즉, 영혼은 불멸이며 하느님의 자비심에 의해서 행복을 누리도록 태어났다는 것, 그리고 현세 다음에 우리들의 덕과 선행에 대해서는 보상이, 죄악에 대해서는 처벌이 약속되어 있다는 것입니다. 이런 것들은 사실 종교적 원리들이지만, 이성에 의하여 우리는 이를 믿고 받아들이게 된다고 그들은 생각합니다. 그리고 그들은 아무런 주저 없이 이 같은 말을 덧붙입니다. 만일 이런 믿음이 그릇된 것이라면, 아무리 미련한 자라도 선한 쾌락, 악한 쾌락을 가리지 않고 오직 쾌락만을 추구해야겠다는 생각을 가질 것이라고요. 그가 유의해야 할 일은 다만 더 작은 쾌락이 더 큰 쾌락을 얻는 길을 가로막지 않도록 해야 하며, 그리고 나중에 고통이 뒤따를 수밖에 없는 그런 쾌락을 피해야 한다는 것뿐입니다. 엄격하고 고통스런 덕을 추구하고, 삶의 즐거움을 포기하고, 아무런 이익도 기대할 수 없는, 그런 고통을 견디어내자면 사실상 미칠 수밖에 없을 것이라고 그들은 생각합니다. 죽은 다음에 아무런 대가가 없다면, 자기 전 생애를 아무 쾌락도 없이, 다시 말해서 비참하게 보낸 데 대하여 아무런 보상도 받지 못한다는 것이니까요.

사실은, 그들도 행복은 모든 종류의 쾌락 안에 있는 것이 아니라 선량하고 건전한 쾌락 안에만 있다고 생각하지요. 덕 자체가 우리를 최고의 선으로 인도하는 것과 같이, 덕은 우리를 이런 종류의 쾌락에 이끌리게 한다고 그들은 말합니다. 한편 이와 반대되는 한 학파가 있는데, 그들은 덕이 바로 행복이라고 단언합니다.

에피쿠로스

유토피아인들은 '덕을 자연에 따르는 삶'이라고 정의하는데, 이는 스토아학파의 견해와 일치한다. 그러나 쾌락이 최고선이라고 주장한다는 점에서 에피쿠로스의 쾌락주의에 더 가깝다.

그들은 덕을 자연에 따르는 삶이라고 정의합니다. 그리고 하느님이 그렇게 살도록 우리를 창조했다는 겁니다. 한 개인이 이성의 명령에 따라 어떤 것은 선택하고 어떤 것은 버릴 때, 그는 자연에 따르고 있다는 것입니다. 그런데 무엇보다도 이성이 우리로 하여금 우리를 있게 하고, 우리에게 행복을 추구할 능력을 주신 하느님을 사랑하고 경배하는 마음을 갖게 한다는 겁니다. 다음으로, 바로 자연이, 우리가 근심 걱정 없는 삶, 될 수 있는 대로 즐거움이 가득 찬 삶을 이어나가야 하며, 모든 다른 사람들도 — 이들은 우리의 자연스러운 동료들이기 때문에 — 그렇게 살도록 도와주어야 한다고 지시하고 있다는 겁니다. 제아무리 덕을 찬미하고, 아무리 철저하게 쾌락을 배격하는 사람일지라도, 노동과 철야와 금욕을 권장하면서도, 역시 될 수 있는 데까지 다른 사람들의 빈곤과 불행을 구제해주라고 훈계합니다. 우리가 우리 동료 인간들의 안락과 행복을 위하여 베풀 때 그것은 매우 칭송할 만한 일이라고 그들은 생각합니다. 다른 사람을 불행에서 구원해주고, 그들의 삶에서 슬픔을 덜어주고, 그래서 그들에게 즐거움, 즉 쾌락을 되돌려주는 것보다 더 인도적인 것은 없습니다. (그리고 인도적인 본성이야말로 인간 고유의 덕이지요.)

자, 그렇다면 왜 자연은 우리가 자기 자신을 위해서도 똑같은 일을 하라고 우리 모두에게 권고하지 않겠습니까? 즐거운 삶이란 (다시 말해서 쾌락의 삶이란) 좋은 것 아니면 좋지 않은 것, 둘 중의 하나지요. 만일 그것이 좋지 않은 것이라면, 다른 사람이 즐겁게 살도록 도와주어서는 안 되지요. — 그런 삶은 그들에게 해롭고 치명적인 것이니까, 오히려 힘닿는 데까지 모든 사람으로 하여금 그런 즐거운 삶에서 멀리 떨어지게 해야 할 것입니다. 그렇지만, 다른 사람에게 그런 생활을 마련해주어도 될 뿐만 아니라 오히려 마땅히 마련해주어야만 한다면, 누구보다도 먼저 자기 자신에게 그런 생활을 마련해주어서 안 될 까닭이 어디에 있겠습니까? 자기 자신에게도 다른 어떤 사람에 대해서와 마찬가지 호의를 보여주어야만 할 게 아니겠어요? 자연이 다른 사람에 대해서 친절하라고 촉구할 때, 그것이 자기 자신에 대해서 가혹하고 무자비해야 한다고 말하는 것은 아니기 때문입니다. 그래서 그들은 바로 자연이 우리에게 즐거운 삶, 즉 쾌락의 삶을 우리의 모든 행동의 목적으로 규정하고 있다고 말하는 겁니다. 그리고 자연의 규칙에 따르는 삶을 바로 덕이라고 정의하는 겁니다. 그러나 자연은 사람들이 서로 피차간의 삶을 될 수 있는 대로 즐겁게 해주라고 명령하고 있기 때문에 — 그리고 자연은, 어떤 사람이 다른 사람보다 훨씬 더 높은 지위에 있다고 해서 특히 그 사람만을 돌보아주지는 않고, 같은 모습으로 태어난 모든 것들을 똑같이 사랑하기 때문에 — 남을 불행하게 만들면서까지 자기 자신의 이익을 추구해서는 안 된다고 거듭거듭 경고하고 있습니다.

그래서 마침내 그들은 사람들이 개인간의 약정만이 아니라, 바로 쾌락의 실체인 생활필수품의 분배를 규정하는 공공의 법률 역시 준수해야 한다고 생각합니다. 어진 군주에 의해서 정당하게 공포되었거나 또는 억압당하지도 기만당하지도 않은 자유민들의 공동합의에 따라 정당하게 승인된 이런 법률들은 지켜져야 한다는 거지요. 이런 법률이 지켜지는 한, 자기 자신의 이익을 추구하는 것은 지혜로운 일이며 그와 동시에 공공의 이익까지도 추구하는 것은 칭송할 만한 일이지요.

그렇지만, 남의 쾌락을 빼앗으면서 자기 자신의 쾌락을 추구하는 것은 옳지 않은 일입니다. 이와 반대로, 남의 쾌락을 늘려주기 위하여 자기 자신의 쾌락을 줄이는 것은 인도적이며 자비로운 행위이며, 이런 행위에 대해서는 그가 바친 희생보다 더 많은 보상이 틀림없이 주어집니다. 베푼 친절에 대해서 보상을 받을 것이며, 그리고 최소한 좋은 일을 했다는 생각과 은혜를 받은 사람들의 감사의 마음과 호의에 대한

헛된 쾌락
유토피아인들이 말하는 '헛된 가상에 의해 삶의 주요 목적으로까지 인정되는 것'은 바로 돈, 물질에 대한 쾌락이다. 그림은 16세기에 그려진 퀀터 마세이스의 《대금업자와 그의 아내》로, 손님들이 가져온 물건들을 저울질하며 돈의 가치를 매기는 대금업자와 성경책을 펴고는 있지만 물끄러미 남편의 손을 바라보는 아내를 통해 세속적인 가치와 종교적인 헌신과의 관계에 대한 사회적 메시지를 담고 있다.

회상은 자기가 남에게 내준 물건들을 통해서 자기 육체가 누릴 수 있었던 쾌락보다 더 큰 쾌락을, 자기 마음에 가져다줍니다. 마지막으로, 이것은 종교적 성향이 깊은 사람들에게 쉽게 납득될 수 있는 일입니다만, 하느님은 이 세상에서 일시적인 작은 쾌락을 내준 데 대하여 천국에서 영구적인 큰 기쁨으로써 보상하시리라는 겁니다. 그래서 그들은 문제를 진지하게 심사숙고한 끝에 이렇게 결론지었습니다. 즉, 우리의 모든 행위들, 심지어 그 행위들 가운데 유덕한 행위까지를 포함한 모든 행위들은 그들의 행복과 궁극적인 목적으로서 쾌락을 추구한다는 것입니다.

그들이 이해하고 있는 쾌락이란 사람이 자연의 지시에 순응하여 즐거움을 찾는 모든 육체적, 정신적 상태와 운동을 말합니다. 그들이 거기에, 욕망은 자연의 지시에 순응해야 한다고 덧붙이는 데에는 그럴 만한 충분한 이유가 있어요. 감각과 올바른 이성에 따름으로써 우리는 자연적 본성이 즐거운 것이 무엇인지를 찾아낼 수 있습니다. 그것은 곧, 남을 해치지 않고, 더 큰 쾌락을 방해하지 않으며, 고통을 수반하지 않는 즐거움입니다. 그러나 그들은 자연에 반하는 모든 쾌락, 그리고 사람들이 모두 (마치 사물의 이름을 바꿈으로써 사물의 참다운 본성을 바꿀 수 있기라도 한 것처럼) 오직 헛된 가상에 의해 '즐거운 것'이라고 지칭하는 쾌락은, 진정으로 행복을 이루지는 않는다고 단정하고 있습니다. 사실, 이런 쾌락은 종종 행복을 방해하기 마련이라는 겁니다. 그것은 그런 쾌락이 일단 사람의 마음을 사로잡게 되면, 진짜 순수한 즐거움이 자리 잡을 여지가 없어지고 잘못된 쾌락 개념으로 마음이 가득 차기 때문입니다. 진정한 달콤함이라곤 전혀 없으며 오히려 그 대부분은 실상 쓰라린 것인데도, 악한 욕망의 뒤틀린 유혹에 의해 최대의 쾌락으로 여겨질 뿐만 아니라 삶의 주요 목적으로까지 인정되는 그런 것들이 아주 많기 때문이지요.

그들은 내가 전에 말씀드린 사람들, 즉 좋은 옷을 입었다고 해서 자신을 더 훌륭한 사람이라고 생각하는 사람들을 이런 거짓 쾌락을 추구하는 무리에 포함시킵니다. 이 한 가지 점에서 이런 사람들은 이중으로 잘못을 저지르고 있는데, 첫째는 그들의 의복이 다른 사람들의 것보다 더 좋다고 가정하는 점에서, 다음으로는 자기 자신들을 더 낫다고 생각하는 점에서 말입니다. 옷의 유용성을 두고 생각한다면, 왜 가늘게 뽑은 양모 실이 거친 실보다 더 좋습니까? 그럼에도 불구하고 그들은 그것이 자신들의 잘못된 생각인 줄은 모르고, 마치 자기들의 자연적인 본성이 더 훌륭하기라도 한 것처럼 거드름을 피며, 자기들의 의복으로 해서 자신들이 더 중요한 사람이 된 것으로 생각하지요. 그렇기 때문에 소박한 의복을 입었을 때는 감히 바랄 생각을 하지 않았을 명예를, 화려한 의복을 입었다고 해서 응당 받아야 할 것이라 요구하는 겁니다. 그러고는 혹 누군가 경의를 표시하지 않고 지나쳐버리기라도 하면 분통을 터뜨립니다.

실속 없는 단순한 의례적인 명예를 누렸다고 좋아하는 것 역시, 마찬가지로 어리석은 짓이 아니겠어요? 남이 무릎을 굽히고 모자를 벗는다고 해서 무슨 참다운 자연스런 쾌락을 얻을 수 있습니까? 그것으로 삐거덕거리는 무릎이 수월해집니까, 돈 머리가 고쳐집니까? 그릇된 쾌락의 환상을 보여주는 또 다른 사람들이 있는데, 자기가 귀족 출신이라는 점을 미치도록 좋아하면서 잘난 체하고, 우연히 부자 조상들이 길게 이어지는 자신의 가계家系 (오늘날의 귀족이란 오직 부자일 뿐이지요.) 특히 그들의 오랜 소유지를 자랑으로 삼는 사람들이 바로 그런 자들입니다. 설사 조상들이 자기에게 유산을 전혀 남겨주지 않았거나

교만한 귀족
16세기 영국의 부자와 구걸자 모습. 거만함이 묻어 나오는 귀족의 치장한 차림과 구걸자의 초라한 행색이 큰 대조를 이룬다.

보석 가공
부유한 고객들의 주문으로 16세기 대
장간은 쉴 새 없이 바빴다. 이곳의 주된
일은 보석을 가공하는 것이었다.

유산을 모두 탕진해버렸을지라도, 그들은 그 때문에 자기가 좀 덜 고
귀해졌다고는 생각하지 않아요.

이미 말씀드린 바와 같이, 보물이나 보석에 흠뻑 빠져 어쩌다가 좋
은 종류의 것, 특히 당대에 그들의 나라에서 아주 높이 평가되는 — 모
든 나라 모든 시대에 걸쳐서 같은 종류의 것을 높이 평가하지는 않거
든요. — 종류의 것이라도 하나 얻게 되면, 자기가 하느님의 축복을 받
아 행운을 얻은 양 생각하는 사람들 역시 그들은 같은 부류 속에 넣습
니다. 하지만 수집가들은 그것을 금박 세팅에서 떼어내기 전에는 사려
고 하지 않으며, 떼어낸 뒤에도 거래전문가가 진짜 보석이라고 보장하
는 보증서를 주지 않으면 사려고 하지 않습니다. 그들이 두려워하는
것은 혹시 그들의 눈이 가짜 돌에 속아 넘어가지나 않을까 하는 것이
지요. 그러나 눈으로 보아서 진짜 보석인지 구별할 수 없다면, 가짜가
진짜보다 쾌락을 덜 가져다줄 까닭이 어디에 있겠습니까? 진짜와 가짜
가 똑같은 가치를 지니고 있다 할 것이니까요. — 장님에게는 두 가지
가 다 같은 가치를 지닌 것과 조금도 다를 것이 없지요.

실제로 어디에 쓸 목적도 없이 다만 바라보고만 있기 위해 돈을 쌓
아놓고 있는 사람들에 대해서는 무엇이라 말해야 할까요? 그들은 참된
쾌락을 느끼고 있는 것인가요, 혹시 그저 쾌락처럼 보이는 것에 속고
있는 것이 아닌가요? 이와는 반대되는 악에 빠진 사람들, 즉 금을 감추
어놓고는 다시 쓰지도 않고 아마 다시 보지도 않는, 그런 사람들에 대
해서는 또 무엇이라고 말해야 할까요? 그들은 그걸 잃지 않으려고 마
음 졸이고 있는 가운데, 실은 그걸 잃어버리고 있는 거지요. 왜냐하면
그걸 땅속에 감추어둠으로써 자기 자신도 못 쓰고 다른 사람들도 못
쓰게 한다면, 그건 잃어버린 것이 아니고 무엇이에요? 그럼에도 불구
하고 자기 보물을 감추고 나면, 마치 모든 근심에서 벗어나기라도 한
것처럼 좋아 죽을 듯합니다. 누군가가 그걸 훔쳐 갔는데, 훔쳐 간 줄도

모르고 십 년 후에 죽었다고 생각해봅시다. 그 십 년 동안, 그 돈이 도둑맞았거나 그대로 있거나, 그것이 그 사람에게 무슨 상관이 있었습니까? 이러나저러나 마찬가지로 아무 쓸모가 없었던 거지요.

이런 어리석은 쾌락의 부류 속에, 그들은 직접 해본 적은 없지만 들어서 알고 있는 도박놀음뿐만 아니라 짐승사냥과 매사냥도 함께 집어넣습니다. 놀이테이블 위에 주사위를 던지는 것에 무슨 쾌락이 있겠느냐는 겁니다. 설령 그런 행위에 무슨 쾌락이 좀 있다 하더라도, 그 짓을 자꾸만 되풀이하고 있노라면 싫증이 날게 아니겠어요? 또, 개 짖는 소리를 듣는 것에 무슨 즐거움이 있겠어요? — 그건 차라리 듣기 싫은 소음이 아닌가요? 개가 개를 쫓을 때보다 개가 토끼를 쫓을 때에, 더 큰 쾌락을 느낀다는 건가요? 만일 빨리 달리는 것을 보기 좋아한다면, 이 경우나 저 경우나 다 아주 빨리 달리는 것이고, 둘 다 거의 마찬가지입니다. 그러나 진짜로 보고 싶은 것은 살육이다, 즉 생물이 눈앞에서 갈기갈기 찢기는 것을 보고 싶다는 건가요? — 그렇다면 작은 토끼

인류의 생존을 위한 수단으로 처음 시작되었던 사냥은, 당대 유럽사회 통치자들과 귀족들에게는 하나의 스포츠였다. 모어는 유토피아에서는 사냥을 강한 자가 약한 자를 짓밟으며 느끼는 잔학한 쾌락이라고 본다고 서술하고 있다.

가 사냥개에게 쫓기고, 그 약한 생물이 강한 자에게 괴롭힘을 당하고, 겁 많고 연약한 동물이 사나운 놈에게 잔혹하게 짓밟히고, 무해한 토끼가 잔인한 사냥개에게 살해당하는 것을 보면 오히려 측은한 마음이 일어나야만 하는 게 아닙니까! 그래서 유토피아인들은 이 모든 사냥질을 자유인에게는 알맞지 않은 일이라 여기며 그 일을 도살자에게 맡기는데, 이들은 이미 말씀드린 바와 같이 모두 노예들이지요. 그들이 보기에 사냥은 도살자가 할 수 있는 일 중에서도 가장 천한 일입니다. 도살장에서 하는 일은 좀더 유익하고 성실한 것입니다. 그곳에서는 필요할 때만 동물을 죽이기 때문이지요. 이와는 달리 사냥꾼은 가엾은 작은 생물을 죽이고 사지를 찢는 데서 오직 자신의 쾌락만을 추구합니다. 비록 짐승에 불과하더라도, 이를 죽이는 것을 보고 그렇게 재미를 느끼는 것은 원래의 잔학한 성품에서 나오는 것이거나, 아니면 그런 잔학한 쾌락에 계속 젖어옴으로써 결국 그 같은 잔인성이 나타나게 된 것이라고 그들은 생각하고 있어요.

사람들은 보통 이런 짓들, 그리고 이와 비슷한 수많은 짓들을 쾌락이라고 생각하지만, 유토피아인들은 그런 것들을 참다운 쾌락과는 전혀 상관없는 것들이라고 단언합니다. 그 속에는 자연스러운 즐거움이란 전혀 없기 때문이지요. 그런 것들이 흔히 즐거운 감각을 일으키며, 그런 점에서 쾌락처럼 보이지만, 그것으로 그들의 견해가 바뀌지는 않아요. 그런 향락은 경험 자체의 본성이 아니라 어중이떠중이 군중들의 뒤틀어진 습관에 기인한 것이며, 그 때문에 쓴 것을 단 것으로 잘못 알게 된 것입니다. 그것은 마치 임신한 여인이 때때로 입맛이 달라져 역청이나 소기름을 꿀보다 더 달다고 생각하는 것과 같지요. 병이나 습관 때문에 사람들의 취향을 나쁘게 바꿀 수도 있지만, 그것이 쾌락이나 다른 어떤 것의 본성을 바꾸지는 않습니다.

그들은 자기들이 참다운 쾌락이라고 여기는 쾌락의 종류를 몇 가지

헨리 8세의 시편서에 실린 그림. 유토피아인들이 인정했던 음악이 가져다주는 쾌락은 당대 유럽인들에게도 마찬가지였을 것이다.

로 분류하여 어떤 것은 정신적 쾌락, 다른 것은 육체적 쾌락으로 여깁니다. 정신적 쾌락은 지식과 진리를 탐구하는 즐거움, 올바르게 살아온 삶을 회상하는 만족감, 그리고 미래의 행복에 대한 확실한 희망 등입니다.

그들은 육체의 쾌락 또한 두 종류로 분류합니다. 첫째는 감각을 직접적인 기쁨으로 충족시키는 쾌락입니다. 이런 쾌락은 때로는 자연적인 열기로 말미암아 쇠약해진 신체 기관들이 음식물 섭취로 회복될 때 느껴지고, 때로는 변을 보거나, 생식행위를 하거나, 가려운 곳을 문지르거나 긁어서 시원하게 할 때처럼 몸 안에 너무 많이 있는 어떤 것들을 배설할 때 느껴지기도 합니다. 모자란 것을 다시 채워주거나 남아돌아가는 것을 배설하는 데서 오는 것이 아니라, 보이지 않지만 틀림없는 힘으로 우리 감각에 작용하여 감동을 일으키며 우리 감각을 집중시키는, 그런 어떤 것에서 오는 쾌락도 있는데, 음악의 힘이 바로 그와 같은 것입니다.

　육체적 쾌락의 둘째 것은 바로 안정되고 조화로운 신체 상태, 즉 어떤 장애에 의해서도 괴로움을 당하지 않은 건강 상태라고 그들은 말합니다. 고통의 괴로움이 없는 건강은 아무런 외부적인 자극 없이도 그 자체가 바로 즐거움을 줍니다. 건강은 마음껏 먹고 마시는 즐거움보다는 직접적인 만족감을 덜 주지만, 그래도 많은 사람들은 그걸 무엇보다 더 큰 즐거움으로 생각하지요. 유토피아인들은 대부분 건강을 모든 쾌락의 기초이자 바탕이라고 생각하지요. 그것만으로도 평화롭고 바람직한 삶을 누릴 수 있는 데 반하여, 건강 없이는 그 어떤 다른 쾌락도 가질 수가 없기 때문입니다. 확실한 건강 없이 단순히 고통만 없는 것을 그들은 무감각이라고 생각하지 쾌락이라고 생각하지 않습니다.

　건강이란 그 반대 상황과 대비되지 않고서는 있을 수 없다는 점을 근거로 하여, 안정된 평온한 건강 상태를 진정한 쾌락이 아니라고 주장해온 사람도 있습니다. (이 문제를 철저하게 검토해온) 유토피아인들은 이미 오래전에 이러한 견해를 배격했어요. 이와는 전혀 반대로 그들은 거의 모두가 건강이 쾌락의 핵심이라는 점에 동의하고 있습니다. 그들이 말하기를, 병에는 원래 고통이 따르게 마련이며 질병이 건강의 적인 것과 똑같이 고통이 쾌락의 치명적인 적이라면, 쾌락은 평온한 건강 속에 내재하고 있음에 틀림없다는 거지요. 고통이 병 자체이건, 바로 병에 수반되는 결과이건 실제적인 차이는 없다고 그들을 말합니다. 어느 쪽이든 그 결과는 마찬가지이기 때문이지요. 건강 자체가 쾌락이건, 또는 (불이 열의 근원인 것처럼) 건강이 쾌락의 근원에 불과하건, 사실은 여전히 한 가지, 안정된 건강을 지닌 사람들은 쾌락 또한 지니게 마련이라는 것입니다.

　그들은 우리가 음식을 먹는 것은 쇠약해지기 시작한 건강이 음식물의 힘을 빌려 배고픔과 싸우는 것이라고 말합니다. 우리 건강이 다시 힘을 얻는 동안, 바로 그 기력회복과정이 우리에게 쾌락과 원기를 준다는 겁니다. 그 싸움에서 우리의 건강이 즐거움을 느낀다면, 싸움에서 승리했을 때 더욱 기뻐하지 않겠어요? 그런 투쟁의 전 과정을 통해서 목적으로 삼았던 것, 즉 원래의 힘을 제대로 회복했을 때, 금방 무감각해져서 건강 자체의 즐거움을 느끼지 못하고 누리지 못하게 되겠어요? 건강을 느끼지 못하게 된다는 견해를 그들은 진실과는 아주 거리가 먼 것이라고 생각합니다. 잠자지 않고 깨어 있는 사람으로, 자신이 건강하다는 것을 느끼지 못하는 사람이 어디 있습니까? — 건강치 못한 사람 말고는요. 건강이란 바람직하고 즐거운 것이라는 점을 인정하지 않을 만큼 그렇게 둔하고 무딘 사람이 어디 있을까요? 그리고 즐거움이란 쾌락의 다른 이름이 아니고 무엇인가요?

그런데 그들은 여러 가지 쾌락 중에서 정신적 쾌락을 주로 추구하며 이를 가장 높이 평가합니다. 으뜸가는 정신적 쾌락은 덕의 실천과 올바른 삶에 대한 의식에서 우러난다고 생각합니다. 육체적 쾌락 중에서는 건강을 제일로 꼽지요. 그들은 먹고 마시는 것과 이와 비슷한 종류의 다른 즐거움은 바랄 만한 것이지만, 그것은 오직 건강을 위해서라고 생각합니다. 그런 쾌락은 그 자체가 즐거운 것은 아니고, 다만 슬그머니 침범해오는 질병을 막는 수단으로서의 쾌락이라는 겁니다. 현명한 사람은 병을 물리치는 약을 찾기보다는 아예 병에 걸리지 않도록 하며, 진정제를 구하기보다는 통증을 예방하려고 하지요. 그래서 이런 종류의 쾌락으로 아픔을 더는 것보다는 그런 쾌락이 전혀 필요 없게 하는 것이 더 좋다는 겁니다.

행복이 이런 종류의 쾌락으로 이루어진다고 생각하는 사람은, 늘 배고프고, 목마르고, 가려워서 계속 먹고, 마시고, 긁고 문지르면서 보내는 삶을 이상적인 삶이라고 실토하는 거나 다름없습니다. 그렇게 사는 것은 지겨울 뿐만 아니라 비참하다는 것을 누군들 모르겠습니까? 이런 쾌락은 매우 불완전한 쾌락이기 때문에 모든 쾌락 중에서 가장 저속한 쾌락임에 틀림이 없습니다. — 왜냐하면 그런 쾌락은 그 반대인 고통과 결합되지 않고는 결코 누릴 수 없기 때문이지요. 예를 들어, 배고픔은 먹는 쾌락과 결합되어 있는데, 그것도 평등의 법칙에 따른 결합이 아닙니다. 왜냐하면 고통의 정도가 더 심하고 더 오래 지속되기 때문이지요, 즉 고통은 쾌락보다 먼저 시작되고, 또 쾌락이 고통과 더불어 끝날 때 비로소 끝나기 때문입니다. 그렇기 때문에 그들은 이런 쾌락을 그것이 삶에 필요할 때를 제외하고는 크게 존중하지 않아야 한다고 생각합니다. 하지만 그들은 이런 쾌락 역시 즐깁니다. 그리고 대자연이 자기 자녀들에게 즐거움을 줌으로써, 그들이 필요에 따라 어차피 해야 할 일을 즐거운 마음으로 하도록 하는, 그런 자비를 고맙게 받아들이지요. 만일 배고픔과 목마름과 같은 일상적인 병을 고치는 데 어떤 희귀한 병에 걸렸을 때 먹는 쓰디쓴 물약이나 약재를 써야만 한다면, 우리의 삶이 얼마나 비참해지겠어요!

그들은 아름다움과 힘참과 민첩함을 자연의 특별한 은혜로운 선물이라 해서 기쁜 마음으로 소중히 여깁니다. 청각과 시각과 후각을 통해서 얻는 쾌락 역시 삶의 맛을 돋우는 바람직한 양념감으로써 추구하면서, 이런 쾌락들은 자연이 인간에게만 특별히 즐길 수 있게 해준 분야라고 인식하고 있습니다. 다른 어떤 동물도 우주의 형태와 아름다움을 보면서 즐거움을 느끼지 않고, (먹이를 찾는 방법 이외로서는) 향기를 즐기지 않으며, 협화음과 불협화음을 구별하지 않아요. 그러나 그들은 이런 모든 쾌락에서, 작은 쾌락이 더 큰 쾌락을 방해하지 않도록 하며, 쾌락의 끝에 고통이 따르지 않도록 해야 한다는 원칙을 준수합니다. 쾌락이 건전한 것이 아닐 때는 반드시 고통이 뒤따르게 된다고 생각하고 있지요.

그뿐만 아니라 그들은 사람이 몸매의 아름다움을 경멸하고, 자신의 힘을 해치며, 민첩성을 깔아뭉개어 무기력으로 만들고, 단식으로 몸을 소진하며, 자기 건강을 해치고, 그러면서 다른 모든 자연스런 즐거움을 거절하는 것을 미친 짓이라고 생각합니다. 그렇게 함으로써 다른 사람의 행복이나 공공의 이익을 위하여 더욱 열심히 봉사할 수 있는 경우가 아니고서는 말입니다. 그런 경우에는 사실 하느님에게서 더 큰 보상을 기대할 수 있을 겁니다. 하지만 그렇지 않고 — 오직 헛된 덕의 희미한 그림자를 찾기 위해서, 또는 결코 닥쳐오지도 않을 불행을 좀 더 수월하게 견디어낼 수 있도록 하기 위해서 — 다른 사람에게 아무런 도움을 주는 것도 없이 자신에게 고통을 안겨주는 것은, 완전히 미친 짓이며 자기 자신을 학대하는 것일 뿐만 아니라 자연에 대해서도 매우 불손한 마음을 지니고 있다는 징표라고 생각합니다. — 그것은 마치 자연에게 빚지지 않으려고 자연이 주는 모든 선물을 거절하는 것과도 같다는 거지요.

덕과 쾌락에 대하여 그들은 이런 식으로 생각합니다. 하늘에서 어떤 계시가 내려와 사람들에게 좀더 거룩한 견해를 갖게 한다면 몰라도, 인간의 이성으로는 이보다 더 올바른 결론에 도달할 수 없다고 생각하고 있지요. 이 모든 점에서 그들이 옳은가 그른가를 지금 따질 시간이 없고, 또 그럴 필요도 없을 듯싶습니다. 나는 그저 그들이 지키고 있는 여러 원칙을 설명해드리려 했을 뿐이지, 그걸 변호하려 한 것은 아니었으니까요. 그러나 이것만은 확실히 믿습니다. 즉, 그들의 원칙이 무엇이든 간에, 전 세계 어디에서도 그들보다 더 우수한 국민은 없으며 더 행복한 나라는 없다는 것입니다.

그들은 몸이 날쌔고 활력적이며, 몸집으로 보아 예상할 수 있는 것보다는 더 힘셉니다. 그렇다고 그들의 몸집이 아주 작다는 것은 결코 아닙니다. 그들의 토지는 별로 비옥하지 않으며 기후도 그다지 좋지 않지만, 절제된 생활로 나쁜 기후를 이겨내고, 열심히 토지를 가꾸어

나가기 때문에, 이곳처럼 곡물이나 가축이 풍부한 곳은 없으며 이곳처럼 사람들의 몸이 활력 넘치고 병에 걸릴 위험이 적은 곳은 없어요. 그곳에서는 메마른 땅을 부지런한 노동과 전문적 지식으로 개량하기 위해 농부들이 으레 하는 모든 일을 하고 있는 것을 볼 수 있을 뿐만 아니라, 숲 전체를 그들 자신의 손으로 뿌리째 뽑아서 다른 곳으로 옮기는 것까지도 볼 수 있습니다. 이런 일을 하는 것은 나무가 더 잘 자라도록 하기 위해서보다는, 숲을 바다나 강이나 도시들 근처에 옮김으로써 운송을 더 용이하게 하기 위해서였어요. 장거리를 육로로 운반하는 데는 곡물보다 목재가 더 힘들기 때문이지요.

국민들은 편안하고, 쾌활하고, 영리하며, 여가를 좋아합니다. 그들은 필요할 때는 힘든 노동을 견뎌낼 수 있습니다만, 필요 없을 때는 그걸 별로 좋아하지 않지요. 그들은 지적 추구에서는 지칠 줄을 모릅니다. (우리 생각에, 역사가와 시인을 빼놓으면, 그들이 가치를 인정할 만한 라틴어 작품은 아무것도 없었기 때문에) 우리가 그리스의 문학과 학문에 대해서 이야기하는 것을 듣자, 그들이 우리한테서 그리스어를 배우기를 얼마나 간절히 소원하는지 정말 놀라운 광경이었어요. 그래서 그들을 가르치기 시작했는데, 처음에는 그들에게 무슨 도움이 되리라 기대했다기보다는 오히려 우리가 수고를 아끼는 것 같이 보이지 않으려 한 것이었어요. 그런데 조금 가르쳐보자 그들이 어찌나 열성적인지, 우리 노력이 헛되지 않으리라는 것을 곧 확신하게 되었어요. 그들이 어찌나 빨리 글자 모양을 가려내고, 말을 아주 분명하게 발음하며, 금방 기억하고, 정확하게 받아 외기 시작했는지, 그건 기적과도 같았습니다. 물론, 우리 제자들 대부분은 그들의 비상한 능력과 성숙한 심성을 인정받아 발탁된 기성학자들이었지요. 그리고 그들은 자신의 자유의사만이 아니라, 원로원의 명령을 받고 우리와 함께 공부했습니다. 그렇기 때문에 그들은 삼 년도 못 되어서 그리스어를 완전 마스터했으며, 원서에 틀린 곳만 없으면 훌륭한 저작들을 막히는 곳 없이 읽을 수 있었지요. 그리스어가 그들 자신의 말과 어떤 연관성이 있었기 때문에 그 말을 더 쉽게 배울 수 있었던 것이 아닌가 하는 느낌이 들었어요. 그들의 말은 여러 가지 점에서 페르시아 말과 닮았지만, 그들의 도시나 관직의 이름에 어떤 그리스어의 흔적이 남아 있는 것으로 보아 그 종족이 그리스인의 후손이 아닌가 하는 생각이 듭니다.

넷째 번 항해를 떠나기 전에 나는 배에 상품 대신 꽤 큰 책 꾸러미를 실었습니다. 쉽게 돌아오리란 생각보다는 영영 돌아오지 않으리라 맘먹고 있었기 때문이지요. 그래서 그들은 나한테서 플라톤의 저작 대부분과 그보다 더 많은 아리스토텔레스의 저작, 그리고 테오프라스토스Theophrastos의 저서 《식물학On Plants》도 받게 되었지요. 다만 후자는 유감스럽게도 약간 파손된 것이었어요. 항해 중에 그 책 꾸러미를 아무 데나 놔두었기 때문에, 우연히 장난꾸러기 원숭이란 놈이 그걸 가지고 놀면서 여기저기 책장을 몇 군데 뜯어버렸어요. 문법책 중에서

《수사법》
1476년에 출간되어 그리스어 기초문법 교재로서 오랫동안 인기를 모은 라스카리스의 책. 사진은 1512년 출간본.

《약물에 대하여》
그리스의 약리학자 디오스코리데스가 쓴 책으로, 근대 식물용어를 규정하는 데 가장 중요한 고전 자료가 되었다. 그림은 14세기 또는 15세기 초 라틴어본.

그들이 가지고 있는 것은 라스카리스Lascaris의 것뿐입니다. 테오도루스Theodorus의 것은 가지고 가지 않았으며, 사전도 헤시키우스Hesychios의 것 이외에는 가지고 가지 않았기 때문이지요. 그런데 디오스코리테스Dioskorides의 것은 가지고 있습니다. 그들은 플루타르코스Plutarchos(그리스의 전기작가)의 저작들을 아주 좋아하며 루키아노스Lukianos(그리스의 풍자작가)의 재치 있는 농담을 즐겨 듣습니다. 시인들 중에서는 아리스토파네스Aristophanes, 호메로스Homeros, 에우리피데스Euripides 그리고 알두스Aldus 마누티우스Manutius의 활자체로 된 조그마한 소포클레스Sophokles의 것들을 가지고 있지요. 역사가에 관해서는 투키디데스Thukydides, 헤로도토스Herodotos, 그리고 헤로디아노스Herodianos의 것을 가지고 있습니다.

의학서에 관해서는 내 동료인 트리키우스 아피나투스Tricius Apinatus가 히포크라테스Hippokrates의 소논문들 몇 편과 갈레노스의 《미크로테크니Microtechne》를 가지고 갔지요. 그런 책들을 갖게 된 것을 그들은 아주 기뻐했습니다. 그들의 나라처럼 의학이 별로 필요 없는 곳은 세계 어디에도 없습니다만, 그곳에서처럼 의학이 존경받는 곳도 없기 때문이지요. 그들은 의학적 지식을 학문 중 가장 훌륭하며 가장 유익한 분야의 하나로 생각하니까요. 그들은 학문의 도움을 받아 자연의 비밀을 찾아낼 때, 자신들이 즐거움을 느낄 뿐만 아니라, 자연을 지어낸 창조주까지도 즐겁게 한다고 여깁니다. 여느 기술자들과 마찬가지로 창조주는 사람들의 칭송을 받게끔 이런 아름다운 세계의 구조를 만들어내었다고 그들은 상정합니다. ─ 그런데 이처럼 위대한 것을 알아볼 수 있는 유일한 존재인 사람 말고 어느 누가 이를 칭송하겠습니까? 그렇기 때문에 창조주는 이처럼 위대하고 경탄할 만한 광경을, 아무런 감각도 없는 짐승과 같이, 미련하고 멍청한 마음으로 바라보는 사람보다 자신의 작품을 세심하게 관찰하고 진심으로 칭송하는 사람들을 더 선호하게 마련이라는 겁니다.

인쇄술의 발달
알두스 마누티우스는 이탈리아의 인쇄 출판업자로 수많은 그리스와 라틴 고전들을 출판, 이탈리아 르네상스의 인문정신이 유럽으로 확산되는 데 중요한 기여를 했다. 그림은 1494년경 베네치아에 있는 알두스 마누티우스의 인쇄소 전경.

알디네출판사
마누티우스가 창설한 알디네출판사의 상징. 닻과 돌고래는 베네치아의 경제적 기반을 의미한다.

이렇게 배움에 의해서 힘을 얻게 된 유토피아의 지성인들은 삶을 더욱 즐겁게 해주는 갖가지 기술을 발명해내는 데 놀라울 정도의 민첩성을 보여줍니다. 그러나 두 가지 발명, 즉 인쇄술과 제지술은 분명히 우리한테서 배운 것이지요. 이런 기술의 상당부분 또한 그들 자신이 만들어낸 것이지만, 적어도 그 일부는 우리에게서 배운 것입니다. 우리가 알두스판의 글자로 종이에 인쇄한 책을 그들에게 보여주면서, 종이는 무엇으로 만들고 글자는 어떻게 인쇄되는가를 이야기해주었지요. 우리들 가운데 아무도 두 가지 기술 중 어느 것에 대해서 실제로 경험해본 적이 없었기 때문에 자세한 점까지 설명하지는 못했지만요. 그런데도 그들은 아주 예리한 통찰력으로 금방 그 방법을 알아냈어요. 전에는 피지皮紙, 나무껍질 또는 파피루스에만 글씨를 썼는데, 지금은 종

상인
과학적 기구들과 희귀한 물품들은 항해 기술의 발달과 함께 국제교역이 활성화 되던 시대적 흐름을 보여준다. 홀바인, 〈게오르크 기세, 런던의 한 독일 상인〉, 1532년 작.

이를 만들어 활자로 인쇄를 하게 되었습니다. 처음에는 그들의 시도가 썩 잘되지 않았지만, 몇 번 실험해보더니 금방 두 가지 기술을 모두 마스터하게 되었어요. 그들은 그 기술에 아주 능숙해져서, 그리스 저자들의 원본만 있었다면 몇 권이든지 찍어내 가질 수 있었을 것입니다. 그러나 지금은 내가 이야기한 책들밖에는 가진 게 없어요. — 그래도 그런 책들은 수천 부를 찍어내서 갖고 있습니다.

그들의 나라를 찾아오는 관광객 중에 재주가 뛰어나고, 많은 여행을 통하여 여러 나라의 사정을 알고 있는 사람은 누구나 틀림없이 따뜻한 환영을 받습니다. 우리가 그렇게 친절한 대접을 받은 것도 그 때문이었어요. 그들은 온 세계에서 일어나고 있는 일들에 관해서 이야기 듣기를 좋아합니다. 그러나 장사하러 그곳에 들르는 상인들은 아주 드물어요. 쇠 말고 그들이 수입해올 것이 무엇이겠습니까? — 혹 금은이 있을지 모르지만, 그런 것은 누구나 외국으로 내보내기보다는 자기 나라로 가지고 가려고 하니까요. 수출무역에서는, 외국인이 자기 나라에 와서 물품을 가지고 나가는 것보다는 그들 자신이 직접 물품을 싣고 나가는 것을 선호합니다. 자기 화물을 운반함으로써 주변의 외국들에 관해서 더 많을 것을 배울 수 있으며, 그들 자신의 항해기술을 녹슬지 않게 유지할 수 있다는 거지요.

노예에 관해서

유토피아인들이 노예로 삼고 있는 전쟁포로들은 오직 자기들이 직접 싸운 전쟁에서 붙잡힌 자들뿐입니다. 노예의 자식들이라고 해서 노예로 삼지는 않고, 노예를 외국에서 사들이지도 않습니다. 그들은 자국 시민으로서 극악한 죄를 지었기 때문에 노예가 된 자들이거나, 외국인으로서 자기 나라에서 사형선고를 받은 자들인데, 후자가 그 대부분을 차지합니다. 유토피아인들은 때때로 노예를 싼 값으로 사기도 하지만, 더 흔히는, (사형선고를 받은 외국인들에게) 노예가 되겠는가 물어보고선 아무 값도 치르지 않고 거저 그들을 노예로 삼아 자기 나라로 데려오곤 하는데, 이런 노예의 수가 상당히 많습니다. 이런 종류의 노예들은 계속 일을 해야 할 뿐만 아니라 항상 사슬에 묶여 있습니다. 하지만 유토피아인들은 외국인 노예보다 자국민 노예들을 더 심하게 다루는데, 이들은 훌륭한 교육과 도덕 훈련을 받았는데도, 나쁜 짓을 자제하지 못했기 때문에 더 무거운 처벌을 받아 마땅하다고 생각하는 거지요. 세 번째 종류의 노예들은 힘든 천역에 종사하는 타국의 무일푼 가난뱅이로서 유토피아에서의 노예생활을 자원하는 자들입니다. 그들은 이런 사람들을 알뜰히 다루고 거의 시민이나 다름없이 친절하게 대접합니다. 다만 이들이 일에 익숙한 사람들이라는 점에서 조금 더 많은 노동을 부과하기는 하지만요. 여간해선 그런 일은 없지만, 혹 이런 자들 중에서 떠나려는 자가 있으면, 억지로 그를 붙들어 매놓지는 않으며 빈손으로 그냥 내보내지도 않습니다.

전에 말씀드린 바와 같이, 그들은 병자를 극진한 애정으로 돌보아주며 이들의 건강을 회복시키는 약이나 음식에 있어서는 어느 것 하나 소홀히 하는 법이 없어요. 불치의 병을 앓고 있는 사람들의 고통을 덜어주기 위해 할 수 있는 모든 일을 합니다. 그리고 문병객들이 그들 곁에 앉아 함께 이야기해주면서 병자를 위로하는 데 최선을 다합니다. 그러나 병이 고칠 수 없는 것일 뿐만 아니라 도저히 견디기 어려울 정도로 끊임없는 고통을 수반하는 것일 때는, 사제들과 공무원들이 찾아가 이제 그는 인생의 의무를 다할 수가 없고, 자기 자신과 남에게 짐이 되고 있으며, 사실 그가 살 만큼 살았다는 점을 넌지시 일깨워줍니다. 그들은 병자에게 그 몹쓸 병이 더 이상 그를 괴롭히지 못하게 하는 게 좋으며, 이제 삶이 고문일 뿐이니까 죽는 것을 주저 말고, 무언가 좀더

나은 것에 대한 희망에 의존하는 게 어떠냐, 그리고 사는 것이 그를 몹시 괴롭히는 감옥과 다를 바 없는 바에야, 스스로 그곳에서 빠져 나오든가 그렇지 않으면 다른 사람으로 하여금 그곳으로부터 자신을 구해내도록 하는 게 어떠냐고 말해줍니다. 이것이 현명한 행동일 것이라고 그들은 말합니다. 왜냐하면 그에게는 죽음이 쾌락을 끝장내는 것이 아니라 괴로움을 끝장내는 것이기 때문이지요. 게다가 그것은 하느님의 뜻을 전해주는 사제들의 충고를 따르는 것이 될 것이며, 그래서 그것은 믿음이 깊고 성스러운 행동이 되리라는 겁니다.

이런 말로 설득된 사람들은, 자기 의사에 따라 굶어 죽기도 하고, 또는 잠들게 함으로써 죽음에 대한 어떤 느낌도 없이 삶을 마치기도 합

니다. 그러나 그들은 이런 과정을 자신의 뜻에 반해 억지로 밟게 하는
일은 없어요. 또 병자가 이를 거부하더라도, 그 때문에 그를 더 소홀히
보살피는 일은 전혀 없습니다. 그들의 말에 승복하는 사람은 명예로운
죽음을 택한 사람이라고 생각합니다. 그러나 사제들과 원로들의 승인
을 받지 않고 자기 목숨을 빼앗는 자살자는 매장해주거나 화장해줄 수
없다고 생각하여, 사체를 묻어주지 않고 더럽혀진 상태 그대로 물 수
렁에 던져버립니다.

　여자는 열여덟 살이 되기 전에는 결혼하지 않으며, 남자도 스물두
살이 되기 전에는 결혼하지 않습니다. 남몰래 하는 혼전 성교는 발각
되어 확증되는 경우, 남녀 양쪽이 다 엄한 처벌을 받지요. 그리고 죄를
범한 쪽은 엄한 처벌을 받으며 통치자가 특별사면으로 선고를 취소하
지 않는 한, 평생 동안 결혼이 금지됩니다. 또한 그런 범죄가 저질러진
집안의 부모는 그들의 임무를 소홀히 했다고 해서 사회적으로 망신을
당합니다. 이런 죄를 그처럼 엄하게 처벌하는 까닭은, 사람들의 난잡
한 성교행위가 엄격히 규제되지 않는다면 애정이 담긴 결혼생활―오
직 한 사람의 배우자와 그에 따르는 모든 사소한 어려움을 함께 해나
가야 하는 결혼생활―을 하는 사람은 소수에 불과할 것이라고 생각하
기 때문입니다.

　그들은 배우자를 선택하는 데, 우리 눈에는 어리석고 우스꽝스럽기
짝이 없게 보이는 관습을 엄숙하고 진지하게 지키고 있습니다. 과부이
든 처녀이든 간에 여자는 분별 있고 존경할 만한 부인에 의하여 알몸으
로 구혼자에게 선보여집니다. 이와 마찬가지로 인품이 훌륭한 남자 한
분이 구혼자를 알몸으로 여자에게 선보입니다. 우리는 이런 관습을 비
웃고 또 어리석은 짓이라 했지요. 하지만 그들은 그들대로 모든 다른
나라 사람들의 어리석은 짓을 매우 이상하게 생각합니다. 망아지 한 마
리를 사려 할 때는 지출해야 할 돈의 액수가 적은데도 아주 신중하게

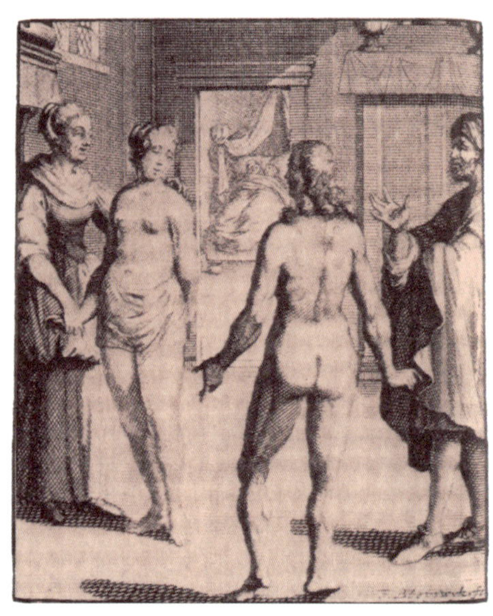

결혼심사
1730년 파리에서 출간된 《유토피아》에 실린 삽화. 배우자를 선택할 때 발가벗은 채 서로의 몸을 확인하는 유토피아의 관습을 보여준다.

굴면서 망아지가 거의 발가벗다시피 하고 있는데도 안장과 담요를 걷어내 혹시 그 밑에 어떤 상처가 감추어지지 않았는지 확인하기 전에는 거래를 마치려 하지 않지요. 그러면서도, 평생 동안의 즐거움이 될 수도 있고 싫증 거리가 될 수도 있는 배우자를 고르는 데는 아주 경솔하여, 여자의 몸의 딴 부분은 모두 옷으로 가린 채 겨우 한 뼘 정도의 부분, 즉 얼굴만 보고 그 여자의 매력을 평가하지요. 그리고 그렇게 결혼하니, 어느 한쪽 몸의 어떤 점이 상대방의 마음에 들지 않으면 심한 불화가 일어날 위험성이 매우 큽니다. 모든 사람들이 오직 상대방의 성품에만 주목할 정도로 그렇게 현명하지는 않거든요. 그리고 현명한 사람들이라 하더라도, 육체적 아름다움을 정신적 미덕에 부가된 천부의 자질로서 높이 평가하지요. 남자와 여자의 몸이 이제는 법적으로 갈라설 수 없게 되어 있을 때, 남자의 마음을 여자에게서 떠나게 하고도 남을 만한 중대한 신체적 결함이 언젠가는 틀림없이 옷 아래에서 노출되고 말 것입니다. 결혼 후에 어떤 사고로 불구가 되는 경우에는 서로가 자신의 운명으로 받아들여야 하지요. 그렇지만 사전에 아무도 이런 속임수에 걸려들지 않도록 법적으로 막아주어야 한다는 것입니다.

그들에게는 조심해야 할 또 다른 이유가 있습니다. 왜냐하면 그쪽 세계에서 일부일처제를 택하고 있는 사람들은 그들뿐이며, 사망에 의하지 않고 혼인관계가 끝나는 경우는 매우 드물기 때문입니다. — 다만 간통이나 도저히 용서할 수 없는 악행이 있을 때는 이혼이 허용되지요. 이런 이혼에서 피해 당사자인 남편이나 아내는 원로원의 인가를 받아 새 배우자를 택할 수 있습니다. 잘못을 저지른 쪽은 수치에서 벗어날 수 없으며 영구적으로 재혼이 금지됩니다. 그러나 단지 어떤 불행한 일로 아내의 몸에 무슨 결함이 생겼다는 것만을 이유로, 그녀의 뜻에 반해서 또 그녀 쪽에 아무런 잘못이 없는데도 남편이 아내를 내쫓는 것은 절대로 허용되지 않습니다. 그들은 어느 사람에게 가장 위안이 필요할 때에 그를 버리는 것은 잔인한 짓이라고 생각합니다. 게다가 그들은, 사람이 늙으면 병만 늘어나고 또 늙음 자체가 바로 병이기 때문에, 나이가 들어가면 좀더 성실하게 보살펴줄 필요가 있다고 생각합니다.

때로는, 부부간에 서로 성격이 맞지 않아, 양쪽이 다 이 사람과는 좀더 사이좋게 살아갈 것 같다고 기대되는 사람을 찾아내는 일도 있습니다. 그때는 원로원의 승인을 받은 뒤에 상호간의 합의에 의해서 이혼하고 새로 혼인을 맺을 수 있습니다. 그러나 이런 이혼은 원로원 의원들과 그 부인들이 사안을 심중하게 조사한 후에야 허락되지요. 이혼하는 것은 의도적으로 어렵게 규정되어 있습니다. 부부 각자가 새로 결혼하는 길을 쉽게 택할 수 있다는 생각을 품고 있으면, 부부간의 사랑이 단단해지기 어렵다는 것을 그들은 알고 있기 때문이지요.

혼인 서약을 어긴 자는 가장 엄한 형태의 노예형을 받습니다. 만일 쌍방이 모두 기혼자일 경우엔, 양쪽 다 이혼하되, 피해를 입은 상대방들은 마음 내키면 그들끼리, 또는 다른 사람과 결혼할 수 있습니다. 그러나 피해자 중의 한 사람이 그래도 여전히 그런 못된 배우자를 계속 사랑하여, 노예로 선고받은 자가 해야 할 노역을 함께 하겠다고 할 때는, 그대로 결혼생활을 계속할 수 있습니다. 그리고 죄 지은 자의 회개와 무고한 쪽의 헌신적 사랑이 통치자의 마음에 동정심을 일으킴으로써 두 사람에게 자유를 되돌려주는 일도 가끔 있습니다. 그러나 같은 죄를 다시 저지르면 사형으로 처벌합니다.

그 밖의 다른 범죄에 대해서는 고정된 처벌 규정이 없고 원로원이 죄의 경중에 따라 특정한 벌을 결정합니다. 저지른 죄가 너무 무거워

서 공적인 처벌이 필요한 경우가 아니면, 남편이 아내를 다스리고 부모가 자식들을 다스립니다. 대개 가장 무거운 죄에 대한 처벌은 노예로 만드는 것입니다. 왜냐하면 그렇게 노예로 만드는 것이 범죄자들을 당장 사형에 처하는 것과 마찬가지로 그들을 죄짓지 않게 하며, 또 노역형에 처하는 것이 나라에 더 유익하다고 생각하기 때문입니다. 게다가 노예들은 죽는 것보다는 일을 통해 사회에 더 크게 이바지하며, 또 사람들에게 이런 노예들의 모습을 계속 보여줌으로써, 범죄행위를 통해서 얻는 것은 아무것도 없고 손해만 본다는 점을 일깨워주기도 합니다. 노예들이 이런 처우에 대해서 반항하고 나서면, 그때는, 창살이나 쇠사슬로도 규제할 수 없기 때문에 사나운 짐승처럼 죽이고 맙니다.

그렇지만 그들도 참고 견디기만 하면, 전혀 희망이 없는 것은 아닙니다. 오랫동안의 고생으로 얌전해지고, 받는 벌보다 지은 죄를 더욱 뼈아프게 뉘우치고 있는 것을 행동으로 보여주는 경우에는, 어떨 때는 통치자의 대권에 의하여, 어떨 때는 인민의 투표에 의하여 노예형이 경감되거나 완전 면제되기도 합니다.

부녀자 유괴 미수범은 실제 부녀자 유괴범과 같은 처벌을 받습니다. 그들은 뚜렷한 의도를 가지고 기도된 범죄의 미수는 실제 저지른 범죄와 마찬가지로 나쁜 짓이며, 범죄를 성공시키기 위해 갖가지 일을 다 한 범죄자를 미수에 그쳤다고 해서 유리하게 감안해주어서는 안 된다고 생각합니다.

그들은 어릿광대를 매우 좋아하며, 그래서 그들을 모욕하는 것을 비열한 짓이라고 생각합니다. 그들이 바보짓 하는 것을 보고 즐기는 것은 금하지 않아요. 오히려 그러는 것이 광대에게 도움이 된다고 생각할 정도지요. 너무 근엄하고 엄격하여 광대의 바보짓과 농담 지껄이는 것을 보고 들으면서도 웃고 좋아하지 않는, 사람에게는 어릿광대의 보호를 맡기지 않습니다. 어릿광대가 자기에게 전혀 쓸모없을 뿐만 아니라—광대의 유일한 재간인—사람을 즐겁게 해주는 바보짓을 보고도 재미있어 하지 않는, 그런 사람은 광대를 친절하게 돌보아주지 않을 테니까요.

어떤 사람을 기형아 또는 불구자라고 해서 놀리는 것은, 놀림을 당하는 쪽이 아니라 놀리는 쪽이 오히려 진짜 추악하고 보기 흉하다고 생각합니다. 그런 자는, 자기 힘으로는 어쩔 수 없는 것을 가지고 불구자를 비난하는 미련하기 짝이 없는 사람이라는 거지요.

그들은 자신의 타고난 아름다움을 소홀히 하는 것을 나약하고 게으른 성품의 표시라고 생각합니다만, 화장하는 것을 천박한 겉치장이라고 생각합니다. 남편에게 아내를 잘 보이게 하는 데에는, 아름다운 외

소외된 자들
사회적 약자에 대한 사랑을 강조하는 그리스도교의 가르침에도 불구하고, 그리스도교가 사회를 지배했던 중세 유럽사회에서는 빈민, 장애자, 부랑자 등에 대한 냉대와 차별이 심했다. 그림은 브뢰헬의 〈거지들〉.

모보다는 똑바른 성품과 정중한 태도가 훨씬 더 크게 작용한다는 점을 그들은 경험을 통해서 알고 있습니다. 오직 미색에 매혹되어 사랑에 빠지는 남자들도 있습니다만, 덕과 순종에 의하지 않고서 지탱되는 사랑은 없습니다.

그들은 처벌을 통해서 사람들이 죄를 범하지 않도록 할 뿐만 아니라, 공적 포상을 통해서 사람들을 덕행으로 이끕니다. 그래서 그들은 시장터에 그들의 나라를 위하여 훌륭한 봉사를 한 뛰어난 사람들의 상을 세워, 그들의 선행에 대한 기억을 오래토록 간직함과 동시에 시민들로 하여금 조상들의 영광을 본뜨게 하려고 생각한 것입니다.

공직을 차지하려고 선거운동을 하는 사람은 모든 공직에서 배제됩니다. 그들은 서로 정답게 함께 살아가고 있으며, 공무원들은 거만하게 굴거나 쌀쌀하게 구는 일이 전혀 없습니다. 그들은 '아버지'라고 불리며, 실제로 아버지처럼 행동합니다. 공무원들은 사람들에게 그들의 의사에 반한 존경을 강요하는 일이 전혀 없으며, 사람들은 자발적으로 그들에게 마땅한 경의를 표시합니다. 통치자도 관복이나 통치자의 관이 아니라 그가 들고 있는 곡식 다발에 의해서 동료시민들과 구별되는데, 그것은 고위 사제의 표지標識로 그 앞에 양촛불을 가지고 가는 것과 비슷한 거지요.

그들에게는 법률이 아주 조금밖에는 없습니다. 그 정도만 있어도 충분할 만큼 그들은 잘 훈련되어 있기 때문이지요. 그들이 다른 나라들에서 보게 되는 큰 결점은, 그처럼 수많은 법률서와 주석서로도 아직 불충분하다는 사실입니다. 그들은 법률의 종류가 너무 많아서 다 읽을 수 없고, 너무 모호해서 아무도 이해할 수 없는 법률 체계로 사람들을 얽매는 것은 전혀 옳지 못하다고 생각합니다. 그들은 사건을 조작하고 궤변을 일삼는 것을 직업으로 삼고 있는 무리들인 변호사를 한 명도 두고 있지 않습니다. 각자가 자기의 주장을 진술하고, 자기 변호사에게 했을 말을 재판관에게 그대로 말하는 것이 제일 적합하다고 생각하는 겁니다. 이렇게 하면 덜 혼란스럽고, 진상이 더 쉽게 밝혀지지요. 사건 당사자가 변호사의 간사한 지시를 받지 않고 자기 생각을 진술하면, 재판관이 모든 점을 신중히 검토하여 교활한 자의 무고로부터 순진한 사람을 지켜주도록 애를 씁니다. 이해하기 어려운 복잡한 법률을 너무 많이 가지고 있는 다른 나라에서는 사건을 이처럼 단순 명료하게 처리하기가 어렵지요. 그러나 유토피아에서는 누구나 다 법률 전문가입니다. 그도 그럴 것이, 앞서 말씀드린 바와 같이 법률이 아주 적은 데다가 법률을 가장 간명하게 해석하는 것이 가장 공정하게 해석하는 것이라고 그들은 생각하기 때문입니다.

사물에 대한 그들의 관점에 의하면, 모든 법률은 사람들에게 각자의 의무를 일깨워주려는 한 가지 목적을 위해서 제정 공포됩니다. 이해하기 어려운 해석으로는 극소수의 사람밖에 일깨워주지 못합니다. 단순 명료한 법률의 뜻은 누구에게나 알기 쉽지만, 복잡하고 까다로운 해석은 이해할 수 있는 사람이 극소수에 불과하기 때문이지요. 분명치 않은 법률은 아무 쓸모가 없습니다. 단순한 사람들에게는 (사람들 대부분은 이런 단순한 사람들이며, 이들에게는 그들의 의무가 무엇인지 일러주어야만 하지요.) 음흉한 마음을 가진 사람들에 의한 끝없는 논의를 거친 뒤에야 해석이 가능한 그런 법률들보다는 차라리 법률이 전혀 없는 편이 더 낫다는 겁니다. 일반 대중들의 단순한 머리로는 그런 법률을 이해할 수 없으며, 설령 평생 동안 공부한다 해도 이해할 수 없을 겁니다. 공부하는 동안에도 생계를 위하여 일해야 하니까요.

독립해서 자유롭게 살고 있는 그들의 이웃나라 국민들 중에는 (바로 유토피아인들이 이전에 많은 이들을 전제정치에서 구해주었지요.) 유토피아인들의 여러 좋은 점들을 칭찬하여 배운 끝에, 자기 나라에서 근무할 관리들을 보내달라고 유토피아인들에게 요청하는 국민들이 있

음흉한 법률가들

수많은 법률서와 주석서가 있지만 서민들의 삶은 황폐하고 범죄는 줄어들지 않았다. 《유토피아》에는 이러한 사회에 대한 회의와 비판이 담겨 있다. 그림은 법률가들의 이중적인 태도를 풍자한 것으로, 돈꾸러미를 들고 있는 모습 뒤로 난해한 법률들이 흩어져 있다.

습니다. 이런 관리들 중에는 1년 임기로 근무하는 사람이 있는가 하면, 5년 임기로 근무하는 사람도 있습니다. 임기를 다 마치면, 그들을 명예와 찬사를 안고 고국으로 돌아가게 하며, 다시 새로운 관리를 그들 나라로 데려갑니다. 이런 나라 사람들은 나라를 보위하는 훌륭한 제도 위에 나라를 정착시킨 것 같습니다. 나라의 번영과 멸망이 공무원들의 자질에 달려 있을진대, 돈으로 매수할 수 없는 사람들 가운데서 그들을 선택하는 것보다 더 적절한 선택이 어디에 있겠어요? 그런 사람들은 자기 나라로 돌아가면 돈이란 아무 소용도 없는 사람들인 데다, 금방 돌아가야 할 사람들이니까요. 그리고 그들은 자기가 다스리는 도시에서 낯선 타국 사람인지라, 어떤 도당이나 당파심을 전혀 지닐 수가 없으니까요. 탐욕과 당파심이라는 이 두 악이 사람들의 마음속에 뿌리를 내리는 곳에서는 어디서나 사회의 가장 강력한 유대인 모든 정의가 곧 무너지고 맙니다. 유토피아인들은 자기들에게서 그들의 관리를 빌려 간 이런 나라들을 동맹국이라 부르고, 그들이 도움을 준 나라들을 단순히 우방이라 부릅니다.

다른 나라들은 서로 조약을 맺고, 파기하고, 갱신하기를 끊임없이 계속하고 있습니다만, 유토피아인들은 어느 나라와도 전혀 조약을 맺지 않습니다. 그들은 말하기를, 만일 자연이 인간을 같은 동료 인간과 적절하게 맺어주지 않는다면, 조약이 무슨 소용 있겠느냐는 겁니다. 자연 자체를 무시하는 사람이 말 같은 것을 중시하리라 생각할 수 있습니까? 그들이 이런 견해를 굳히게 된 것은, 그 지역 세계에서는 군주들 사이의 조약과 동맹이 일반적으로 성실히 준수되지 않고 있다는 사실에 기인합니다.

유럽에서는 물론, 특히 그리스도교 신앙과 종교가 지배적인 지역에서는, 조약의 위신은 어디서나 신성불가침한 것으로 존중되고 있지요. 그것은 한편으로는 군주들이 모두 올바르고 유덕하기 때문이며, 다른 한편으로는 모든 사람들이 교황에 대해서 외경심을 지니고 있기 때문입니다. 교황 자신이 자기가 성실히 수행하지 못할 일을 결코 약속하지 않는 것과 똑같이, 모든 다른 군주들에게도 모든 수단을 다해서 자신들의 약속을 지키라고 명령합니다. 만일 이를 거역하는 사람이 있으면, 종교적 견책과 엄중한 힐책으로 복종케 합니다. 교황들은 특히 '독신자篤信者'라고 불리는 사람들이 신의에 어긋난 행동을 하는 것은 부끄러운 짓이라고 생각하는데, 그렇게 생각하는 것은 지당한 일이지요.

그러나 적도 너머 우리와 멀리 떨어져 있는 데다, 관습과 생활방식이 우리와 크게 다른 그쪽 신세계에서는 아무도 조약을 신뢰하지 않습니다. 형식 절차가 거창하면 할수록, 서약 수가 많고 엄숙하면 할수록 조약은 더 빨리 파기될 것입니다. 어구 속에서 어떤 흠집을 찾기가 쉽지요. 그런 흠집을 자신들이 일부러 미리 끼워 넣는 일도 얼마든지 있습니다. 조약을 제아무리 단단하고 명백하게 맺더라도, 어떤 정부나 거기서 빠져나오면서 조약과 자신의 약속을 다 함께 깨뜨려버릴 수 있지요. 만일 개인간의 계약에서 (비록 사기와 기만이라고까지는 할 수 없겠지만) 이런 술책을 부리는 경우에는, 정치가들이 계약 쌍방에 대해서 신성모독이며 교수형에 처해야 마땅하다고 비난의 소리를 외쳐댈 것입니다. 그런데 다름 아닌 바로 그 정치가들이 군주에게 이런 조언을 할 때는 자기 자신을 영리한 사람이라고 생각하는 겁니다. 그래서 사람들은 정의란 기껏해야 국왕의 위엄보다는 훨씬 저급의 미천하고 비속한 덕이라고 생각하기 마련입니다. 혹 그렇지 않으면, 정의에는 두 가지 종류가 있다고 단정합니다. 즉,

율리우스 2세
모어는 신의를 지키지 않는 당시 유럽사회의 타락한 정치 도의를 꼬집고 있는데, 구체적으로 율리우스 2세를 풍자하고 있는 듯하다. 그는 교황 재위 시 (1503~13) 프랑스와 연합하여 베네치아를 항복시켰다가 나중에는 베네치아의 편을 들었다.

하나는 평민에 적용되는 저급한 정의로서, 땅 위를 기어 다니며 어디에서나 막혀 있고 사슬에 묶여 있는 그런 정의이고, 다른 하나는 군주에 적용되는 정의로서 훨씬 위엄 있으며 따라서 평민의 정의보다 더 자유스러운 것이기 때문에 하고 싶은 것은 무슨 일이든지 할 수 있고, 하기 싫은 것은 하지 않아도 되는 그런 정의이지요.

이렇게 조약을 잘 지키지 않는 그곳 군주들의 버릇을 알고 있기 때문에 유토피아인들이 조약을 맺으려 하지 않는 것 같습니다. 만일 그들이 이곳에 산다면, 아마 생각이 달라질 겁니다. 그러나 그들은 설령 조약이 성실하게 지켜진다고 하더라도, 조약을 맺는 것 자체를 잘못이라고 생각합니다. 조약을 맺는 것은, 언덕이나 시내와 같은 아주 사소

한 자연적 장벽에 의해서 서로 분리된 사람들 사이에 아무런 자연적 유대도 없다고 생각하는 것을 의미합니다. 그것은 그들이 태어나면서부터 서로 경쟁자이자 적이기 때문에 조약으로 제약을 받지 않을 때에는 서로 상대방을 죽이는 것이 인정된다는 것을 뜻합니다. 게다가 그들은, 조약이 우의를 실제로 증진시키지는 않는다는 것을 알고 있습니다. 왜냐하면 조약 조문을 작성할 때 서로 간에 상대방을 해치는 행위를 방지하는 규정을 제대로 갖추어놓지 않는 한, 쌍방은 여전히 상대방을 공격할 권리를 지니고 있기 때문입니다. 한편 유토피아인들은 자기에게 아무런 해를 가하지 않은 사람을 적으로 간주해서는 안 되며, 자연적 우의는 조약 못지않게 좋은 것이며, 사람은 조약보다는 선의에 의해서, 또 언어보다는 마음으로부터 우러나오는 애정에 의해서 더욱 굳건히 결합된다고 생각합니다.

서로 다른 유토피아를 꿈꾸다

1 철학자의 지배를 꿈꾼 플라톤
─《국가 politeia》

'유토피아'라는 말을 처음 사용한 것은 토머스 모어이지만, 이상사회에 대한 탐구는 그보다 훨씬 오래 전에 시작되었다.

모어에게 크고 깊은 영감을 준 그리스 철학자 플라톤은《국가》에서 자신이 생각하는 이상국가의 조건을 밝혔다. 플라톤이 말한 이상적인 국가는 정의의 실현을 목적으로 하는 일종의 도덕 공동체였다. 그는 국가의 구성원을 세 계층, 즉 머리의 지혜에 대응하는 통치계급·가슴의 용기에 상응하는 군인계급·손발의 절제에 상응하는 민중계급으로 나누고, 특히 철학자가 국가를 지배해야만 국가의 질서와 인간의 이상이 일치될 수 있다고 주장했다. 그의 영향을 받은 모어는, "플라톤은 옳았다. 왕들 스스로가 철학자가 아니라면 그들은 결코 철

플라톤이 꿈꾼 이상사회를 표현한 그림

학자들의 가르침을 따르지 않을 것"이라며, 철인정치 이념에 동의했다. 다만, 플라톤의 이상국가가 정의란 무엇인가에 대한 탐색에 그쳤다면, 모어가 그린 유토피아는 합리적 이성에 기반을 둔 구체적인 제도의 실행을 강조한다는 점에서 현실에 한 발 다가섰다고 할 수 있다.

사실, 유토피아가 처음부터 지금과 같은 모습은 아니었다. 소설에 등장하는 모어의 친구 피터 힐러스 (안트베르펜 시의 서기이며, 루뱅의 티에리 마르텐스 출판사의 교정원이었다. 유토피아는 1516년 이 출판사에서 출간되었다)는, 1515년 가을 처음으로 원고를 접하고 열광했다. 모어의 절친한 친구 에라스무스 역시 찬사를 보냈지만, 모어는 만족하지 않았다. 10개월간의 개고改稿 과정을 거쳐 완성된 유토피아는, 초고보다 현실에 대한 비판과 대안이 강화된 모습이었다.

2 '태양'이 지배하는 나라
—《태양의 나라 *civitas solis*》

《유토피아》의 바로 이런 점에서 영감을 받은 평등주의적이고 공동체주의적인 시도들이 17세기부터 대거 나타나기 시작했다. 캄파넬라(《태양의 나라》1623), 알레의 베라스(《세바랑브 사람들의 역사》1677), 페늘롱(《텔레마크의 모험》1699), 제임스 해링턴(《오세아나 공화국》1656), 제임스 버그(《세자르의 도시》1764) 같은 사람들의 저작이 그것이다. 특히 이탈리아의 시인이자 저술가인 토마소 캄파넬라Tommaso Campanella가 그린 '태양의 나라'는 이성으로 계몽된 인간에 의해 통치되며, 사람들은 각자 적성에 맞는 일을 함으로써 공동체의 선에 기여한다는 점에서 《국가》나 《유토피아》와 공통점을 지닌다.

'태양'이라 불리는 군주가 다스리는 이 나라에서는, 모든 주민이 4시간 동안 일하며 생산물은 필요에 따라 분배된다. 이곳에서는 일부일처제가 사유재산을 형성하는 원인이라고 보기 때문에 가족제도가 없으며, 국가가 아이들의 출산을 관장하고 교육을 담당한다. 캄파넬라가 그린 《태양의 나라》는 사유재산, 부당한 부, 빈곤이 존재하지 않으며, 어느 누구도 자신에게 필요한 것 이상을 소유할 수 없다는 점에서 모어의 '유토피아'와 일맥상통한다.

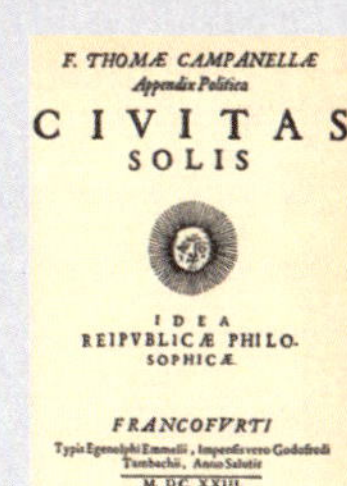

캄파넬라의 《태양의 나라》

3 과학에 입각한 이상사회
—《새로운 아틀란티스 *New Atlantis*》

모어의 유토피아가 이성과 덕성, 법과 질서를 통해 도달할 수 있는 곳이라면, 프랜시스 베이컨Francis Bacon의 유토피아는 과학에 입각해 새로운 질서를 창조함으로써 이룰 수 있는 곳이다. 인간의 이성과 덕성을 회복시키기 위해 제도 개선을 상상한 모어와 달리, 베이컨은 과학이 진보하여 인간이 자연을 지배할 수 있을 때 사회 환경이 개선된다고 생각했다. 베이컨이 1624년 발표한 《새로운 아틀란티스》는 이처럼 모어와는 다른 출발점에 서 있다.

《새로운 아틀란티스》에서는 주권자가 설치한 교육기관에서 자연과학과 기술을 연구하고 생산력의 증대를 꾀한다.

'솔로몬 전당'이라 불리는 이곳은 인간의 복리를 위해 학문을 연구하는 학자들이 운영하는 곳이다. 베이컨은 이 전당의 목표를 "자연현상을 탐구하고, 사물의 비밀스러운 운동과 자연의 내적 힘을 연구하며, 인간의 역량을 무한히 넓혀 모든 것을 가능하게 만들려는 것"이라고 말했다. 이는 그가 꿈꾼 이상사회가 학문이 일구어내는 세계라는 점을 보여준다.

비록 강조점은 저마다 다를지라도 '가장 좋은 나라'에 대한 꿈은 공통되며, 모어의 유토피아는 그러한 꿈을 표출하는 데 하나의 기폭제가 되었다. 여기서 소개한 캄파넬라와 베이컨 외에도 이후 숱한 작가와 작품들이 이상사회를 그렸으며, 이것은 '유토피아 문학'으로 일컬어지는 하나의 전통이 되었다.

프랜시스 베이컨

군사에 관해서

전쟁은 짐승에게나 알맞은 일이라 해서 그들은 아주 싫어하지요. 그러나 전쟁은 짐승들보다 사람들이 훨씬 더 많이 합니다. 세계의 거의 모든 나라 사람들과 달리 그들은 전쟁에서 얻은 명예처럼 불명예스런 것은 없다고 생각합니다. 하지만 그들은 일단 유사시에 제대로 싸울 힘을 기르기 위해, 일정한 날에 남녀가 다 같이 열심히 전투훈련을 받습니다. 그러나 자기 나라를 지킨다든가, 우방 국가를 침범한 군대를 몰아낸다든가, 혹은 전제정치와 강제노역으로 억압당하고 있는 사람들을 인간적인 동정과 연민의 마음에서 구원해준다든가, 그런 정당한 이유가 있을 때만 전쟁에 참여합니다. 지금 당장 위험에 처해있는 우방을 구원하기 위해서만이 아니라, 때로는 이전에 우방이 입은 손상에 대한 보상을 받고 보복을 하기 위해서 전쟁을 하는 경우도 있지요.

그렇지만 실제 전투 행위에 들어가는 것은, 사전에 협의를 받아 이유가 합당하다고 인정되고, 보상을 요구했는데도 들어주지 않고, 그리고 저쪽이 먼저 전쟁을 시작하는 경우에 한합니다. 그들이 이처럼 전쟁이라는 최후 수단을 택하는 것은 우방이 침략당하고 있을 때만이 아닙

보즈워스 전투
유토피아에서는 전쟁이 최후의 수단으로 묘사되고 있는 반면, 당시 유럽에서는 권력을 잡고 이득을 확보하기 위한 전쟁이 계속되었다. 그림은 1485년 8월에 일어난 보즈워스 전투로, 요크가의 왕 리처드 3세와 랭커스터가의 왕위 경쟁자 헨리 튜더가 보즈워스 벌판에서 벌인 전투다. 이 싸움에서 승리한 헨리가 왕위에 올라 튜더시대가 시작되었다.

니다. 우방의 상인들이 세계 어느 곳에서, 원래 불공정한 법률을 내세우거나 또는 법률 자체는 공정하더라도 이를 왜곡함으로써 정의의 가면을 쓴 자들에게 더욱 혹독하게 강탈당하고 있을 때에도 전쟁에 나섭니다.

이것이 바로 우리가 태어나기 조금 전에 유토피아인들이 네펠로게트인들Nephelogetae[그리스어 nephelogetai(구름에서 난)에서 만든 말]을 위하여 알라오폴리트인들Alaopolitae[그리스어 alaos(눈 먼) polis(도시)에서 만든 말]과 싸운 전쟁의 이유였습니다. (유토피아인들이 보기에) 알라오폴리트인들과 가까이 살고 있는 네펠로게트 상인들이 정의라는 구실 아래 피해를 입고 있었던 거지요. 다툼의 옳고 그르고는 어떻든, 그것은 치열한 전쟁으로 발전하여 두 전쟁 당사국의 군대들 말고도 이웃 나라들까지 인력과 자원을 지원했습니다. 번성한 나라들 중에 쑥대밭이 된 곳이 있는가 하면, 나라의 기반이 크게 무너진 곳도 있었습니다. 재난이 꼬리를 물고 이어진 끝에 마침내 알라오폴리트인들이 항복하자, 유토피아인들은 (그들이 전쟁에 참여한 것은 자기들 자신을 위해서가 아니었으므로) 이들을 네펠로게트인들에게 넘겨주어 노예로 삼게 했습니다. — 승리자인 네펠로게트인들은 전쟁 전엔 알라오폴리트인들과는 비교조차 할 수 없을 정도로 미약한 존재들이었는데도 말입니다.

유토피아인들은 우방에 대한 침해를 이렇게 엄하게 처벌합니다. 심지어 단순한 금전 문제에 관해서까지 그렇습니다. 하지만 그들 자신의 권리를 주장하는 데는 그렇지 않습니다. 사기 수법에 걸려 물품을 잃게 되어도, 신체적 위해만 당하지 않으면 손해보상을 받을 때까지 그 나라와의 교역을 중지하는 것으로 분풀이를 끝냅니다. 그것은 그들이 우방국 사람들보다 자기 나라 시민들을 덜 존중하기 때문이 아니라, 자기 개인 재산에 속한 물건을 잃는 경우 우방국 상인들은 그런 손해를 훨씬 더 가슴 아파하기 때문입니다. 이와 달리 유토피아 상인들에게는 그런 경우에도 단지 나라에 속한 물건을 잃어버린 것에 불과하거든요. 게다가 국내에 이미 아주 많아서, 밖으로 내보내지 않으면 과잉 상태에 빠질 지경이지요. 그렇기 때문에 어느 누구에게도 손해 봤다는 생각이 없어요. 손해가 아주 적어서 자기 나라 사람들의 생명과 생계에 아무런 영향을 미치지 않기 때문에 그런 손해를 되갚기 위해 많은 사람을 죽이는 것은 잔인한 짓이라고 생각하는 겁니다. 한편 혹시 자기 나라 사람이 다른 나라에서 불구자가 되거나 살해당하는 일이 일어나면, 그것이 정부의 의도에 의해서 일어났거나 한 개인에 의해서 일어났거나 간에, 먼저 외교사절을 파견하여 상황을 조사하고 나서 범인의 인도를 요구합니다. 그리고 그 요구가 거절되는 경우에는, 지체 없이 즉각 전쟁을 선포합니다. 가해 행위에 적극 참여한 자들은 사형이나 노예형으로 처벌됩니다.

유토피아인들은 자국 군대가 유혈을 통해서 승리를 얻는 것을 유감스럽게 생각할 뿐만 아니라 수치스럽게 생각합니다. 아무리 좋은 것이라도 이를 얻기 위해 너무 비싼 값을 치르는 것을 어리석은 짓이라고 생각하는 것이지요. 그들은 재치와 그럴싸한 꾀로 적을 굴복시킬 때 크게 기뻐하고 국가적 승리를 축하하며, 이 빛나는 공적을 기리기 위한 기념비를 세웁니다. 그들은 사람이라는 동물만이 이룰 수 있는 이런 승리 — 즉 지혜라는 힘에 의한 승리를 얻었을 때 참으로 인간답고 씩씩하게 행동했다고 자랑합니다. 곰, 사자, 멧돼지, 늑대, 개 그리고 그 밖의 다른 사나운 짐승들은 몸으로 싸운다는 겁니다. 그리고 힘이나 사나움에서는 이들 대부분이 우리 인간을 능가하고 있지만, 지혜와 이성에선 우리 인간이 그들 모두보다 더 뛰어나지요.

그들이 전쟁에서 추구하는 유일한 목적은, 적이 그것을 미리 내주었더라면 선전포고를 하지 않아도 되었을, 그런 것을 확보하는 데 있습니다. 또는 만일 그것이 불가능하면, 자기들을 건드려 화나게 한 자들

이 다시는 그런 짓 하기를 두려워할 만큼 혹독한 보복을 가하려는 데 있습니다. 이런 것들이 그들의 주요 목적인데, 그들은 이를 신속하게 달성하려고 노력하면서도 명성과 영광을 얻기보다는 위험을 피하는 방식으로 추진하지요.

그렇기 때문에 선전포고를 하자마자, 즉시 비밀 요원을 시켜 그들의 관인이 찍힌 포고문을 많이 작성하여 그것을 적국 내의 사람들의 눈에 잘 띄는 곳에 일제히 붙이게 합니다. 이 포고문 안에서 그들은 적국의 군주를 제거한 사람에게 큰 보상을 준다고 약속합니다. 또 그들이 거명한 사람들의 명단에 들어 있는 자를 죽인 사람에 대해서도 앞의 경우보다는 적지만 그래도 상당한 액수의 보상금을 내겁니다. 유토피아인들은 이자들을 그곳 군주 다음으로 자기 나라에 대한 침략계획을 꾸민 책임자들이라고 지목한 것이지요. 명단에 이름이 올라 있는 자를 생포해서 데려온 사람에 대한 보상금은 암살에 대한 보상금의 두 배가 됩니다. 사실은 명단에 이름이 올라 있는 자들까지도 동지들을 거역하여 돌아선 사람에 대해서는 같은 액수의 보상금을 주고, 거기 더해서 신변의 안전도 보장해줍니다. 그 결과 유토피아의 적들은 금방 모든 외부인을 의심하게 되고, 자기네들끼리도 서로 불신하게 되어 공포와 위험 속에 살게 됩니다. 그들의 군주까지 포함해서 많은 사람들이 철석같이 믿고 있던 사람한테서 배반당하는 일이 종종 있었다는 것을 그들은 잘 알고 있습니다. — 범죄행위를 사주하는 데 뇌물처럼 효과가 있는 것은 없거든요. 그래서 유토피아인들은 보상금을 내거는 데는 지나칠 정도로 후하지요. 그들의 비밀요원들이 무릅써야 할 위험이 얼마나 큰지 잘 알고 있기 때문에, 그들은 그 위험과 맞먹을 수 있을 정도의 보수를 보장합니다. 그래서 그들은 막대한 액수의 금과 함께 우방의 영토 내 아주 안전한 지역에 있는 값비싼 토지까지 지급하기로 약속할 뿐만 아니라, 실제로 그걸 실천합니다.

다른 나라 사람들은 적의 목숨에 현상금을 걸고 돈으로 그걸 사는 이런 관습을 비열한 심성에서 나온 잔인한 악행이라고 비난하지요. 그러나 유토피아인들은 이를 칭찬 받을 일이라고 생각합니다. 실전을 통해 싸우지 않고도 전쟁에서 큰 승리를 얻을 수 있으니까 현명한 일이며, 또한 소수 유죄인의 희생으로 많은 무고한 사람들의 생명을 구할 수 있으니까 자비롭고 인도적인 일이라는 겁니다. 전투가 벌어지면, 자기편과 적에서 다 같이 많은 사람들이 죽게 될 테니까요. 그들은 자기 나라 시민들 못지않게 적군 병사들을 불쌍히 여깁니다. 일반 평민들이 전쟁에 나서는 것은 군주들의 광기에 의해서 본의 아니게 전쟁 속으로 끌려 들어온 것이라는 걸 알고 있기 때문입니다.

암살의 방법이 효력을 나타내지 않으면, 군주의 형제나 다른 귀족 가문의 사람을 부추겨 왕관을 빼앗을 음모를 꾸미게 함으로써 분란을 일으키게 합니다. 만일 이런 내부 분란이 가라앉게 되면, 이웃 나라 사람들로 하여금 영토에 대한 케케묵은 통치권을 들추어내어 그 적에게

반항하도록 만듭니다. 그런 통치권 주장은 왕들에게 언제나 있기 마련
이지요.

　이런 전쟁에서 물자 원조를 약속하는 경우, 돈은 얼마든지 보내주지
만 자기 나라 시민을 보내는 데는 지극히 인색합니다. 그들은 자기 나
라 시민을 매우 중요시합니다. 그리고 서로가 서로를 너무 아끼기 때
문에, 그들 중 한 사람을 적국의 군주와 맞바꾸는 것조차도 하려 들지
않습니다. 그러나 금은은 오직 이럴 때 쓰려고 간직하고 있는 것이니
까, 아낌없이 사용하지요. 설령 몽땅 다 써버린다 하더라도, 역시 전과
마찬가지로 잘 살아가게 될 테니 말이에요. 게다가 그들은 국내에 지
니고 있는 재산 이외에, 국외에도 막대한 금은을 가지고 있어요. 전에
말씀드린 바와 같이, 많은 나라들이 그들에게 빚을 지고 있기 때문이
지요. 그래서 그들은 여러 나라에서, 특히 자폴레트인들Zapoleti[그리스어 za-
poletai(곧잘 파는)에서 만든 말]에게서 용병들을 고용합니다.

죽음의 장

되도록 피를 흘리지 않고, 재치와 꾀로
적을 굴복시키는 승리를 높이 평가하는
유토피아와 달리, 당시 유럽의 국가들은
수많은 사람들이 목숨을 앗아가는 전쟁
도 서슴지 않았다. 그림은 잉글랜드(그림
오른쪽)와 프랑스 간 벌어진 크레시 전투
로, 전략적인 계획과 긴 활을 이용한 잉
글랜드 군대가 승리를 거두었는데 프랑
스군의 전사자는 1,500명에 이르렀다.

이 자폴레트인들은 유토피아의 동쪽 500마일의 지점에 살고 있는데, 거칠고, 야만스럽고, 사나운 사람들이지요. 그들은 자신들이 자란 삼림과 산악들처럼 거세고 험준한 지형의 나라를 좋아합니다. 그들은 강인한 종족으로 더위, 추위, 고된 일을 잘 견디어낼 수 있으며, 사치를 모르고, 사는 집이나 입는 옷에 전혀 관심이 없습니다. 그들은 농사를 짓지 않는 대신 가축을 기릅니다. 그들 대부분은 사냥과 도둑질로 목숨을 지탱하고 있지요. 그들은 싸움을 위해서 태어났으며, 싸울 수 있는 모든 기회를 찾아 나섭니다. 그래서 그런 기회를 찾게 되면 이를 포착하여 결코 놓치지 않습니다. 그들은 큰 떼를 지어 자기 나라를 떠나서는, 전사를 필요로 하는 사람이면 누구에게나 싼값으로 일하겠다고 나서지요. 그들이 생계를 유지하여 나갈 유일한 기술은 죽음을 추구하는 기술입니다.

그들은 품삯을 주는 사람을 위하여 충성을 다하여 아주 용감하게 싸웁니다. 그러나 그들은 일정한 기간을 정해놓고 그동안은 반드시 복무해야 하는 식으로 고용되려고 하지 않습니다. 그들은 내일 더 많은 돈을 주겠다는 사람이 있으면 설령 그가 적이라 하더라도 그 사람 편을 들것이며, 또 모레 그들을 다시 데려오기 위해 조금이라도 더 많은 돈을 준다면 다시 처음 고용자에게 돌아올 것이라는, 그런 조건으로 고용주를 선택합니다. 전쟁이 일어나면, 으레 그들 중 상당히 많은 수가 양쪽으로 나뉘어 싸우게 마련이며, 그러지 않는 경우는 매우 드물지요. 그렇기 때문에, 같은 핏줄로 이어진 사람들이 어느 한쪽에 고용되어 서로 친근하게 복무해오다가도, 잠시 후에는 서로 반대쪽으로 갈라져서 싸움터에서 만나게 되

는 일이 날이면 날마다 일어납니다. 친척이나 동료라는 것은 다 잊어버리고, 서로 사납게 찌르고 찔리면서 상대방을 죽이려고 기를 쓰지요. 몇 푼 안 되는 시시한 돈에 서로 반대편 군주에게 고용되어 있다는 그 한 가지 이유만으로 말입니다. 그들은 돈이라면 사족을 못 쓰기 때문에, 하루 품삯을 한 푼만 더 올려주더라도 쉽게 그쪽으로 돌아서고 싶은 마음이 생기게 할 수 있지요. 그들은 금방 탐욕의 습성에 젖어들었는데, 그것으로 얻은 것은 아무것도 없었습니다. 피를 흘려가면서 벌어들인 것을 한심스럽기 짝이 없는 방탕으로 즉석에서 날려버리거든요.

이자들은 유토피아인들을 위해서라면 어느 누구와도 싸웁니다. 유토피아인들보다 더 많은 품삯을 주는 곳은 다른 어디에도 없기 때문이지요. 그리고 유토피아인들은 좋은 일을 시키기 위해서는 될 수 있는 대로 좋은 사람들을 찾아 쓰는 것과 마찬가지로, 좋지 않은 일에는 가능한 한 못된 사람들을 고용합니다. 필요한 일이 생기면, 큰 보수를 약속함으로써 자폴레트인들을 아주 큰 위험이 있는 곳으로 들여보냅니다. 그들 대부분은 돌아오질 않아 자기들 몫의 보수를 찾아가지 않지요. 그러나 살아 돌아온 자들에게는 약속한 보수를 충실히 지급합니다. 그들이 다음에도 그런 일을 하겠다고 나서도록 하기 위해서지요. 얼마나 많은 자폴레트인들이 죽든 유토피아인들은 전혀 개의치 않습니다. 지구상에서 그런 못되고 역겨운 종족의 찌꺼기들을 모두 쓸어버릴 수 있다면, 그것은 인류를 위하여 아주 유익한 일일 거라고 생각하기 때문입니다.

그들은 자폴레트인들 다음으로, 자기들이 싸움을 도와준 그런 나라의 병사들을 보조군으로 고용하고, 그 다음에 우방의 부대들을 이용합니다. 맨 나중에 자기 나라 시민들을 참가시키는데, 그 중에서 용감하기로 이름이 난 사람에게 전군의 지휘권을 맡깁니다. 그들은 또 그 사령관의 대리자 두 사람을 임명해두는데, 이들은 그 사령관이 건재하는 동안은 아무 직위도 맡지 않고 있지요. 그러나 사령관이 붙잡히거나 전사하게 되면, 두 대리자 중 한 사람이 그 직위를 이어받으며, 그리고 다시 그에게 어떤 불상사가 생기면, 세 번째 사람이 뒤를 이어받습니다. 전쟁 때는 많은 불의의 사고들이 일어나게 마련이지만, 이렇게 함으로써 그들은 장군을 잃게 되는 경우에도 전군이 혼란에 빠지는 일이 없도록 안전조치를 취하는 거지요.

병사들은 도시마다 자원자들 중에서 뽑습니다. 아무도 본인의 의사에 반해서 해외전쟁에 나가도록 강요되는 일은 없지요. 천성적으로 겁이 많은 사람은 아무래도 행동이 나약하기 마련이며, 심지어 동료들 사이에 공포심을 퍼뜨릴 수도 있으니까요. 그러나 자기 나라가 침범당할 때는 이런 겁쟁이들까지도 (몸만 괜찮다면) 징집하여 용감한 사람들과 함께 배에 태우거나 여기저기 요새에 배치하는데, 이런 요새에는 도망칠 곳이 없어요. 이래서 바로 눈앞에 있는 적, 자기 나라 사람들을 실망시키는 데 대한 수치심, 그리고 도망칠 수가 없다는 것, 이런 점들이 함께 작용하여 그들로 하여금 공포심을 이겨내게 하는 경우도 종종 있습니다. 막다른 골목에 갇히게 되면 용감해지기 마련이거든요.

아무도 자기 의사에 반하여 외국의 전쟁에 참가하도록 강요당하지 않는 것과 마찬가지로, 여자들이 자기 남편과 함께 군복무를 하겠다고 나서면, 이 또한 말리지 않습니다. — 말리지 않을 뿐만 아니라 오히려 이를 권장하고 칭찬합니다. 여자들은 제각기 자기 남편과 함께 집을 떠나서 싸움의 일선에서 남편과 나란히 붙어 있어요. 게다가 자식들과 친척들, 또는 인척들까지 남자 주변에 있게 하는데, 이것은 서로 도와주고 싶은 마음이 저절로 생기는 사람들이 아주 가까이에서 서로 도울 수 있게 하자는 겁니다. 아내 없이 남편만, 남편 없이 아내만, 그리고 부모를 잃은 채 자식만 돌아오는 것은 크게 비난받을 일입니다. 그렇

기 때문에 적이 집요하게 저항하면 치열한 육박전이 오래 계속되기 일
쑤며 쌍방 모두가 죽고 나서야 싸움이 끝나게 됩니다.

그들은 자기들 대신 싸워줄 용병을 이용할 수 있는 한, 자기들이 직
접 싸우지 않아도 되도록 모든 주의를 기울입니다. 하지만 자기들이
몸소 싸우지 않으면 안 될 때엔, 전에 가능한 한 전쟁을 피해보려고 신
중한 노력을 기울였던 것 못지않게, 싸움터에서 아주 과감해집니다.
최초의 공격에서는 그렇게 맹렬하지 않습니다. 그러나 싸움이 계속됨
에 따라 그들의 결의가 점점 더 굳건해져 완강한 저항으로 버텨나갑니
다. 사기충천한 그들은 물러서느니 차라리 죽음을 택합니다. 그도 그
럴 것이, 고국에서는 모든 사람의 생활이 보장된다는 것을 그들은 확
실히 알고 있을 뿐만 아니라, 가족의 장래에 대해서도 전혀 걱정할 필
요가 없거든요. (용감무쌍한 기질도 이런 걱정 때문에 꺾이는 일이 종
종 있으니 말입니다.) 그래서 드높은 그들의 사기는 꺾일 줄을 모릅니
다. 게다가 익숙한 전쟁기술이 그들에게 자신감을 줍니다. 그리고 또

그들은 어린 시절부터 건전한 행동규범에 따르도록 훈육되어왔는데, (그들의 교육과 훌륭한 사회제도가 이를 더욱 강화시켜주고 있어요.) 이런 훈육이 그들의 용기를 북돋워줍니다. 그들은 자기 생명을 너무 경시하여 함부로 내던지지는 않지만, 그걸 너무 중시하여 꼭 버려야만 할 때 수치를 무릅쓰고 악착같이 붙잡지도 않습니다.

전투가 절정에 도달하면, 특별한 맹세를 한 용감한 청년들의 일대가 적장을 찾아내 제거하는 일을 맡고 나섭니다. 그들은 그를 정면 공격하는가 하면, 비밀 덫을 놓기도 하고, 가까이서 혹은 멀리서 공격합니다. 앞사람이 지쳐 물러나면 새로운 사람이 끊임없이 그 자리로 끼어들어와 공격을 계속합니다. 적장이 도망가지 않는 한, 그를 죽이거나 생포하지 못하는 일은 여간해선 없습니다.

그들은 전쟁에서 이기더라도 학살로 전쟁을 끝맺지는 않습니다. 적의 목을 자르는 것보다는 포로로 잡는 것을 훨씬 더 바라기 때문이지요. 그들은 도주하는 적을 추격할 때에는 반드시 아군의 일부를 전열을 갖추어 후방에 배치해둡니다. 이런 경우 그들은 아주 조심스럽게 행동합니다. (이 후위군 이외의 그들의 군대가 다 패배한 뒤) 이 마지막 예비군의 힘으로 승리를 얻는다 하더라도, 그들은 적군이 도망쳐 나가도록 그냥 놓아둡니다. 아군의 전열이 흐트러진 상태에서 도주하는 적군을 추격하지는 않는 겁니다. 그들은 전에 두서너 번 그들에게 일어난 적이 있는 일을 기억하고 있습니다. 즉, 적군이 아주 잘 싸워 유토피아군의 주력부대를 섬멸하고서는 승리에 들떠 달아나는 병사들을 쫓느라 흩어졌을 때, 뒤에 남아서 기회를 노리고 있던 소수 유토피아 예비군이 분산되어 흐트러진 채 안전하다고 안심하고 가드를 내리고 있는 적군을 갑자기 공격했습니다. 그것으로 그들은 그날의 전세를 뒤바꾸어 적군의 수중에 있는 승리를 단번에 낚아챘습니다. 그래서 조금 전까지만 하더라도 자기들이 정복당한 자들이었는데, 이제는 그들이 그 정복자들을 정복한 것입니다.

　그들이 복병을 설치하는 일을 더 교묘하게 하는지, 복병을 피하는 일을 더 재치 있게 하는지 분간하기가 쉽지 않습니다. 그들은 도주할 생각을 전혀 하고 있지 않을 때 마치 도주하려는 것처럼 보이고, 실제로 후퇴하려고 할 때는 그걸 전혀 눈치 챌 수 없습니다. 적군의 수가 더 많거나 지세가 불리할 것 같으면, 밤을 틈타서 조용히 위치를 바꾸거나, 어떤 위장수법으로 자리를 떠납니다. 혹 낮에 철수하는 경우에는 질서정연하게 천천히 물러나기 때문에, 이럴 때 그들을 공격하는 것은 그들이 진격해올 때 공격하는 것 못지않게 위험천만한 짓입니다.

기나긴 전투
영국과 프랑스 간에 116년 동안 단속적으로 계속된 백년전쟁 중 브레스트 공격의 모습. 포위공격은 당시 장기간 전투가 지속될 때 많이 쓰인 방법으로, 잉글랜드 병사들이 사다리와 사석포를 사용해 성에 있는 프랑스 병사들을 공격하고 있다.

그들은 깊고 넓은 호壕를 파서 그들의 주둔지를 튼튼한 요새로 만드는데, 파낸 흙은 안쪽으로 쌓아 올립니다. 이 일은 노동자들이 아니라 병사들이 직접 합니다. 기습을 막기 위해 호 바깥에 배치된 무장 경비병들 이외에는 전군이 이 일에 열중합니다. 이렇게 많은 사람들이 일을 하기 때문에 아주 넓은 지역을 둘러싼 큰 요새를 믿기지 않을 정도로 단시일 내에 완성하지요.

그들이 입고 있는 갑옷은 아주 튼튼해서 어떤 공격도 막아낼 수 있으면서도, 몸을 자유롭게 움직이는 데 아무 지장이 없습니다. 심지어 그걸 입고 헤엄치는 데에도 불편하지 않아요. 갑옷을 입은 채 헤엄치는 것은 그들이 받는 정상적인 훈련과정의 하나입니다. 원거리 전투에서는 화살이 사용되는데, 그들은 아주 강한 화살을 정확하게 쏩니다. 지상에서 서서 쏠 때나 마상에서 쏠 때나 마찬가지지요. 백병전에서는 칼을 쓰지 않고 전투용 도끼를 쓰는데, 이것은 날이 예리한 데다 아주 무거워서 찌르거나 내려치거나 다 치명적인 타격을 가하는 무기입니다. 그들은 전쟁용 기계장치를 고안해내는 재간이 뛰어납니다. 그러나 그것을 조심스럽게 은폐합니다. 소용되기도 전에 알려져버리면, 조롱거리나 되었지 쓸모없게 될지도 모르기 때문이지요. 그걸 고안할 때 맨먼저 고려하는 것은 옮기기 쉽고 겨냥하기 쉽게 만든다는 것이지요.

적과 휴전이 성립되면, 그들은 이를 성실히 준수합니다. 그걸 깨뜨리도록 도발을 받더라도 깨뜨리려고 하지 않지요. 그들은 적의 영토를 유린하거나 곡식을 불태우지 않습니다. 사실 그들은 곡식이 자라고 있는 들이 가능한 한 사람의 발이나 말의 발굽 아래 짓밟히지 않도록 합니다. 그 곡식을 자기 자신들이 사용할 수 있다고 생각해서지요. 그들은 간첩이 아닌 이상, 무장하지 않은 사람을 해치지 않습니다. 그들에게 항복한 도시들은 손대지 않고 그대로 놔두고요. 그들은 어떤 곳을 습격하여 점령한 뒤에도 이를 약탈하지 않습니다. 그러나 항복을 방해

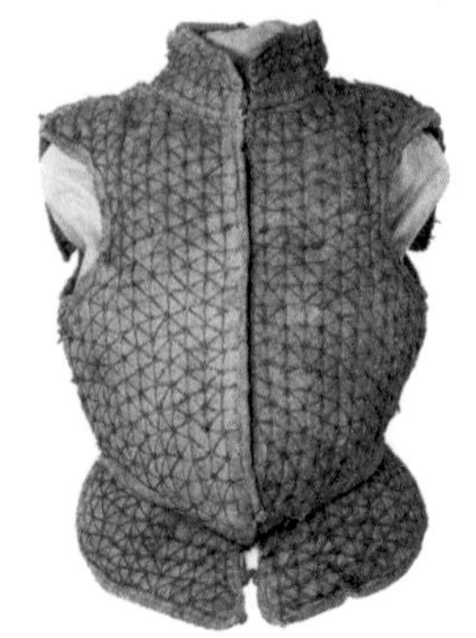

잉글랜드 군사들이 몸을 보호하기 위해 입었던 조끼

한 자는 사형에 처하고 그 밖의 다른 방어자들은 노예로 삼는데, 민간인들은 다치지 않습니다. 주민 중에 항복을 권장한 자를 알게 되면, 처형된 자의 재산의 일부를 그 사람에게 줍니다. 나머지는 보조군 병사들에게 나누어주되, 자신들 몫으로 차지하는 전리품은 아무것도 없습니다.

전쟁이 끝난 뒤 그들은 전쟁비용을 거두어들이는데, 그들이 도와 싸워준 동맹국에서가 아니라 패전국에서 거두어들입니다. 그들은 앞으로의 전쟁 수행에 필요한 자금을 비축하기 위하여 돈을 요구할 뿐만 아니라, 해마다 상당한 수입을 영구적으로 얻을 수 있는 토지재산을 요구하기도 합니다. 현재 그들은 이런 종류의 수입을 여러 나라에 가지고 있습니다. 그것은 여러 가지 방식으로 조금씩 조금씩 획득한 것인데, 한해 수입이 70만 두카토스를 넘어서게 되었습니다. 그들은 몇 명의 시민을 이런 재산의 관리자로서 그런 나라에 파견하여 수입금을 거두어들이도록 하고 있지요. 이들은 그런 재산으로 호화롭게 살면서 유지로서 행세하고 있습니다만, 그러고도 많은 수입금이 남아돌아 그걸 패전국에게 빌려주지 않으면 국고에 들여놓습니다. 그 돈을 사용할 필요가 생길 때까지는 흔히 그렇게 빌려주곤 하는데, 빌려준 돈을 전액 회수하는 일은 거의 없습니다. 전에 말씀드린 바와 같이, 그들은 이와 같은 재산의 일부를 자기들의 부추김을 받아 큰 위험이 따르는 일을 해준 사람들에게 나누어줍니다.

혹 어떤 군주가 무기를 들고 그들의 나라를 침범할 준비를 하는 경우에는 당장에 대군을 동원하여 자기 나라 경계 밖에서 그와 맞서도록 합니다. 왜냐하면 그들은 자기네 영토 안에서 전쟁을 벌이는 것을 원치 않으며, 또 외국의 보조군을 그들의 섬 안으로 불러들여야 할 정도로 그렇게 다급한 경우는 없기 때문이지요.

헨리 8세의 갑옷과 칼
당대 군사들의 무장 모습을 보여준다.

유토피아인들의 종교에 관해서

섬 전체 안에서뿐만 아니라 개별 도시들 안에서도 갖가지 형태의 종교가 있습니다. 해를 신으로 예배하는 사람, 달을 예배하는 사람이 있는가 하면, 별을 예배하는 사람들까지도 있지요. 특출한 덕과 명망을 지녔던 과거의 위인을 숭배하는 사람들도 있는데, 그들은 이런 위인을 그냥 한 분의 신으로만 모시는 것이 아니라 최고신으로 모시는 것입니다. 그러나 대다수의 사람들, 그리고 특히 좀더 현명한 사람들은 이런 것들을 믿지 않습니다. 그들은 알 수 없으며, 영원하고 무한하며, 인간의 마음으로는 설명할 수 없고 파악할 수 없으며, 그리고 물질로서가 아니라 권세로서 전 우주에 편재遍在하는 유일신의 존재를 믿습니다. 그들은 그분을 아버지라고 부르며 만물의 기원, 증대, 진보, 변화, 그리고 종말이 오직 그분에게서 연유한다고 믿습니다. 그들은 그분 이외에는 아무에게도 신으로서의 영광을 드리지 않아요.

그 밖의 모든 사람들은 제각기 다른 여러 가지 믿음을 가지고 있어 이들과 구별되지만, 그들도 한 가지 주요한 점에서는 이들과 의견을 같이하고 있지요. 즉, 그들은 모두 우주를 창조하고 지배하는 최고의 존재를 믿고 있습니다. 그들은 이를 그 나라 말로 미트라Mithra라고 부르지요. 하지만 이런 최고의 존재를 여러 가지로 다르게 정의하고 있는 점에서 이들 주류 집단과 구별되는 사람들이 있습니다. 그들은 모두, 그들이 최고의 존재라고 생각하는 대상이 누구이든 간에, 만물에 대한 그의 최고 지배권은 그 신적 존엄성에 근거한다고 모든 나라 사람들이 인정하고 있는, 바로 그러한 본성을 지닌 오직 한 분이 곧 최고의 존재라고 주장합니다. 그렇지만 점차 그들은 모두 갖가지 종류가 뒤섞인 미신들을 버리고, 다른 어느 종교보다 더 합당하게 보이는 그 한 가지 종교로 통합해가고 있습니다. 누군가가 자기 종교를 바꾸려고 마음먹고 있을 때, 그에게 어떤 불행한 사고가 일어나게 되면, 그것을 우연한 사건이 아니라 신의 노여움을 보여주는 하나의 징표라고 생각하여 ─ 마치 그런 사고를 버림받은 신이 자신을 모욕한 행위에 대해 복수한다고 생각해서 말이에요 ─ 두려워하지만 않았다면, 다른 종교들은 오래 전에 자취를 감추어버렸으리라는 것은 의심할 여지가 없지요.

그러나 우리들한테서 그리스도의 이름을 듣고, 그의 가르침, 그의 생애, 그의 이적 그리고 많은 순교자들이 자진하여 흘린 피로 원근의 여러 나라 사람들을 그들의 종교로 개종시킨 놀라우리만큼 굳은 지조에 관해서 배우고 나자, 그들이 얼마나 열렬히 거기에 찬동했는지 믿기지 않을 것입니다. 그것은 신의 신비적인 영감을 받아서든가, 아니면 그리스도교가 그들 사이에서 가장 지배적인 종교분파와 아주 비슷하게 보였기 때문이지요. 그러나 그리스도가 제자들의 공동생활을 권장했으며, 그리고 가장 진실한 그리스도교들 사이에는 그런 공동생활이 지금도 널리 행해지고 있다는 사실에 의해서도 많은 영향을 받은 것으로 생각됩니다. 이유야 무엇이었든 간에 적지 않은 사람들이 우리 종교에 귀의하여 신성한 물로 영세를 받았지요.

그 사이에 우리 일행 중 두 명이 죽고, 남은 네 사람 가운데는 유감스럽게도 성직자가 없었습니다. 그래서 다른 성사는 다 받았습니다만, 우리 종교에서는 성직자가 아니면 집전할 수 없는 성사는 아직도 받지 못하고 있지요. 그러나 그들은 그것이 무엇인지 알고 있으며, 또 그걸 열망하고 있어요. 사실, 그들은 그리스도교 주교가 파견되지 않더라도 자기네들 중에서 선발된 사람이 사제의 직품을 받을 수 있는지 그 여부를 진지하게 논의하고 있습니다. 실제로 한 사람을 선출하려는 듯이

보이기도 했습니다만, 내가 그곳을 떠나올 때까지는 아직 선발하지 않고 있었지요.

　그리스도교를 받아들이지 않은 사람들도 다른 사람이 그리스도교를 받아들이는 것을 막으려 하지는 않고, 또 그리스도교로 개종한 사람을 비방하는 일도 없어요. 내가 그곳에 있는 동안에 우리 종교를 따른 사람 중 저지를 당한 사람이 꼭 한 사람 있었습니다. 그 사람은 영세를 받자마자, 분별없는 열정만으로 그리스도교를 공공연히 전도하는 일에 뛰어들었습니다. 그러지 말라고 주의를 주었습니다만, 자기 일에 너무 열중한 나머지 결국에는 우리 종교를 다른 모든 종교보다 우월하다고 주장할 뿐만 아니라, 다른 모든 종교를 완전히 불경스러운 것이라고 비난하고, 그런 종교를 믿는 사람들을 지옥의 불꽃 속에 내던져야 마땅한 사악하고 독신적인 자들이라고 불렀어요. 이런 식의 전도가 오랫동안 계속되자 마침내 그들이 그를 체포했습니다. 그들의 종교를 모욕했대서가 아니라, 치안을 문란케 했다는 죄로 재판을 받았지요.

누구도 자신의 종교 때문에 처벌받아서는 안 된다는 것이 그들의 가장 오래된 규정 중의 하나니까요.

우토푸스는 그가 거기에 오기 전에 그곳 원주민들이 종교 문제로 끊임없이 티격태격 말다툼하고 있다는 것을 들어서 알고 있었지요. 그리고 여러 분파들이 서로 싸우는 데 바빠서 자기에게 맞서지 못하기 때문에 이 나라 전체를 정복하는 것도 쉬운 일이라고 판단했던 겁니다. 그래서 승리를 얻자마자 그는 맨 먼저 법으로 이렇게 규정했습니다. 즉, 누구나 자기가 선택한 신앙의 교세를 키울 수 있고 열심히 전도할 수 있으되, 다만 조용하고, 온건하고, 이성적인 방식을 따라야 하며, 다른 종교를 비방해서는 안 된다는 것이었습니다. 개종시키기 위한 설득이 실패하더라도 욕설이나 폭력의 수단을 사용해서는 안 되며, 종교 문제를 가지고 방자하게 싸우는 자는 추방이나 노예형의 처벌을 받습니다.

우토푸스가 이런 규정을 정한 것은 단순히 평화를 유지하기 위해서만은 아니었어요. 그의 눈에는 끊임없는 불화와 뼈에 사무친 증오심 때문에 평화가 완전히 파괴되고 있는 것으로 보였던 것입니다. 그러나

그리스도교만이 절대적 종교로 인정되던 중세 유럽에서는 '신앙'이라는 이름 하에 갖가지 폭력이 자행되었다. 그림은 당시 영국에서 종교 과격론자에게 채찍질을 하고 형틀에 채워 고문하는 모습이다.

그는 또한 이런 규정들이 종교 자체에도 유익할 것이라고 생각했습니다. 그는 이런 사항에 관해서 결코 속단을 내리지 않았어요. 왜냐하면 신이 갖가지 종류의 여러 예배 형식을 좋아하며, 그래서 여러 다른 국민들에게 서로 다른 생각을 불어넣어준 것은 아닌지 분명하게 알 수 없었기 때문입니다. 이와는 달리 폭력과 위험의 수단으로 남에게 자기의 신앙에 따르도록 강요하는 것은 주제넘은 어리석은 짓이라는 것을, 그는 분명히 알고 있었습니다. 만일 어느 한 종교가 정말로 진실한 것이고 그 밖의 종교는 다 거짓된 것이라면, 진실이란 사람들이 그것을 오직 이성적이며 신중하게 생각하는 한, 그 자체의 자연적인 힘에 의하여 조만간 드러나게 되어 결국 승리하게 되리라는 것을, 그는 금방 예견하게 되었습니다. 그러나 싸움과 폭동으로 일을 결판내려고 하면, 세상에서 가장 훌륭하고 거룩한 종교가 어리석은 미신의 무리에 밀려 쫓겨나고 말 것입니다. 왜냐하면 가장 못된 자들이 언제나 가장 끈질기게 버티니까요. 마치 곡식이 가시덤불에 뒤덮여 말라죽는 것과도 같이 말입니다. 그래서 그는 이 모든 문제에 관한 논의를 자유롭게 하도록 놔두고, 각자 자기가 믿고 싶은 종교를 선택할 수 있게 했습니다. 이에 대한 유일한 예외는, 영혼은 육체와 함께 멸망한다거나, 우주는 신의 섭리에 의해서가 아니라 눈먼 우연에 의해서 지배된다고 생각하는 따위로 인간의 존엄성을 지나치게 무시하는 자들을 규제하는 엄숙하고 엄격한 법률을 제정 공포한 점입니다.

이래서 그들은 죽은 뒤에 악은 처벌받고 덕은 보상받는다고 믿습니다. 그들은 이러한 신조를 부정하는 사람을 사람 축에도 낄 수 없는 자라고 생각합니다. 왜냐하면 그런 자는 자신의 고상한 영혼을 짐승의 더러운 육체와 같은 미천한 지위로 격하시킨 자이기 때문이지요. 그들은 그런 자를 자기 나라 시민의 한 사람으로 치는 일은 더더욱 없습니다. 그런 자는 처벌당할까 두려워하지 않아도 되기만 한다면, 사회의

영혼에 대한 믿음
유토피아인들은 영혼은 불멸이며 죽은 뒤에 덕과 선행에 대해서는 보상이, 죄에 대해서는 처벌이 주어진다고 믿었다. 신자가 죽자 그의 입에서 나온 영혼이 그리스도와 성도들로부터 환영을 받는 모습의 이 그림은, 신앙에 대한 믿음과 영혼을 가꾸는 삶에 대해 생각하게 한다.

모든 법과 관행 같은 것은 드러내놓고 무시할 테니까요. 법 말고는 두려워할 것이 없고, 죽은 뒤의 생에 대하여 아무런 희망도 없는 자는 자기의 사욕을 채우기 위해 잔꾀를 부려 자기 나라의 법망을 피할 수 있거나 폭력적 수단에 의해 법을 위반할 수 있는 일이라면 무슨 짓이라도 할 것이라는 점을 그 누가 의심할 수 있겠습니까? 그렇기 때문에 이런 생각을 품고 있는 자에게는 아무 명예도 제공하지 않고, 어떤 직책도 맡기지 않으며, 어떤 공적 책무도 부여하지 않습니다. 그런 자는 모든 사람에게서 천하고 쓸모없는 자로 취급됩니다. 하지만 그런 자를 처벌하지는 않아요. 사람이 어떤 것을 믿게 되는 것은 단순히 자기 의지에 따라 선택할 수 있는 행위가 아니라는 생각을 가지게 되었기 때문입니다. 그들은 속임수와 거짓말을 고의적인 악의에 버금가는 짓이라 하여 미워합니다. 그들은 그런 자가 자기 의견을 옹호하는 주장을 펴는 것을 금하지 않아요. 다만 일반 평민들 사이에서 그러는 것은 안 됩니다. 그러나 성직자들과 그 밖의 중요 인사들 앞에서 비공개로 그러는 것은 허용할 뿐만 아니라 권장하기까지 합니다. 왜냐하면 그렇게 하면 결국에 가서는 그자의 광기가 이성에 굴복하고 말 것이라 확신하고 있기 때문입니다.

이와는 다르게 잘못된 견해를 지닌 사람들이 있는데, 그들은 동물들도, 비록 인간의 영혼에 비길 만큼 뛰어나지는 않고, 또 인간과 비슷하게 내세의 행복을 누릴 수는 없지만, 불멸의 영혼을 가지고 있다고 생각하고 있지요. 사실 이런 사람들의 수가 결코 적지 않습니다. 왜냐하면 그들의 견해가 모두 다 불합리하고 나쁜 것은 아니기 때문에 금지되어 있지 않거든요.

유토피아인들은 거의 모두가 사후에 누릴 인간의 행복은 엄청나게 클 것이라고 철석같이 믿고 있습니다. 그래서 그들은 개개인의 병에 대해서 슬프게 여기면서도, 죽음에 대해서는 죽어가는 사람이 죽는 것

의연한 죽음
유토피아에서는 사후세계에 대한 굳건
한 믿음으로 두려움 없이 죽음을 맞이하
는 사람을 존경하는데, 이는 신실한 신
자로서 종교적 양심을 지키고 의연히 죽
음을 선택한 모어의 죽음을 떠올리게 한
다. 그림은 모어의 첫째딸인 마거리트가
참수당한 아버지의 목을 받아드는 모습
을 표현한 것이다. 루시 매덕스 브라운,
1873년 작.

을 걱정하고 한사코 죽기 싫어하는 것을 볼 때에만 이를 슬퍼합니다. 그들은 죽을 때 이런 행동을 보이는 것을 아주 나쁜 징조라고 생각합니다. 그것은 마치 절망에 빠지고 죄의식을 느끼는 영혼이 앞으로 닥쳐올 처벌에 대한 불가사의한 예감으로 말미암아 죽음을 두려워하는 것과도 같아 보이는 겁니다. 뿐만 아니라, 그들은 하느님의 부르심을 받을 때 기꺼이 오지 않고 주저주저 억지로 끌려오는 그런 사람이 나타나는 것을 하느님께서 좋아하시리라고는 아무래도 생각할 수 없는 거지요. 이런 죽음은 보는 이에게 공포감을 안겨주고, 그래서 그들은 주검을 우울한 마음으로 묵묵히 매장터로 운반해 갑니다. 그러고는 하느님께서 그의 영혼에 자비를 베푸시고 그의 허약한 믿음을 용서해주시라고 기도를 올린 다음에 주검에 흙을 덮습니다. 그러나 즐거운 마음으로 희망을 가득 안고 죽는 사람인 경우에는, 그의 죽음을 슬퍼하지 않고 즐거운 마음으로 주검을 운반하며 노래를 부르면서 고인의 영혼을 하느님께 맡겨드립니다. 그들은 고인을 슬퍼하는 마음이 아니라 존경하는 마음으로 화장합니다. 그리고 그 장소에 비를 세워 그 위에 고인의 공적을 새깁니다. 집에 돌아온 뒤 그들은 그의 성품과 행적들에 관해서 이야기를 나누는데, 그의 전 생애의 일 가운데 그의 즐거운 임종에 관한 것보다 더 많이, 그리고 더 즐겁게 이야기되는 것은 없습니다.

그들은 죽은 사람의 고결한 인격에 대한 이 같은 회상이 사람들에게 덕행을 실천할 마음을 일으키며, 또 그것이 죽은 사람에게 경의를 표하는 가장 적절한 방식이라고 생각합니다. 왜냐하면 그들은, 죽은 사람들이 실제로 우리들 사이에 함께 끼어 있으면서 우리가 자기들에 대해서 무슨 말을 하고 있는지 다 듣고 있다고 생각하거든요. 다만 인간의 어두운 눈에는 그들이 있는 것이 보이지 않는다는 거지요. 축복받은 사람은 죽은 뒤에도 틀림없이 자기가 가고 싶은 곳을 마음대로 돌아다닐 수 있을 것이며, 그리고 또 생전에 서로 사랑하고 아끼면서 함께 지내온 친구들을 보고 싶어 하는 간절한 소망을 저버리게 하는 것은 그들을 너무 차갑게 대접하는 짓이라는 겁니다. 그들은 선량한 사람들은 죽은 다음에 그런 아끼는 마음이, 그 밖의 다른 어진 성품과 같이, 줄어지기는커녕 오히려 더 불어난다고 생각합니다. 그래서 그들은 죽은 사람이 자주 산 사람들 사이에 들어와 그들의 말이나 행동을 지켜보고 있다고 믿고 있어요. 그렇기 때문에 그들은 그런 보호자의 가호를 믿고 더욱 대담하게 자기 할 일에 나서게 됩니다. 그리고 선조들이 자기들과 함께 있다는 이런 믿음 때문에 남몰래 나쁜 짓을 하지 못하게 되지요.

그들은 다른 나라 사람들이 아주 중시하는 운세보기나 그 밖의 다른 헛되고 미신적인 점치기 같은 것에 대해서는 전혀 관심이 없고, 그런 것들을 아예 터무니없는 짓이라고 생각합니다. 그렇지만 자연의 힘에 의하지 않고 일어나는 기적에 대해서는 이를 신의 권능을 보여주는 직접적인 표시라 생각하여 존중합니다. 실제로, 그들은 자기 나라에서는 그런 기적이 자주 일어난다고 말합니다. 때로 아주 위험한 큰 위기를 맞게 되면 온 국민이 다 함께 기적을 기원하는데, 그들은 기적이 일어나리라 굳게 믿으며, 그래서 실제로 기적을 얻는다는 겁니다.

그들은 자연에 대한 정관靜觀과 여기에서 나오는 자연에 대한 경외敬畏는 신에게 드리는 일종의 예배라고 생각합니다. 그럼에도 불구하고 종교적 이유로 학문과 과학적 탐구를 소홀히 하는 사람들도 적지 않습

니다. 그렇다고 그들 중 게으름을 피우는 사람은 하나도 없어요. 그들은 사후의 행복은 오직 부지런한 노동과 남을 위한 선행을 통해서만 얻을 수 있다고 확신하고 있습니다. 어떤 사람은 병자를 돌보고, 어떤 사람은 도로를 보수하고, 도랑을 치우고, 다리를 고치고, 뗏장, 모래, 돌을 파내며, 또 어떤 사람은 나무를 베어 잘라내고, 목재, 곡식, 그 밖의 다른 물품을 짐수레에 실어 도시로 운반합니다. 사회 전체를 위해서만이 아니라 개별 시민을 위해서도 일하는데, 노예보다도 더 힘겹게 일합니다. 너무 거칠고 힘들고 천한 일이라서 고됨과 지겨움과 불만이 따르기 때문에 대부분의 사람들이 하지 않으려는 그런 일을 즐거운 마음으로 자진해서 맡아 합니다. 그들 자신이 항상 이런 힘든 노동을 도맡아 해나감으로써 남에게 쉴 여가를 제공하면서도 그것에 대한 칭찬을 바라지 않습니다. 그들은 남들이 살아가는 방식을 비판하지 않으며, 자기가 하는 일을 자랑하지도 않습니다. 그들이 자신을 노예의 지위로 낮추면 낮출수록 모든 사람들에게서 더 많은 존경을 받습니다.

이런 사람들에는 두 부류가 있습니다. 그 중 하나는 독신자들로서 성생활뿐만 아니라 육식까지도 끊은 사람들인데, 그들 중에는 동물성 식품은 아무것도 들지 않는 사람도 있습니다. 그들은 현세의 모든 쾌락을 해로운 것이라 해서 완전히 거부하고 오직 내세의 즐거움만을 희구하는데, 힘든 노동과 철야기도로 그걸 얻게 되기를 바랍니다. 그들은 그것을 곧 얻게 될 것으로 기대하기 때문에, 지금 이 세상에서 즐겁고 씩씩하게 살아가고 있는 겁니다. 다른 부류의 사람들 역시 힘든 일을 좋아합니다만, 그들은 독신생활보다 결혼생활을 선호합니다. 그들은 안락한 결혼생활을 무시하지 않으며, 노동으로 자연에 기여할 의무가 있듯이 아이들을 낳는 것으로 나라에 기여할 의무가 있다고 생각하고 있어요. 쾌락이 그들의 노동에 지장을 주지 않는 한, 그들은 쾌락을 멀리하지 않습니다. 그들은 고기를 먹습니다. 고기를 먹음으로써 어떤 종류의 힘든 노동도 할 수 있는 더 강한 힘을 얻을 수 있다고 생각하기 때문이지요. 유토피아인들은 이 두 번째 부류의 사람들을 더 현명한 사람들이라고 생각합니다만, 첫 번째 부류의 사람들을 더 거룩한 사람들이라고 생각합니다. 만일 그들이 결혼보다는 독신을 바라고 안락한 생활보다는 힘든 생활을 택한 것이 오직 이성에 입각해서 그런 것이라면, 유토피아인들은 이들을 조소했을 거예요. 그렇지만 이 사람들이 그것을 종교심에서 연유한 것이라고 밝힘에 따라, 그들은 이들 또한 존경하고 존중합니다. 그들이 종교에 관한 문제에서처럼 성급한 결론을 내리는 것을 조심하는 문제는 달리 없습니다. 그리고 그들은 이런 사람들을 부트레스카(Buthrescae[그리스어 bou threskos(신앙심이 큰)에서 만든 말]라는 이름으로 부르는데, 이 말은 '신앙심이 깊은 사람'이라는 말이지요.

그들의 사제들은 신앙심이 지극하며, 따라서 그 수가 극히 적습니다. 도시마다 각 교회에 한 사람씩 열세 명에 불과하지요. 전쟁이 일어나면 그 중 일곱 명이 군대와 함께 나가고, 전쟁 동안 빈 자리를 메울

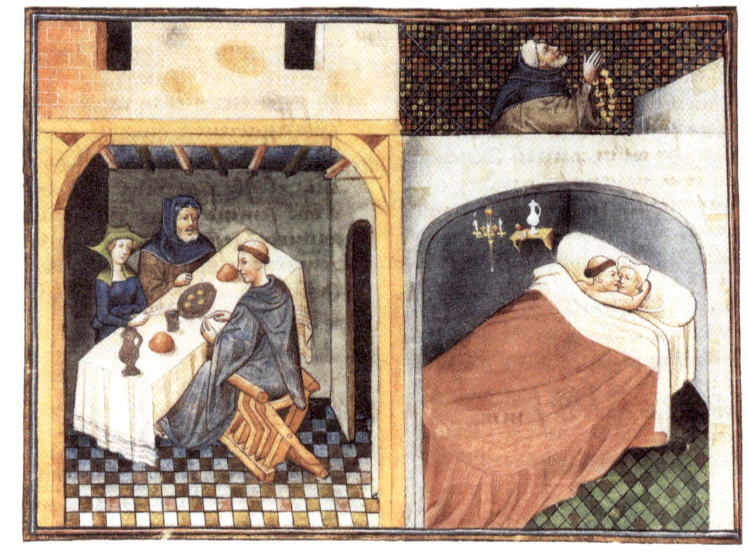

일곱 명의 보결사제를 임명합니다. 정규사제들이 돌아오면 그들은 모두 이전 자리로 돌아가지요. 정원 외의 사제들이 정식 절차를 거쳐 사망한 정규사제들의 뒤를 이어받을 때까지, 고위성직자의 시종으로 근무합니다. 사제들 가운데 한 사람이 다른 사제들을 통솔하고 있거든요. 다른 모든 공직자와 마찬가지로, 사제들도 경쟁을 피하기 위해 주민들의 비밀투표에 의하여 선출됩니다. 선출된 사람은 성직자회에 의해서 사제로 서임됩니다.

사제들은 하느님에 대한 예배를 주재하고, 종교 문제들에 관여하며, 공중도덕의 감시자 역을 맡고 있습니다. 올바르게 살고 있지 않다는 이유로 그들에게 소환되거나 그들 앞에 끌려오는 것은 아주 수치스러운 일이라고 치부되고 있어요. 사제들의 임무는 오직 권장하고 충고하는 것에 그치기 때문에, 범죄자를 처벌하는 것은 통치자와 다른 공직자들의 몫입니다. 악명 높은 범죄자에 대해서는 사제들이 파문에 처하지만요. 이보다 더 무서운 처벌은 아마 없을 거예요. 파문당한 사람은 매우 큰 수모를 받게 되며 남모르는 종교적 공포에 사로잡히게 됩니다. 심지어 신체적으로도 그다지 안전하지는 않기 마련입니다. 왜냐하면 그가 회개하고 있음을 사제들에게서 곧장 인정받지 못하면, 신앙심이 없는 자라 해서 원로원에 의하여 체포되어 처벌받기 때문입니다.

사제들은 어린이들과 젊은이들을 가르치는 일을 맡고 있습니다. 도덕과 덕행을 가르치는 일은 일반 학문을 가르치는 것 못지않게 중시되고 있습니다. 그들은 아동들의 머리가 아직 부드럽고 연한 동안에, 나라에 유익한 사상을 그들의 마음속에 심어주려고 모든 노력을 다하지요. 어린이들의 마음속에 심어진 것은 성장한 사람들의 마음속에 그대로 살아 있어 국력 강화에 크게 기여하며, 국력 쇠퇴의 원인은 언제나 잘못된 자세에서 나오는 악폐에 있음을 알 수 있습니다.

여성도 사제직에서 배제되어 있지는 않아요. 그러나 이제까지 사제가 된 사람은 나이 든 과부 한 사람뿐이었으며, 또 그런 일은 흔치 않아요. 남자 사제들의 부인들은 전국에서 가장 훌륭한 여성들입니다.

유토피아인들 사이에서 사제보다 더 존경받는 공직자는 없습니다. 그들 가운데 죄를 범한 사람이 있더라도, 그를 재판에 회부하지는 않고 오직 하느님과 그 자신의 양심에 맡깁니다. 그들은 아무리 죄가 있더라도, 이른바 신성한 제물로서 하느님에게 바쳐진 사람에게 인간이 손을 댄다는 것은 옳지 못한 짓이라고 생각합니다. 이런 관행을 지키기가 쉬운 것은 사제의 수가 매우 적고, 또 매우 신중하게 선발되기 때문입니다. 선량하기 때문에 선발되고, 오직 그의 도덕적 성품으로 해서 그처럼 고귀한 지위에 오른 사람이 타락과 악에 빠지는 일은 좀처럼 일어나지 않으니까요. 또 설령 그런 일이 일어난다 하더라도 (사람의 본성은 사실 변하기 쉬운 것이니까요.) 사회에 별로 큰 해를 끼칠 염려는 없어요. 사제들의 수가 극소수에 불과하고, 또 그의 명성에 따른 힘 이상의 힘을 지니고 있지 않기 때문입니다. 사실 그렇게 소수의

성직자들의 결혼

모어는 유토피아를 성직자들의 결혼이 허용되고 여성도 사제가 될 수 있는 곳으로 묘사하고 있다. 그러나 실제로 모어는 《이교도에 관한 대화》에서 신부들의 결혼에 반대했으며, 여자가 신부가 되어 성사를 보는 것도 반대했다. 사진은 세인트 롤런스 교회에 있는 모어의 스테인드 글라스상.

사제만을 가지고 있는 이유는, 지금처럼 높이 평가받고 있는 사제 신분이 그 수가 많아짐으로써 경시당하지 않도록 하기 위해서지요. 게다가 그들은 그런 고위직을 가질 만한 자격을 갖춘 사람을 수없이 찾아내기는 어렵다고 생각합니다. 그런 직을 맡기에는 보통 정도의 덕만 가지고는 부족하거든요.

그들의 사제들은 국내보다는 오히려 외국에서 더 존경받고 있지요. — 그 이유는 다음과 같은 설명을 통해서 쉽사리 알 수 있다고 생각합니다. 군대가 전쟁에 참가하고 있을 때는 언제나 유토피아의 사제들이 그들과 함께 있는 것을 볼 수 있는데, 그들은 싸움의 현장에서 조금 떨어진, 하지만 너무 멀지 않은 곳에서, 거룩한 사제복을 입고 무릎을 꿇고 있습니다. 그들은 손을 하늘로 쳐들어 먼저 평화를 위해 기도하고, 그러고 나서 자기 편의 승리를 위해 기도합니다. 그러나 어느 편에도 많은 유혈이 없는 승리를 기도하지요. 자기편이 이기게 되면, 그들은 전투의 한복판에 뛰어 들어가 자기 병사들이 패배한 적을 살육하지 못하도록 제지합니다. 적이

타락한 성직자
네덜란드의 화가 보스가 15세기에 그린 《바보의 배》. 케이크를 먹기 위해 입을 벌리고 있는 수녀와 수도사의 모습은 탐욕을 좇는 당시 성직자들의 타락한 생활을 상징한다.

그들을 보거나 그들에게 구원을 요청하기만 하면, 그것만으로 그의 목숨을 살려주고, 사제의 휘날리는 의복에 손이 닿기만 하면, 그가 가지고 있는 모든 물건은 몰수를 면합니다. 이 같은 관행 때문에 그들은 모든 국민들에게서 커다란 존경을 받고 큰 권위를 갖게 되었지요. 그리

고 이로 말미암아 그들은 적을 유토피아인들의 살육에서 보호해준 것 못지않게, 적의 살육으로부터 유토피아인들을 구원한 적이 여러 번 있었습니다. 유토피아군의 전선이 무너지고 싸움에 지자, 적군이 달려들어 살육과 약탈을 자행하고 있을 때, 사제들이 그 사이에 끼어들어 학살을 제지하고 양쪽 군대를 갈라놓은 뒤 공평한 평화조약을 안출하여 체결케 한 경우가 더러 있었다는 것은 잘 알려진 사실입니다. 사제들의 신분이 신성불가침하다는 것을 인정하지 않을 만큼 사납고 잔학하고 야만적인 종족은 이제껏 세상 어디에도 없었거든요.

유토피아인들은 매월 첫날과 마지막 날, 그리고 매년 첫날과 마지막 날을 축제일로 정하고 있습니다. 그들은 일 년을 월로 나누고, 월은 달의 운행으로 측정하는데, 그것은 연 자체는 해의 운행으로 측정하는 것과 똑같습니다. 그들의 말로 첫날은 키네메르니Cynemerni✢, 마지막 날은 트라페메르니Trapemerni✢✢✢라고 불리는데, 그것은 '첫 축일'과 '끝 축일'이라는 말이지요. 그들의 교회는 아름답게 건축되어 호화롭게 꾸며져 있으며, 아주 넓고 커서 많은 예배자를 수용할 수 있습니다. 교회 수가 적기 때문에 넓고 커야만 하는 거지요. 교회 내부는 전반적으로 어두침침한 편인데, 그것은 건축에 관해서 무식하기 때문이 아니라 숙고된 의도에 따라서 그리 된 겁니다. 밝은 빛 속에서는 생각들이 흩어지게 마련인 데 반해 희미한 빛 속에서는 마음이 집중되어 더욱 경건해질 거라고 사제들은 생각하기 때문이라고들 하대요.

유토피아에는 여러 가지 종교가 있습니다만 주요한 점, 즉 신의 본성에 대한 경배라는 점에 관해서는 모두 다, 심지어 유별나게 색다른 종교까지도, 의견을 같이합니다. 그들은 각기 다른 길을 통해서 하나의 목적지를 찾아가는 여행자들과 같습니다. 그렇기 때문에 어떤 신앙에도 다 부합하는 것이 아닌 것은 교회 안에서 볼 수도 없고 들을 수도 없습니다. 어느 종파가 자기들 특유의 어떤 의식을 가지고 있으면, 그

✢ 그리스어 Kynemernos(개의 날)에서 만든 말. 아테네에서는 매월 첫날밤에 음식을 담은 그릇을 네거리에 내놓는데 이것은 여신 헤카테Hecate에게 바치는 것이다. 그런데 헤카테가 가까이 오면 개가 짖는다고 하여, 이 말은 개가 짖는 날로서 매월 첫날을 의미한다.

✢✢ 그리스어 Trapemernos(달이 바뀌는 날)에서 만든 말.

런 의식은 자기들 개인 집에서 거행됩니다. 공동예배는 어떤 개별 예배도 전혀 훼손하지 않는 그런 의식에 따르도록 마련되어 있습니다. 그래서 교회 안에는 어떤 신의 상도 볼 수 없어요. 각자가 자유스럽게 각자의 신앙에 따라, 자기가 바라는 대로 신의 상을 그릴 수 있도록 하기 위해서지요. 그들은 미트라라는 이름 말고는 신에 대한 호칭이 없습니다. 신의 존엄성의 본성을 무엇이라고 생각하든 간에, 그들은 모두 오직 그 한 가지 말로 신을 부르는 데 일치된 의견을 가지고 있으며, 그래서 그들의 기도문도 자기의 신앙을 다치지 않고 말할 수 있는 내용으로 되어 있습니다.

그래서 그들은 '끝 축일'의 저녁에 교회에 모입니다. 그리고 계속 금식을 하면서 지난 한 달 또는 한 해 동안 행복하게 지나게 해주신 데 대하여 하느님께 감사를 드립니다. '첫 축일'인 다음 날에는 아침에 모두 교회에 모여 앞으로의 한 달 또는 한 해 동안 행복하게 잘살 수 있게 해주십사 하고 하느님께 기도드립니다. 그러나 '끝 축일' 낮에는 교회로 가기 전에 각자 집에서, 아내는 남편 앞에, 아이들은 부모 앞에 무릎 꿇고 앉아 자기들이 저지른 죄와 태만한 죄를 고백하고 잘못에 대한 용서를 빕니다. 이래서 가족 안에 어떤 노여움이나 반목의 어두운 그림자가 있으면, 이를 말쑥이 지워버리고 나서 깨끗하고 편안한 마음으로 예배의식에 참가합니다. ― 그들은 양심에 거리끼는 것을 안은 채 예배에 참가하는 것을 몹시 두려워하거든요. 그들은 자기가 어떤 사람에 대해서 증오나 분노의 마음을 품고 있다는 생각이 들 때는, 그걸 풀어버리고 마음을 깨끗이 씻기 전에는 예배의식에 참가하지 않습니다. 곧바로 무서운 처벌을 받을까 두려워하기 때문이지요.

그들은 신전에 들어갈 때 남자는 오른편으로, 여자는 왼편으로 들어갑니다. 그러고는 각 가정의 남자들은 모두 그 가정의 가장 앞에 자리 잡는 한편, 여인네들은 어머니 앞에 자리 잡습니다. 이와 같이 각 개인의 공공장소에서의 모든 행동 역시 집안에서 그들을 지도하고 다스릴 권한을 가진 바로 그 사람에 의해서 감독 받도록 되어 있어요. 그들은 젊은이들이 어디서나 연장자들 곁에 자리 잡도록 세심한 주의를 기울입니다. 어린이들을 다른 어린이들이 돌보도록 맡기게 되면, 하느님에 대한 외경심畏敬心을 기르는 데 바쳐야 할 시간을 유치한 장난으로 허비할지도 모르기 때문입니다. 그런 외경심이야말로 덕행을 유발하는 가장 크고, 또 거의 유일한 자극제이니까 말입니다.

그들은 예배의 제물로 바치기 위해 동물을 잡는 일이 없습니다. 그리고 그들은 모든 생물에게 살아가라고 생명을 부여하신 자비로운 하느님께서 살생과 유혈을 좋아하시리라고는 생각하지 않아요. 그들은 향을 피우고 향수를 뿌리고 수많은 촛불을 켭니다. ― 그러나 그들은 이런 것들이 신의 본성에 대해 인간의 기도 이상으로 어떤 도움을 준다고 생각하지는 않습니다. 다만 그들은 이 무해한 예배의 방식을 좋아하는 겁니다. 그들은 이런 향기로운 냄새, 촛불과 그 밖의 다른 의식들이 인간의 마음을 고양시켜 더욱 열렬한 믿음으로 하느님을 찬양하게 만든다고 느끼는 거지요.

교회 안에서는 모든 사람들이 흰 옷을 입습니다. 사제는 여러 가지 색깔로 된 사제복을 입습니다. 옷을 만든 일솜씨와 장식은 놀랍습니다만, 그렇다고 재료가 유별나게 비싼 것은 아니지요. 그 의복은 금실로 수놓은 것도 아니며 보석을 기워 넣은 것도 아닙니다. 정교하게 짜 넣은 여러 가지 새의 깃털로 장식되어 있는 옷이어서, 그 뛰어난 수공의 가치는 최고로 비싼 그 어떤 재료비보다 훨씬 더 높습니다. 더욱이 그

성체 거양

유토피아에서는 공동예배를 드리지만 종교의 다양성을 인정하기 때문에 특별한 의식을 거행하지는 않는다. 반면에 당시 로마 가톨릭교회에서는 예배형식과 절차가 중요시되었는데, 성체 거양은 예배의 최고의 순간이었다.

옷에 짜 넣은 깃털의 모양에는 어떤 신비스런 상징적 의미가 담겨 있는데, 사제들은 그 뜻을 정성 들여 가르쳐줍니다. 그들은 사제들이 전해주는 그 뜻을 이해함으로써 하느님이 자기들에게 베풀어주시는 은혜와, 그들 편에서 하느님에게 드려야 할 깊은 신앙심과, 또한 그들 상호간의 의무를 깨닫게 됩니다.

사제가 이런 복장을 하고서 입구의 협실에서 나타나면, 모든 사람들이 공손히 땅에 엎드립니다. 교회 안이 어찌나 정숙한지, 마치 하느님께서 실제로 그 자리에 계신 것과도 같이 사람들은 외경심에 사로잡히게 됩니다. 잠시 동안 이런 자세로 있다가, 사제의 신호에 따라 모두 일어납니다. 그러고는 악기의 반주에 맞추어 찬송가를 부르는데, 그들의 악기는 대부분 우리 쪽 세계에 있는 악기와 그 모양이 많이 다릅니다. 그들의 악기 중에는 우리의 악기보다 더 고운 소리를 내는 것이 많지만, 비교조차 할 수 없는 것도 있

거룩한 예배

영원한 구원을 희구하며 경건하게 예배를 올리는 신자들의 모습은 중세 이래 유럽사회에서나 유토피아에서나 같을 것이다. 그림은 로마 가톨릭교회의 예배 모습을 나타낸 것으로, 교회의 가르침에 따라 설교 듣고, 미사를 드리고, 성사를 올리는 신도들의 모습을 보여준다.

지요. 그러나 한 가지 점에서만은 확실히 그들이 우리보다 훨씬 더 앞서 있어요. 그들의 음악은 성악과 기악 양쪽 다 자연적인 감정을 제대로 반영하고 표현하며, 소리가 주제와 완벽한 조화를 이루고 있기 때문입니다. 기도의 말이 탄원, 기쁨, 평온, 근심, 슬픔, 분노 등 어느 것이든 간에 음악이 멜로디의 선율을 통해서 그 의미를 어찌나 훌륭하게 표현하는지 듣는 이의 마음을 뒤흔들고 파고들어 불타게 합니다. 끝으로 사제와 회중이 일정한 형식으로 된 기도문을 함께 낭송하는데, 이 기도문은 모두가 함께 낭송하면서도, 그것을 각 개인이 자신의 신앙에 그대로 적용시킬 수 있도록 만들어져 있습니다.

이와 같은 기도문에서 각자는 하느님이 우주의 창조자요 지배자이시며, 모든 좋은 것의 근원이심을 인정합니다. 그는 하느님에게서 받은 많은 은혜에 대해서 감사드리고, 특히 자기를 가장 행복한 나라에 태어나게 해주시고, 가장 진실한 것이기를 바란 종교이념으로 이끌어주신 하느님의 은총에 대해서 감사드립니다. 이 일에서 만일 그가 잘못하고 있다면, 또는 하느님의 뜻에 더 맞는 어떤 사회나 종교가 있다면, 하느님께서 자비로우신 마음으로 그걸 일깨워주십사 하고 기도합니다. 하느님께서 인도하시는 길이라면 어느 길이라도 기꺼이 따르겠다고 생각하고 있기 때문입니다. 그러나 만일 그들의 사회 형태가 최상의 것이고 그들의 종교가 가장 참다운 것이라면, 하느님께서 그에게 불변의 확신을 주시고 다른 사람들도 같은 생활방식과 같은 종교 신앙으로 이끌어주시도록 기도합니다. — 사실 이처럼 다양한 종교 속에 이해하기 어려운 그의 뜻에 즐거움을 주는 그 무엇이 있는 것이 아니라면 말입니다.

그리고 그는 편안하게 죽은 다음에 하느님께서 자기를 하느님 계신 곳으로 데려가주시기를 기도드립니다. 곧 데려가실 건지 나중에 데려가실 건지는 그가 말할 수 없는 것이지요. 그렇지만, 그것이 하느님께서 바라시는 것이라면, 이 세상에서 제아무리 호화롭게 잘 산다 하더라도 그것으로 해서 하느님에게서 더 오래 떨어져 있어야 하는 것보다는, 차라리 아주 고통스럽게 죽더라도 그것으로 해서 하느님 계신 곳으로 더 일찍 데려다주시기를 희구합니다. 이런 기도가 끝나면 그들은 다시 땅에 엎드렸다가, 잠시 후에 일어나서 점심을 들러 갑니다. 그리고 그날의 나머지는 놀이와 군사훈련으로 보냅니다.

이제까지 나는 그 나라의 구조를 할 수 있는 한 정확하게 설명했습니다. 내 생각으로는 이 나라야말로 최상의 나라일 뿐만 아니라, 참으로 나라(공공복지)*라는 이름을 주장할 수 있는 유일한 나라입니다. 딴 곳

✤ 여기에서 말하는 나라는 라틴어로 reipublicae, 영어로 commonwealth로서 그 뜻은 '공공복지', 즉 공화국이다.

에서는, 사람들이 노상 나라(공공복지)를 말하지만 그들이 생각하는 것은 그들 자신의 행복에 불과하지요. 이곳에서는 사사로운 일이 전혀 없기 때문에 모두가 공공의 일을 열심히 해나갑니다. 그런데 이 나라에서나 딴 나라에서나 양쪽 다 사람들이 그런 태도를 취하는 것은 충분히 그럴 법한 일이지요. 딴 곳에서는 설령 나라가 번성한다 하더라도, 각자가 자신을 위하여 별도의 준비를 해놓지 않고서는 영락없이 굶어 죽게 마련이라는 것을 모르는 사람은 아무도 없을 정도니까요. 이 같은 절실한 필요성 때문에 각 개인은 국민, 즉 다른 사람들의 이익보다는 자기 자신의 이익을 추구할 수밖에 없다고 생각하게 되는 겁니다. 그러나 모든 것이 모든 사람의 소유인 이곳에서는 공동의 창고가 가득 차 있는 한, 아무도 자기가 사용할 물건이 모자라지나 않을까 염려할 필요가 없습니다. 분배되는 물품양이 넉넉하기 때문이지요. 그곳에는 거지가 없어요. 아무도 무엇하나 가진 것은 없지만, 누구나 다 부유합니다.

그도 그럴 것이, 아무 근심걱정 없이 그리고 생계유지에 대한 염려없이 즐겁고 평화롭게 사는 것보다 더 큰 부가 어디 있겠습니까? 아내의 투덜거리는 불평에 시달리거나, 아들이 가난해질까 두려워하거나, 딸의 혼인 지참금을 걱정하는 사람은 아무도 없습니다. 누구나 다 자기 자신의 생계와 행복, 그리고 그의 모든 가족, 즉 아내, 아들, 손자, 증손자, 4대 손자, 그리고 젠트리들이 곧잘 바라는 바 길게 대를 이어나갈 모든 후손들의 생계와 행복이 확실히 보장되어 있음을 알고 있습니다. 사실, 한때 일했지만 이제 일할 수 없게 된 사람들까지도 아직도 일하고 있는 사람들과 똑같이 돌보아주고 있어요.

이 시점에서 나는, 유토피아인들의 이 같은 공평한 제도를 다른 나라들 사이에서 흔히 정의라고 불리고 있는 것과 비교해보겠다고 나서는 사람이 있다면, 한번 보고 싶습니다. — 그런 나라에서 정의나 공정의 흔적을 조금이라도 찾을 수 있다면 손가락에 장을 지지겠어요. 귀

족이나 금세공업자나 대금업자, 또는 아무 일도 하지 않거나 나라에
전혀 도움이 되지 않는 일을 하면서 살아가고 있는 그 밖의 다른 자들
이 사치스럽고 호화로운 생활을 해나갈 수 있는데, 한편에서는 노동자,
마부, 목수나, 농부는 짐을 나르는 짐승들조차도 견디기 어려울 정도
로 힘든 일을 계속하고 있으니, 이게 무슨 놈의 정의인가요? 그들이 일
하지 않으면 나라가 단 하루도 지탱할 수 없을 정도로 꼭 필요한 일을
하고 있는데도, 그들의 벌이는 너무나 적어서 짐승들만도 못할 정도로
비참하게 살아가고 있어요. 짐승들도 전혀 쉴 틈 없이 계속 일하지는
않으며 먹이도 그렇게 나쁘지는 않아요. 사실 짐승들은 그런 먹이를
좋아하는 편인 데다 장래를 걱정하지 않아도 돼요. 그런데 일꾼들은
지금 보수도 소득도 없이 죽도록 일할 뿐만 아니라, 늙어서 무일푼이
될 것을 생각하면 가슴이 터질 지경입니다. 그들의 하루 품삯은 당장
목숨을 부지하는데도 모자랄 정도이니, 노후를 위하여 저축할 수 있는
여유는 전혀 없어요.

그러니 이게 부정하고 은혜를 모르는 나라가 아니고 무엇이겠습니까? 이런 나라는 이른바 젠트리나, 금세공인 그리고 그 밖에 아무 일도 않고 기생충 노릇이나 하면서 쓸모없는 놀음거리나 만들어내는 그런 부류의 사람들에게는 후한 보수를 담뿍 안겨줍니다. 그러면서도 농부, 탄광부, 노동자, 마차꾼, 목수와 같이 이들 없이는 금방 나라가 망하게 될, 그런 사람들이 살아갈 수 있는 것은 제대로 마련해주지 않습니다. 한창때 실컷 부려먹고 나서는, 그들이 늙고 병들어 완전히 지치고 궁 핍하게 되자, 고마워할 줄 모르는 나라는 그들이 밤잠을 안자고 봉사 해온 것을 잊어버리고 비참하게 죽어가도록 내팽개쳐버립니다. 더 나쁜 것은, 부자들이 몇 푼 안 되는 그들의 품삯의 일부를 날마다 뜯어 가고 있는데, 개인적인 속임수뿐만 아니라 공적인 법의 힘으로 그러는 거예요. 이전에는 나라에 아주 큰 기여를 한 사람들이 아주 적은 보수 를 받는다는 것은 옳지 못한 일이라 여겨졌지요. 그러나 이제는 법으 로 이런 잘못된 처사를 정의라고 왜곡해놓았습니다. 오늘날 번영하고 있는 여러 나라들의 모습을 보고 가만히 생각해보면, 분명히 말하건대,

나라(공공의 복지)라는 이름 아래 자기 자신의 이익을 추구하고 있는 부자들의 음모 이외의 아무것도 찾아볼 수가 없어요. 그들은 부정한 수법으로 긁어모은 것들을 잃어버릴 염려 없이 간직할 모든 수단방법을 고안해내고, 그러고는 가난한 사람들을 억압하여 가능한 한 싼값으로 그들의 수고와 노동을 사들일 궁리를 합니다. 부자들이 나라(공공의 복지)를 위해서라고 말하면서 ─ 그 나라 안에는 물론 가난한 사람들도 포함되어 있지요. ─ 이런 수단방법들을 준수해야 한다고 말하게 되면, 곧바로 그것들은 법이 됩니다.

그렇지만 이들 탐욕스럽고 간악한 자들은 전 국민이 쓰기에도 충분할 물품을 자기들끼리 몽땅 나누어 가지고서도, 돈뿐만 아니라 돈에 따른 탐욕까지도 없애버린 유토피아 공화국에서 누리고 있는 것과 같은 행복은 전혀 누리지 못하고 있어요! 그 한 가지 조치로 얼마나 많은 걱정거리를 덜어버린지 모릅니다! 돈을 없애버리면 사기, 절도, 강탈, 시비, 다툼, 언쟁, 소요, 살인, 배반, 독살, 그리고 교수형 집행인에 의해 아무리 죄 값이 치러져도 여전히 막아지지 않는 모든 종류의 범죄가 당장에 사라지리라는 것은 누구나 다 알고 있습니다. 돈이 사라지는 바로 그 순간에 공포, 근심, 노고, 잠자지 못하는 밤들 역시 사라집니다. 빈곤이란 언제나 돈이 모자란 것처럼 보이는 그런 상태를 말하는 것인데, 그런 빈곤도 돈이 완전히 폐지되면 금방 줄어들 거예요.

다음과 같은 경우를 한번 생각해보세요. 흉년이 들어 수천 명이 굶어 죽은 해를 예로 듭시다. 그런 식량부족이 마지막 극에 도달했을 때, 부자의 곳간을 뒤졌으면 굶주림과 질병으로 죽어간 모든 사람들에게 나누어줄 충분한 곡물을 틀림없이 찾아냈을 거라고 나는 단언합니다. 그걸 그들에게 나누어주기만 했더라면 그들은 식량부족현상이 있었던 사실조차도 몰랐을 거예요. 그래서 그 복 받은 돈, 우리가 살아가는 데 필요한 것들을 손에 넣을 수 있게 해준다는 그 알량한 발명품이 사실

부의 승리
유럽사회에 널리 퍼져 있던 물질주의를
표현한 작품, 홀바인의 〈부의 승리〉. 작품
이 황금빛인 것도 부를 상징한다.

은 그런 생필품을 얻는 데 유일한 장애가 되고 있는데, 그런 돈만 없다
면 사람들은 생필품을 쉽게 얻을 수 있을 것입니다. 부자도 이건 알고
있다고 믿습니다. 실제로 필요한 물건을 충분히 가지고 있는 것이 쓸
데없이 너무 많이 가지고 있는 것보다 더 좋으며, 수많은 근심 걱정에
서 벗어나는 것이 막대한 재산을 걱정하면서 사는 것보다 훨씬 더 좋
다는 것을 모를 까닭이 없지요. 그리고 사람들은 누구나 무엇이 자기
에게 정말로 유익한 것인지를 알고 있기 마련이며, (최선의 것이 무엇
인지 분명히 알고 계시며 그 최선의 것을 반드시 우리에게 알려주시는
지혜와 자비심을 지니신) 우리 구세주 그리스도의 권능을 믿고 따르기
때문에, 만일 제일 큰 재앙이자 모든 다른 재앙의 뿌리인 오만(프라이드)이
라는 오직 이 한 가지 괴물만 없었더라면, 전 세계가 이 나라의 법률을
채택했으리라는 것을 나는 의심하지 않습니다.

　이 오만이라는 여인은 자신의 성공을 자기가 얼마나 가지고 있느냐
로 측정하는 것이 아니라 남이 얼마나 안 가지고 있느냐로 측정합니다.
만일 비웃고 억누를 수 있는 가난뱅이들이 없는 상황에서라면, 여신으
로 모셔진다 해도 싫다 할 거예요. 그녀의 행운이 빛나는 것은 오직 다
른 사람의 불행과 대비해서지요. 그녀는 가난한 남을 괴롭히고 가슴 아

프게 하기 위해 자신의 부를 드러내 보입니다. 자기 몸으로 사람들의 마음을 휘감는 지옥의 뱀인 오만은 좀더 나은 삶의 길로 나가려는 사람들을 뒤로 잡아끌어 달라붙는 레모라(빨판상어)와 같이 행동합니다.

오만은 인간의 마음속에 너무나 깊이 자리 잡고 있기 때문에 쉽게 뽑아버릴 수가 없습니다. 그래서 나는 최소한 유토피아인들만이라도 이런 공화국을 일구어낼 수 있는 행운을 가진 것을 기쁘게 생각하면서 모든 인류가 이를 본받았으면 합니다. 그들이 채택한 생활방식을 통해서 그들은 아주 행복할 뿐만 아니라, 인간의 예지로 판단할 수 있는 한은 영원히 존속할 듯싶은, 한 나라의 기반을 닦아놓았습니다. 그들은 다른 대부분의 악덕과 함께 국내에서 야심과 당파의 씨를 모두 없애버렸기 때문에, 이제 내부분쟁에 휘말릴 위험이 없어요. 이런 내부분쟁이 바로 그처럼 튼튼하게 보였던 여러 도시들의 번영을 망쳐버린 것입니다. 국내에서 조화를 지탱하고 모든 제도를 건전하게 유지하는 한, 모든 이웃 나라의 시기심 많은 군주들에게 정복당하는 일은 결코 없으며, 뒤흔들어지는 일조차도 없습니다. 그들을 무너뜨리려고 시도한 외국 군주들이 종종 있었지만 언제나 실패하고 말았지요.

라파엘이 이야기를 끝냈을 때, 나는 그가 유토피아인들 사이에서 현존한다고 이야기한 꽤 많은 법률과 관습들이 썩 납득하기 어렵다는 생각에 잠기게 되었다. 이런 것 중에는 그들이 전쟁을 일으키는 방식, 그들의 종교 의식, 그리고 그 밖의 다른 관습들이 포함되어 있었다. 하지만 내가 주로 반대한 것은 그들의 전 체제, 즉 그들의 공동체 생활과 돈이 없는 경제 체제였다. 이 한 가지 점만으로도 고귀함, 장엄함, 빛남 그리고 존엄 등, (일반적 견해에 따르면) 나라의 참다운 자랑이며 영광인 이 모든 것을 완전히 무너뜨린다. 그러나 나는 라파엘이 이야기로 지친 것을 알고 있었으며, 또 이런 점들에 관해서 그가 반론을 제기할 수 있을지 분명히 알 수 없었고, 특히 다른 사람의 견해에 대해서 무언가 비판할 거리를 찾지 못하면 제대로 다 알고 있지 않은 것처럼 보이지나 않을까 하고 두려워하는 사람들을 그가 비난한 것이 생각났다. 그래서 그들의 생활방식과 그것에 대한 그의 설명을 칭찬하면서 그의 손을 잡고 저녁식사 자리로 인도했다. 그러고는 다른 날을 골라서 이런 문제들을 좀더 깊이 생각하고, 더 자세히 이야기해보자고 말했다. 제발 언젠가 그런 날이 왔으면 좋겠다!

여하튼, (그가 굉장히 학식이 넓고, 또 인간사에 관해서 엄청난 경험을 가지고 있는 사람임에도 불구하고) 아무래도 나는 그가 말한 것에 대해서 모두 동의할 수는 없다. 하지만 유토피아 공화국에는 우리 사회에서 볼 수 있을지 기대하기는 어렵더라도, 있으면 하고 바라는 것들이 아주 많다는 것은 분명히 밝혀둔다.

• 제2권의 끝 •

이제까지 소수의 사람들에게만 알려져온, 유토피아 섬의
법률, 제도에 관한 라파엘 히슬로다에우스의 오후 이야기의 끝.
런던의 시민이자 사정장관보인 저명한 학자,
토머스 모어 선생의 기록.

VTOPIENSIVM ALPHABETVM.

a b c d e f g h i k l m n o p q r s t u x y

TETRASTICHON VERNACVLA VTO-
PIENSIVM LINGVA.

Vtopos ha Boccas peula chama.

polta chamaan

Bargol he maglomi baccan

soma gymnosophaon

Agrama gymnosophon labarem

bacha bodamilomin

Voluala barchin heman la

lauoluola dramme pagloni.

HORVM VERSVVM AD VERBVM HAEC
EST SENTENTIA.

Vtopus me dux ex non insula fecit insulam.
Vna ego terrarum omnium absq; philosophia.
Ciuitatem philosophicam expressi mortalibus.
Libenter impartio mea, non grauatim accipio meliora.

유토피아 문자

유토피어의 알파벳은 라틴어나 헤브라이어와 마찬가지로 22자로 되어 있으며, 어휘는 헤브라이어, 그리스어, 라틴어 등을 변형하여 구성한 것이다. 위 문자는 1516년 출간된 《유토피아》에 실린 것으로, 라틴어 역에 따라 사행시를 우리말로 옮기면 다음과 같다.

군주 우토푸스가 나를 섬이 아닌 것에서 섬으로 만들었다.
모든 나라 가운데 오직 나만이 철학 없이도
사람들을 위하여 철학의 도시를 그려냈다.
나는 아낌없이 은혜를 베풀며, 더 나은 것은 무엇이건 즐거이 받아들인다.

토머스 모어가 피터 힐러스에게 보내는 편지

토머스 모어가 피터 힐러스에게 인사를 드립니다. 친애하는 피터 힐러스 님. 6주 안에 틀림없이 나오리라고 기대하고 계셨을, 유토피아의 공공 사회체제에 관한 이 작은 책을 근 일 년이 지난 후에야 보내드리게 된 점에 대해서 부끄러운 마음을 금할 수가 없습니다. 그도 그럴 것이, 잘 알고 계시다시피, 나는 필요한 자료를 구하는 데 아무런 어려움도 없었고, 또 그 자료들을 어떻게 배치할까 하고 여러 가지 생각을 할 필요도 전혀 없었기 때문입니다. 내가 해야 할 일이란 그저 당신과 내가 함께 라파엘에게서 들은 이야기를 되풀이하면 되는 것이었습니다. 따라서 그런 표현법에 대해서 내가 고심할 필요가 없었습니다. 그의 이야기는 즉흥적이며 비공식적인 것이어서 어떤 고상하고 세련된 용어로 표현하지 않아도 될 만큼 단순 명료한 것이었기 때문입니다. 게다가 아시다시피 그의 라 틴어는 그리스어만큼 잘하는 편이 아닙니다. 그래서 내 말이 그의 소박하고 단 순한 말씨에 가까워질수록 진실에 더 가까워질 것입니다. 사실 진실이야말로 내 가 이 책을 쓰는 데 추구해야 하고, 또 추구하고 있는 유일한 목표입니다.

친애하는 피터 님, 나는 이 모든 자료들을 수중에 가지고 있었기 때문에 내가 따로 할 일이라곤 별로 없었음을 실토합니다. 그렇지 않았더라면, 이 주제를 처 음부터 구상해내고 그것을 올바로 배열하는 데에는 상당한 재주와 학식을 갖춘 사람이라도 꽤 많은 시간과 작업이 필요했을 것입니다. 그런데 그 내용을 사실 대로만 쓰는 데 그치지 않고 설득력 있게 잘 써야 했다면, 내가 아무리 긴 시간 동안 열심히 일했더라도 그 일을 달성할 수 없었을 것입니다. 그러나 끊임없이 땀 흘려 노력해야만 했던 이 모든 어려운 일들을 하지 않아도 되었기 때문에, 들 은 것을 그대로 적기만 하는 일 이외에는 따로 내가 할 일이라곤 없었습니다. 이 처럼 할 일이 전혀 없다 싶었는데도, 돌보아야 할 다른 일거리가 많아서 이 일은 거의 불가능한 상태로 남아 있었습니다. 내 일과의 대부분은 법률 문제로, 즉 어 떤 사건을 제소하는가 하면, 어떤 사건을 청문하고, 다른 사건을 조정하는가 하 면, 다시 또 다른 사건을 판결하는 일로 하루를 보냅니다. 경의를 표하기 위해 누군가를 방문하는가 하면, 용무가 있어 찾아가기도 하면서 거의 하루 종일 밖 에서 다른 사람들과 어울리고 나서는, 그 나머지 시간을 가족과 가솔들과의 일 에 바칩니다. 그리고 나면 내 자신을 위한, 즉 내 공부를 위한 시간은 전혀 남지 않습니다.

왜냐하면 집에 돌아오면 아내와 이야기해야 하고, 아이들과도 말을 주고받아야 하며, 하인들과도 상의를 해야 하기 때문입니다. 나는 이런 모든 일을 내가 할 일 가운데 일부라고 생각합니다. 자기 집안에서 남이 되려면 몰라도, 그렇지 않은 이상 이런 일은 꼭 해야만 하기 때문입니다. 게다가 우리는 자연적으로, 또는 우연히 그렇게 되었든, 혹은 자기 스스로 선택했든 간에, 자기 삶의 반려가 된 사람들에 대해서는 가능한 한 원만하게 지내도록 처신해야 합니다. 그러나 너무 친근하게 함으로써 그들을 버릇없게 만들거나, 너무 너그럽게 대해줌으로써 하인들을 자신의 주인으로 만들면 안 된다는 것은 두말할 필요도 없습니다. 그래서 방금 말씀드린 일들에 얽매이고 있는 사이에 날이 가고 달이 가고 해가 가버립니다.

그러니, 언제 글을 씁니까? 더욱이 잠자는 것이나 식사하는 것에 관해서는 아무 말씀도 드리지 않았으니까요. 그런데 많은 사람들이 식사하는 데 잠자는 시간에 못지않은 시간을 소비하고 있는데, 이렇게 잠자고 있는 동안에 인간 생애의 거의 반이 지나가버립니다. 그래서 내가 얻을 수 있는 시간이라곤 이 수면과 식사 시간에서 할애한 시간뿐입니다. 이런 시간은 별로 많지 않으며 (따라서 느리게 지나갑니다만), 그래도 그런 시간이나마 조금 있기 때문에, 마침내 《유토피아》를 완성하여 이제 당신에게 보내드리는 바입니다. 친애하는 피터 님, 당신께서 한번 읽어보시고 내가 빠뜨린 것을 발견하시게 되면 그걸 알려주십사 하는 것입니다. 이 점에 관해서는 나도 나 자신을 완전히 불신하지는 않습니다만

— 내 기억력이 그렇게 아주 나쁜 편은 아니며, 내 판단력과 학문도 기억력 정도만 되었으면 하고 바라고 있습니다. — 그렇다고 빠뜨린 것은 하나도 없다고 장담할 수 있을 만큼 자신감을 가지고 있지는 않습니다.

그도 그럴 것이, 내 하인인 존 클레멘트(당시 모어 집에서 가정교사로 있던 청년으로 후에 의학계에 이름을 떨쳤다)가 내 마음에 하나의 큰 의문을 일으켰기 때문입니다. 당신도 아시다시피 그는 우리와 함께 거기에 있었는데, 그것은 무언가 유익한 것을 얻을 수 있는 이야기를 나누는 자리에 그가 동석하기를 내가 늘 바라기 때문이지요. (그리고 나는 벌써 라틴어와 그리스어 분야에서 뛰어난 진보를 보여준 이 젊은 새싹으로부터 얼마 있지 않아 훌륭한 학문적 결실을 얻을 수 있으리라고 기대하고 있습니다.) 여하튼, 내가 기억하기로는, 히슬로다에우스는 아니드루스 강 위에 걸려 있는 아마우로톰의 다리 길이가 500보(야드)라고 하였는데, 우리 존은 그것은 200보나 더 많이 잡은 것이라고 하면서 — 그 강의 실제 폭은 300보를 넘지 않는다고 말하였습니다. 그러니 제발 그 점에 대한 당신의 기억을 되살려주시기를 바랍니다. 당신의 기억이 그의 기억과 같다면 나도 거기에 따를 것이며, 내가 잘못 생각하였다고 시인하겠습니다. 그러나 당신이 그것을 기억해내지 못한다면, 내가 기억한 대로 숫자를 그대로 놔두겠습니다. 왜냐하면, 이 책 속에 허위가 없도록 특별한 고심을 기울여왔습니다만, 어떤 의심나는 점이 있을 때는 거짓말을 하는 것보다는 차라리 틀린 것을 그대로 말하는 쪽을 택하고 싶기 때문입니다. 간단히 말해서 나는 현명한 것보다는 정직하고 싶습니다.

　　그러나 이 문제는 당신이 라파엘을 직접 만나서 물어보든지, 아니면 편지로 물어보기만 하면 쉽게 밝혀질 수 있습니다. 그런데, 내 잘못이나 당신의 잘못에서 연유했는지 아니면 라파엘의 잘못에서 연유했는지 분명하지 않습니다만, 그건 어떻든 또 하나의 문제가 드러났기 때문에 어차피 당신이 그렇게 해주셔야만 되겠습니다. 그것은 신세계의 어느 부분에 유토피아가 자리 잡고 있는지, 우리도 그에게 물어볼 생각을 미처 못했으며, 그도 우리에게 말해줄 생각을 미처 못했기 때문입니다. 이런 실수를 바로잡기 위해서라면 웬만한 액수의 돈이라도 기꺼이 내놓겠습니다. 내가 이렇게 많은 것들을 써놓은 그 섬이 도대체 어느 대양에 위치하고 있는지를 모르고 있다니 적잖이 부끄러운 일이기 때문입니다. 그뿐만 아니라 이곳에는 유토피아에 가보기를 간절히 바라는 여러 부류의 사람들이 있는데, 그 중에는 특히 신앙심 깊은 신학교수 한 분이 있습니다. 이분은 결코 신기한 것을 찾아다니는 헛된 호기심에서가 아니라, 다행히 그쪽에서도 퍼지기 시작한 우리들의 종교를 더욱 전파하고 보급시키려는 의도에서 그곳에 가고 싶어 합니다. 이 일을 제대로 수행하기 위하여 그는 교황으로부터 임명을 받아 그곳에 파견되겠다고, 심지어 유토피아인들의 주교로 지명되겠다고 작정하였습니다. 그는 이 지위를 지망하는 데 전혀 주저하는 마음이 없습니다(당시 주교직에 임명되기를 지망하는 것은 금지되어 있었다). 그는 그것을 영예나 이득을 얻으려는 의도에서가 아니라, 종교적 열성에서 일어나는 거룩한 의욕이라고 생각하기 때문입니다.

　　그러니, 친애하는 피터 님, 나는 당신이 히슬로다에우스와 — 가능하면 직접 만나든지, 그가 부재중이면 편지를 쓰든지 해서 — 접촉해서, 내 책 속에 잘못된 것이 하나도 없게끔, 또 진실한 것이 하나도 빠지지 않게끔 힘써주시기를 간절히 바라는 바입니다. 아마 이 책을 그에게 직접 보여주는 것이 더 좋을 듯싶습니다. 내가 잘못을 저질렀다면, 그것을 바로잡아 줄 수 있는 사람으로 그보다 더 적절한 사람은 없습니다. 그러나 그 역시 내 책을 읽어보지 않고서는 그럴 수가 없습니다. 뿐만 아니라, 그렇게 함으로써 내가 이 책을 쓴 데 대해서 그가 좋아하고 있는지 불만족스럽게 생각하고 있는지를 당신이 알아낼 수 있을 것입니다. 만일 자신의 이야기를 직접 쓰기로 작정하고 있었다면 내가 그 일을 하는 것을 바라지 않을지도 모르며, 내가 유토피아의 공공 사회체제를 공개적으로 발표함으로써 그에게서 신기한 이야기의 정수精粹와 미美를 빼앗는다면 그것은 나 역시 전혀 마음 내키는 일이 아닙니다.

그러나 사실을 말하자면, 이 책을 내놓을 것인가 내놓지 말 것인가, 나 자신도 아직 망설이고 있습니다. 왜냐하면 사람들의 취향이란 워낙 다양한지라, 어떤 사람들의 성품은 아주 엄격하고, 마음이 냉정하고, 판단이 어리석기 때문에, 남들이 오직 경멸과 냉담으로 대할 그런 책을 발간하는 것은 아무 의미가 없는 것 같기 때문입니다. 오로지 자기 자신의 자연스러운 기호를 따라 즐거운 삶을 이어나가면서, 남에게 유용하거나 유쾌한 것을 출판하는 힘겨운 일 같은 것은 피하는 편이 더 좋을 듯도 싶습니다. 사람들은 대부분 학문에 관해서 아는 것이 없으며, 학문을 경멸하는 사람이 많습니다. 미개하고 우둔한 사람은 미개하고 우둔한 것이 아니면 무엇이나 너무 어렵다고 해서 배척합니다. 학자 티를 내는 사람은 케케묵은 어구로 가득 채워져 있는 것이 아니면 무엇이나 시시한 것이라고 해서 멸시합니다. 옛 저술가들의 작품만을 좋아하는 독자들이 있는가 하면, 자기 자신이 쓴 것만을 좋아하는 사람도 많습니다. 너무 근엄해서 가벼운 농담 같은 것조차 용인하지 않는 사람이 있는가 하면, 너무 무미건조해서 약간의 재치 있는 조롱도 감당하지 못하는 사람도 있습니다. 마치 미친개에 물린 사람이 물을 두려워하듯이, 비꼬는 말을 두려워하는 납작코의(코는 분노와 조소를 표시하는 기관으로 여겨졌다. 따라서 납작코의 사람은 풍자를 음미할 줄 모르는 사람을 뜻한다) 사람이 있는가 하면, 어찌나 변덕이 심한지 앉아 있을 때는 이것을 좋아하고 서 있을 때는 저것을 좋아하는 사람도 있습니다.

그런 사람들은 선술집에 둘러앉아 술잔을 들면서 작가들의 지능에 대해서 서로 비평을 가합니다. 대단한 확신을 가지고 모든 작가들의 작품을 단죄하는데, 마치 작가 개개인의 수염을 자기들 멋대로 뽑아내는 것과도 같다고 할 수 있습니다. 그러면서도 그들 자신은 아무 탈 없이 안전합니다. — 말하자면 '사정권 밖에' 남아 있는 것입니다. 그들을 붙들어 매려 해봤자 소용없습니다. 선한 사람에게는 있는 머리털을 어찌나 미끄럽고 번들번들하게 밀어버렸는지, 그들의 머리에는 단 한 가닥의 머리털도 없어 붙들어 매려야 맬 수가 없습니다.

그 뿐만 아니라 작품으로는 기쁨을 느끼면서도 그렇다고 그 작가를 더 좋아하지는 않는, 그런 감사할 줄을 모르는 사람들도 있습니다. 그들은 근사한 잔치에서 좋은 음식 대접을 받아 실컷 배를 채우고 나서, 집으로 돌아갈 때 초대해준 주인에게 고맙다는 말 한 마디 없이 떠나는, 그런 무례한 손님과 다를 바 없습니다. 그렇지만, 자, 이제, 이처럼 입맛이 까다롭고 취미가 다양한 사람들을 위해서 자비 부담으로 근사한 잔치의 자리를 마련해봅시다. 그런 식의 고마움의 표시로 우리를 기억하고 우리에게 보답하는 사람들을 위해서 말입니다!

　그건 그렇고, 친애하는 피터 님, 앞에서 언급한 점들을 히슬로다에우스와 함께 알아봐주십시오. 이 문제에 대해서는 나중에 다시 한 번 생각해볼 기회가 있을 것입니다. 그렇지만 모든 작업을 끝내버린 이상, 이제는 올바른 판단을 내리기에는 너무 늦은 감이 있으므로 — 사실 그가 책의 출판에 관한 그 밖의 모든 고려사항에 대해 동의를 하더라도, 출판 여부는 친구들의 권고, 특히 당신의 권고에 따르겠습니다. 그러면 진심으로 사랑하는 피터 힐러스 님, 안녕히 계십시오. 훌륭하신 부인께도 안부 전해주십시오. 이제까지와 마찬가지로 애호해주십시오. 나는 당신을 전보다 한층 더 좋아하고 있습니다.

❖ 토머스 모어의 연보 ❖

1478	2월 7일 런던에서 출생함.
1490	모턴 대주교 공관 램버스 궁에서 시동 생활을 시작함.
1492	옥스퍼드, 캔터베리 홀(후에 크라이트 처치 컬리지에 흡수)에서 고전문학을 공부함.
1494	뉴 인 법학원에서 법률 공부를 시작함.
1496	링컨 법학원에 입학함.
1497	에라스무스를 처음으로 만남.
1501	카르투지오 수도원 차터하우스를 출입. 배리스터. 퍼니벌 법학원에서 법학 강의를 시작함.
1504	하원의원에 당선됨.
1505(?)	제인 콜트와 결혼하여 첫째딸 마거리트가 출생함.
1506	둘째딸 엘리자베스가 출생함.
1507	셋째딸 세실리가 출생함. 링컨 법학원 집사로 재직함.
1509	아들 존이 출생함. 헨리 8세가 즉위함. 에라스무스가 모어의 집에서 《우신예찬》을 집필함.
1510	런던 시 하원의원에 당선됨. 런던시 사정장관보로 재직함. 《피코 델라 미란돌라 전기》 출판함.
1511	제인 모어가 사망함. 앨리스 미들튼과 재혼함. 링컨 법학원에서 법학을 강의함.
1513	《리처드 3세사》를 집필함.
1515	플랑드르 통상 외교 사절로 파견됨.
1516	《유토피아》를 출판함.
1517	칼레 외교 사절로 파견됨. 국왕 자문회 의원으로 재직함.
1518	《경구집》을 출판함.
1521	재무 차관으로 재직함. 기사 작위를 수여함.

1522	《네 가지 마지막 일들》을 집필함.
1523	하원의장에 취임함.
1527	울지와 함께 아미앵 사절로 파견됨.
1528	이단서적 열람 허가를 받음.
1529	상서경 직에 취임함. 《이단에 대한 대화》를 출판함.
1532	상서경 직을 사임함. 《틴들에 대한 반박》을 집필함.
1533	《변명록》을 집필함. 앤 볼린의 대관식에 불참함.
1534	런던탑 감옥에 수감됨. 《위안의 대화》를 집필함.
1535	7월 1일 재판을 받음. 7월 6일에 단두대에서 처형됨.
1886	12월 19일 복자福者 반열에 오름.
1935	5월 19일 로마 교황청이 성인의 칭호를 부여함.